VERTIGO

19

Dello stesso autore

La legge di Lupo solitario

Quinta edizione: luglio 2009

Roma, Casella postale 6214

ISBN 978-88-541-1215-5

www.newtoncompton.com

Realizzazione a cura di Purple Press, Roma
Stampato nel luglio 2009 da Puntoweb s.r.l., Ariccia (Roma)

Massimo Lugli

L'ISTINTO DEL LUPO

ROMANZO

Newton Compton editori

Jinsei nana korobi ya oki

"Così è la vita
sette volte giù
otto volte su"

Poesia popolare giapponese

Prologo

La branda è dura e fa un freddo infame. La coperta sembra carta velina, mi raggomitolo su me stesso e mi abbraccio le ginocchia, ma non serve: le mie ossa ormai sono impregnate dal freddo di decenni e protestano, scricchiolano, si lamentano. Troppe notti sotto il cielo e sui marciapiedi. Adesso ho un tetto sopra di me, ma ne farei volentieri a meno. Chissenefrega.

Darei un dito per un sorso di vino, anche quello schifo dei cartoni che ti brucia la gola e lo stomaco come uno sturalavandini e ti fa girare la testa come un pugno in faccia. Almeno mi scalderebbe. 'Fanculo anche il vino. Mi tiro la coperta sulla testa e cerco di non sentire i singhiozzi del ragazzino che dorme nella branda di sotto. Piange piano, per non farsi sentire perché se sveglia qualcuno lo pestano come una zampogna. Lo sento che affonda la testa nel cuscino, soffre in sordina. Deve stare a pancia sotto sennò insanguina il lenzuolo. So cosa gli hanno fatto Lama e Zazzo nel magazzino, dove l'hanno portato con la scusa di farsi una canna. È la solita storia. Glielo faranno ancora domani o dopodomani e magari, alla fine, ci si abituerà o finirà per prenderci gusto, diventerà una puttanella da galera. Ne ha tutto il tempo: cinque anni per spaccio, l'imbecille, aveva fatto un tour solitario in Colombia e come souvenir s'era portato una pancera con tre chili di coca. Non è neanche arrivato alla dogana, l'hanno beccato appena sceso dall'aereo. Un idiota di figlio di papà che giocava al narcotrafficante ed è finito in un casino più grande di lui. Se gli va bene se ne fa due di anni, basta e avanza per farsi sbattere da tutti i tizi più tosti o più ingrifati che passano da qui. Adesso sta sussurrando qualcosa, fammi sentire... Prega. Ha una voce agonizzante, il tipico fringuellino che dopo lo stupro s'impicca col lenzuolo appena lo lasciano solo al cesso. Speriamo di no, i suicidi sono sempre un casino, in galera. Ispezioni, guardie incazzate, perquisizioni, un mare di rogne. La piantasse di frignare 'sto rompicazzo. Come se mezzo centimetro di diametro del bucodiculo in più o in meno facesse una differenza, nella vita. Cacherà meglio, almeno. Sento un insano impulso ad alzarmi, salire sulla sua branda, coccolarlo un po' e cercare di consolarlo, almeno la pianterebbe con questa lagna e mi farebbe dormire. Ma ovviamente mi giro dall'altra parte. Non sono cazzi miei. Regola numero uno, due, tre e quattro, in galera. Fatti i cazzi tuoi. La quinta: cuciti la ciavatta. La sesta: se sei nei guai, mena subito e mena duro. Le altre? 'Fanculo le altre.

Tentato furto. Mi hanno preso come un coglione e la cosa più bella è che non c'entravo un cazzo. Proprio così. Sì, lo so, qua dentro siamo tutti innocenti, ma stavolta è vero. È stato quel pezzodicazzo di colombiano che spero proprio di incontrare appena esco. Salgo sull'autobus e me lo vedo bello tranquillo, con la giacca sul braccio, l'"accetta" come la chiamano loro, che si lavora una giapponese. Gran mano, niente da dire. L'autobus frena brusco, lui finisce dritto addosso alla musa gialla che si mette una mano in tasca e comincia a strillare come un'aquila: «Mi lubato, mi lubato, help, mi lubato, polittia». Un casino del diavolo, tutti che strillano, Columbia mi passa accanto, mi dà una spintarella e un attimo dopo il portafogli ce l'ho in tasca io, che sporge a metà dalla saccoccia. Hai voglia a dire che non c'entravo e infatti manco ci ho provato. Quei testadicazzo sul bus mi hanno gonfiato di botte. Meno male che sono arrivati i carubba, altrimenti mi rompevano i denti, oltre che il naso. 'Fanculo anche il naso.

Processo per direttissima. «Signor giudice, scusi, ma non sono stato io a sottrarre il portafogli alla signorina come si chiama? Sushi? No quello è il pesce crudo... Insomma, signor giudice ho visto il vero colpevole: un poco di buono, un malvivente sudamericano di quelli che vengono in Italia per rubare e violentare le nostre donne e sa cos'ha fatto quel malnato? Pensi, mi ha infilato il portafogli in tasca ed è fuggito. Sono un capro espiatorio. Ah, vorrei anche protestare per l'incivile comportamento di alcuni passeggeri che mi hanno fratturato il setto nasale». Sai che risate. Me ne sono stato zitto. L'avvocato doveva essersi appena fatto una pera di valium. Ha biascicato qualcosa che nessuno ci capiva un cazzo ed è ripiombato in narcolessia. Il pm ci ha dato dentro: recidivo, pericoloso, asociale e tutta la tiritera del cazzo. Due mesi. Quello stronzone in toga mi ha negato i domiciliari con la scusa che non ho una casa. Va bene, sono un esseeffedì, un senzafissadimora e allora? Ho i miei diritti no? Forse farò ricorso al tribunale per i diritti dell'uomo o comecazzosichiama.

Il bello è che, all'inizio, mi sembrava burro e alici. Due mesi tranquilli, al caldo, tre pasti al giorno e magari mi facevo anche qualche amico nuovo, che non guasta mai quando poi torni sulla strada. Ma ho passato il mezzo secolo, sono troppo vecchio per queste storie di ragazzini stuprati, non ho più la crosta, mi viene il magone. Magari lo dovrei strozzare io, prima che si impicchi, lo stronzetto, così la finisce. Per non parlare delle donne che ogni pomeriggio salgono sulla collina qui di fronte e si mettono a cantare per i loro uomini: «Amore mio ti aspettooooo, sei la mia vitaaaaa»; «Ho chiamato l'avvocatoooo, dice che c'è il permessoooo»; «Tuo figlio amooorее, è bello come teee che sei il mio soleeee...». Stonate come oche. Nessuna canta per me. 'Fanculo anche quelle galline.

Mercoledì esco e, naturalmente, fuori si gela. Ma ho una cosa importante da fare. Devo risolvere un indovinello che mi tormenta da una vita. Peccato che non mi sia venuto in mente prima, ma ho ancora due giorni sani. Proverò con la biblioteca e, magari, con quel tipo che può lavorare al computer, Tore. Magari stavolta ci riesco. Ormai sono più di trent'anni che non prendo in mano un libro. Prima, secoli prima, erano la mia vita. Lo stronzetto ha smesso di lagnarsi, magari ora riesco a farmi una dormita. Ma anche il silenzio è brutto qua dentro. Col silenzio arrivano gli spiriti. E i ricordi.

PRIMA PARTE

Capitolo 1
Infanzia

Circondato. Ero sgattaiolato fuori dalla classe cercando di rendermi invisibile, sperando che almeno quel giorno mi avrebbero lasciato in pace. Avevo un panino con la maionese, una fetta di groviera così sottile che quasi ci si vedeva attraverso e due di prosciutto cotto. Il pane era una ciriola di quelle belle dure, con la crosta marrone. Il mio preferito. Speravo di riuscire a mangiarmelo, almeno quella volta, ma mi avevano beccato. Tremavo.

«Brutto piscione, cosa ci hai portato oggi?». Antonio detto N'to era il più grosso di tutti, dimostrava almeno dodici anni. Gli altri due erano i suoi sgherri preferiti, Ciccio e Baldo, un po' più magrolini ma cattivi come iene, sempre pronti a obbedire agli ordini del capo. Non avevo alcuna possibilità.

«L'ho già mangiata la merenda», farfugliai, mentre sentivo mille aghi pungermi la faccia. Avevo le gambe molli e una tremenda paura di pisciarmi addosso. Lanciai un'occhiata circospetta in giro: il cortile della scuola era grande, alberato, con un giardinetto pieno di ghiaia che ci lasciava segni rossi sulle ginocchia e sui gomiti dopo le zuffe o quando giocavano a "morto". Neanche l'ombra di una maestra: dov'erano quando avevo bisogno di loro? Zurrino, il bidello, fumava e leggeva il giornale come al solito ma era troppo lontano e comunque era sordo come una campana. Gli altri bambini erano sparpagliati a distanza, a godersi quel quarto d'ora di libertà e di sole prima di tornare in classe. Nessuno a portata di voce, nessun amico a cui chiedere aiuto. E oltretutto per chiamarlo avrei dovuto almeno averne uno, di amico.

«E quello cos'è?». N'to indicò il rigonfiamento nelle tasche dei miei calzoncini. «Fammi vedere». Poi mi infilò la mano in saccoccia. Cercai di reagire raggomitolandomi tutto su me stesso e proteggendo la tasca con la mano, ma Ciccio e Baldo mi tennero ferme le braccia mentre lui mi sfilava il bell'involucro di stagnola. Addio gruviera. Mi vennero le lacrime agli occhi. Non piangere. Non davanti a loro.

N'To cominciò a scartare il panino lentamente, un pezzo per volta e alla fine lo tirò fuori in tutta la sua unta golosità. «Se hai già mangiato la merenda vuol dire che non hai più fame», constatò dando un primo morso e leccandosi le labbra mentre gli altri due lo guardavano famelici, aspettando che avesse finito per gustarsi la loro porzione. «Buono, ma la prossima volta di' a quella zoccola di tua mamma di metterci più maionese».

Non sapevo cosa volesse dire zoccola ma il tono mi fece salire una vampata rossa davanti agli occhi. Per un attimo dimenticai la paura, le gambe molli, la voglia di pisciarmi sotto. Mi lanciai su di lui, gli strinsi le mani alla gola, lo trascinai a terra ringhiando di rabbia. Cadde più per la sorpresa che per altro. Era la prima volta che reagivo. Per qualche bellissimo momento pensai di poterlo battere, di farlo piangere, rialzarmi da vincitore e andarmene via trionfante col mio panino o almeno quello che restava. Durò pochissimo. In tre mi inchiodarono al suolo, mi bloccarono a faccia in giù e mi presero a calci, ridendo. Sentivo i colpi sui fianchi e sulla schiena, per fortuna quel giorno c'era ginnastica e avevamo tutti le scarpe da tennis. Ma facevano male comunque. N'To mi posò un piede sul collo e mi spinse la faccia a terra. Non riuscivo a respirare. «Grazie Lapo, a domani», furono le ultime parole che sentii mentre si allontanavano. Mi girai su un fianco e chiusi gli occhi. Le prime lacrime cominciavano a colarmi lungo le guance ma almeno non le avevano viste. Strinsi forte le palpebre e mi rifugiai nel mio film preferito.

Ero grande, alto, grosso. Un uomo. Barba. Forse avevo vent'anni, forse addirittura trenta. No, trenta no, sarei stato troppo vecchio, meglio venticinque. Guidavo una macchina e portavo al fianco due pistole da cowboy. Ero vestito come Pa', tutto grigio con la cravatta. Entravo nella scuola e mi dirigevo verso N'to, Ciccio, Baldo, Tony, Zeppo e tutti gli altri. Stranamente, ero cresciuto solo io, gli altri avevano ancora undici anni.

«Siete stati voi?», tuonavo accarezzando il calcio dei revolver. «Rispondete: SIETE STATI VOI?». N'to piangeva e il moccio gli colava dal naso fino in bocca. Gli altri si buttavano in ginocchio.

«Signore, scusi, non è colpa nostra, ci lasci stare, peppiacere». Io tiravo fuori una delle pistole e controllavo il tamburo, proprio come al cinema.

V

«Adesso ti ammazzo», annunciavo. Una chiazza scura si allargava sul davanti dei calzoncini di N'To, quei pantaloni tirolesi di pelle con le bretelle, la pettorina col cervo di cui andava fierissimo e che mi facevano venire il vomito.

«Signore, per favore, non mi uccida, farò tutto quello che vuole, le chiedo scusa», frignava.

Lo lasciavo lì a cacarsi sotto per un bel pezzo, poi gli facevo cenno con la canna della pistola. «Vattene via, vigliacco, che mi dai il voltastomaco». Sorrisi beatamente, adesso veniva la parte più bella. N'to si girava, si incamminava lentamente verso la scuola, tornava a girarsi, incredulo per essersela cavata così a buon mercato. E a quel punto sparavo. Vedevo il proiettile entrargli in testa come al rallentatore, il cranio che si spaccava come un uovo, il sangue e il cervello che esplodevano dappertutto e finivano addosso a Ciccio e Baldo. Urla, singhiozzi, paura. Le maestre strillavano come aquile. N'to era una cosa rossastra per terra. Non si muoveva. Morto. Soffiavo nella canna della pistola (quella scena era splendida, potevo proiettarmela nella testa anche trenta volte di seguito) e la rimettevo nella fondina. Adesso tutta la scuola mi stava a guardare, impietrita.

«La prossima volta pensateci», li avvertivo mentre mi avviavo verso la macchina. «PENSATECI». Fremevo ancora di piacere quando sentii la campanella. Mi tirai su lentamente, mi guardai i calzoni sporchi di terra e di erba e cercai di ripulirli a manate e mi incamminai verso la classe.

L'autista mi aspettava davanti al cancello come al solito. Si chiamava Roversi e le prime volte che mi veniva a prendere portava la giacca blu con le righine nere o quella che usava per accompagnare Pa', grigia, con le guarnizioni argentate sul bavero. Avevo supplicato i miei di farlo vestire normale perché quasi tutti gli altri venivano con l'autobus e qualcuno in bicicletta e ovviamente mi sfottevano. Quella sera avevo sentito Ma' e Pa' litigare più a lungo del solito ma alla fine Ma' aveva vinto, come sempre, così Roversi aveva cominciato a venire con un maglione blu, sempre lo stesso, e poi, una volta arrivato a casa, si cambiava in tutta fretta per servire a tavola.

«Com'è andata a scuola, signorino Lapo?». Me lo chiedeva tutte le volte, ma in realtà non si aspettava una risposta vera. Era il suo modo di salutare prima di guidare in silenzio fino a casa.

«Solito», mugugnai mentre affondavo nel sedile. Era morbido, fresco, odorava di pelle. Stare in macchina mi piaceva da morire.

«Che ha fatto ai pantaloni?», mi chiese indicando le macchie verdi e marroni.

«Abbiamo giocato a tiro alla fune e io sono caduto», risposi con voce un po' incerta. Speravo che reggesse anche coi miei, ma era una bugia da ridere e lo sapevo benissimo.

Dopo la pasta al tonno c'erano i fritti misti: funghi, carciofi, sarde, zucchine e anche delle fettine di mela col buco in mezzo un po' aspre e un po' dolci, molto morbide. Era venerdì e a casa non si mangiava carne. I fritti mi piacevano moltissimo, specialmente la mela, ma Ma' non sentiva ragioni: dovevo prendere tutto.

V

«Pensa ai bambini indiani che non hanno da mangiare», mi diceva se lasciavo qualcosa nel piatto.

«E che gliene importa a loro se io mi strozzo con questa schifezza?», avevo replicato una volta che c'era la pizzaiola e lei aveva fatto il gesto di darmi un manrovescio. Aveva mani sottili ma dure, legnose, che facevano male, specie se portava l'anello con la pietra verde. Quando mi schiaffeggiava dovevo stare fermo, senza nascondere la faccia o proteggermi perché sennò me ne dava di più. «Metti giù le mani», ordinava. Io chiudevo gli occhi e aspettavo. Schiaff. Diritto. Schiaff. Rovescio. Le guance mi bruciavano per almeno un'ora. Ma succedeva di rado. Pa' borbottava ma, quando perdeva la calma lui, era molto peggio. Rompeva i lumi, prendeva a calci i mobili e una volta aveva dato un cazzotto a un vetro e aveva sparso sangue per tutta la casa. Però non mi picchiava quasi mai. La sua specialità erano le punizioni: dieci giorni senza merenda, una settimana senza il fucile nuovo, niente televisione fino a mercoledì. Quasi quasi preferivo le sberle di Ma'.

«Com'è andata a scuola?», chiese Pa' mentre Roversi, con la giacca bianca e i guanti, portava in tavola la fruttiera.

«Solito», risposi mentre prendevo una banana bella matura, con tante macchioline marroni sulla buccia sottile.

«Solito come? E i tuoi compagni? Hai fatto amicizia con qualcuno?»

«Certo Pa', sono simpaticissimi», bofonchiai con la bocca piena di banana. Non vedevo l'ora di andarmi a buttare sul letto, ma per alzarsi da tavola ci voleva un permesso speciale e non mi veniva una scusa adatta.

Ma' prese le sigarette e se ne accese una. Fumava moltissimo. La casa era sempre impregnata dell'odore delle sigarette, che mi faceva uno schifo terribile.

«La prossima settimana viene la signorina d'Inglese», disse con quel tono svolazzante che, in genere, usava con le sue amiche babbione. «Si chiama Rebecca, è molto carina. In realtà è australiana, ma vive a Edimburgo, starà da noi almeno due anni, forse tre». Sospirai abbassando gli occhi, mentre tutto il mangiare mi tornava su come una palla piena d'aria. Quella di prima si chiamava Zoe, era una grassona cattiva tutta unta che la mattina mangiava l'uovo alla coque semicrudo, tutto bavoso e mi faceva venire il voltastomaco.

«Speak english please, Lapo», mi riprendeva ogni volta che dicevo qualcosa in italiano. Anche coi miei, a tavola, «speak english». Avevo provato a infilarle un ragno sotto il cuscino, ma non aveva fatto una piega. Forse l'aveva mangiato come l'uovo. Mi faceva lezione tutti i giorni così dopo i compiti: musica, religione e ginnastica, non avevo neanche tempo di leggere i giornaletti. Adesso ne arrivava un'altra. Sospirai. Poi, finalmente si alzarono tutti. Nessuno aveva notato i calzoni sporchi di verde e marrone.

Andai in camera mia e mi sdraiai sul letto a faccia in su. Stavo pensando di rivedere il film di me che ammazzavo N'to, ma sentii la porta che si apriva lentamente e il toff toff di Patè che entrava nella stanza. Provai un brivido di gratitudine, ne avevo veramente bisogno. Un salto leggero, zampette sul materasso, poi cominciò a fare il pane sul mio stomaco: spingeva con dolcezza, una zampa e poi l'altra, una spintarella e una ancora, con un movimento regolare, come per trovare una posizione sicura. Sentii che si acciambellava, caldo, sulla mia pancia e mi lasciai invadere dalla solita sensazione di calore e di pace. Ronfava. Spesso il rumore delle fusa mi faceva addormentare quasi subito, ma quella volta fu diverso. Chiusi gli occhi. Eravamo insieme. Un'ondata di piacere, di tranquillità, di soddisfazione per la casa calda, i termosifoni accesi, la ciotola piena, le carezze che gli allungavo lente e regolari dalle orecchie fino alla fine della coda e poi ancora dalle orecchie alla coda e mi lasciavano qualche pelo grigio sul palmo della mano. Entrai in un mondo di percezioni soffuse, di sonno vigile, di odori che si allungavano nell'aria come colori, il verde dei tappeti in lana, l'arancione del sugo che bolliva, l'aspro marrone delle sigarette di Ma' che gli faceva drizzare il pelo e, spesso, correre via disgustato. Vedevo movimenti indistinti nell'aria, cose che volavano e che forse avevano pensieri e vita. La luce che entrava dalla finestra erano lame gialle che colpivano il muro. Facevamo le fusa insieme, come se stessimo cantando una canzone sottovoce. Poteva durare ore e trasformarsi in una specie di dolcissima morte ovattata o finire subito per un rumore, una luce, una paura improvvisa che lo faceva scattare via come una molla, soffiare e zinghiare con gli artigli snudati. Era il mio gatto, ero il mio gatto, mi proteggeva come io avevo protetto lui quando l'avevo portato a casa tremante e cisposo e avevo avuto una crisi di urla e singhiozzi per strappare ai miei il permesso di tenerlo. Pace, calore, mangiare, riposo. Non avere paura. Sei al sicuro, non ti possono toccare. Dormii.

«Non ci credo».

«Ti assicuro, me l'ha detto mio fratello che ha quindici anni».

«Non è possibile, farebbe troppo male».

«Ma sei cretino? Ti dico che me l'ha detto mio fratello. Succede così: ti viene duro come quando stai troppo tempo senza pisciare, poi lo infili nello spacco che le donne hanno in mezzo alle gambe al posto del pisello». Abbassò la voce. «Si chiama fregna», aggiunse in tono da cospiratore, «ma Ste' mi ha detto di non dirlo in giro, mi sa che è una specie di segreto».

«Ma dev'essere stretto, ti scortica tutto il pisello, no?»

«Cosa?»

«Quell'affare lì, la fregna».

«Senti, mio fratello mi ha detto che è una cosa stupenda, meglio del cinema, che ne so?»

«E poi che succede?»

«Ecco, sta parte non l'ho mica capita bene... È una cosa come fare la lotta, tu vai avanti e indietro per un po' che si chiama fottere o scopare e poi dal pisello ti esce una cosa bianca che dentro ci stanno i bambini. Dopo qualche mese ne nasce uno».

«Tipo moccio? Vuoi dire che siamo delle specie di caccole? Che schifo... Mi sa che tuo fratello ti prende per il culo».

«Mannò, guarda, lui l'ha già fatto con la sua ragazza una volta che mamma e papà erano fuori casa e io a ginnastica».

«Così tra qualche mese gli viene un bambino e tu ti ritrovi con un nipote a undici anni».

«No, senti questa: se non vuoi il bambino, ti infili un tappo di gomma sulla punta del pisello e sei a posto, niente figli».

V

«E allora come c'entra?»

«Dove?»

«Nello spacco no? Idiota... Col tappo e tutto il resto».

Mario restò interdetto: l'avevo messo con le spalle al muro.

«Mi sa che dovrò farmelo spiegare meglio da mio fratello», ammise riluttante. Gongolavo. L'avevo smascherato, quel bugiardo.

Due mesi dopo Pa' entrò in camera mia e si sedette sul letto. Sospirava. Terrorizzato tentai di capire cosa avessi fatto per farlo arrabbiare. Ripassai la mia giornata al rewind: scuola, niente; casa, nemmeno. A tavola avevo mangiato perfino il fegato che, secondo me, sapeva di cacca. Innocente.

«Ti devo parlare», annunciò in tono grave. Di solito era il preludio di una scenata. Mi raggomitolai sotto le coperte, in attesa. Portatemi via, per favore. Sto dormendo, non posso rispondere.

«Lo sai perché un anno fa abbiamo portato Patè dal dottore?», attaccò Pa'.

Il gatto era tornato con una fasciatura e per una settimana avevo respirato il suo dolore e il suo tremendo senso di ingiustizia. Poi a poco a poco gli era passata.

«L'abbiamo fatto castrare... In modo che non facesse i gattini con qualche gatta».

Tacqui. Io non c'entravo. Non avevo fatto niente.

«Perché vedi, a un certo punto della vita succede questo... Uno diventa grande e sì, be', insomma, si innamora di una donna, poi gli viene voglia di avere un figlio perciò...».

«Ho capito Pa'», lo interruppi in tono annoiato, da

uomo di mondo. «Ti viene il pisello duro e lo infili nello spacco in mezzo alle cosce delle donne che si chiama fregna, poi ti esce il moccio bianco e dopo qualche mese vengono i bambini... Ma se non vuoi che quella resti incinta ti infili un bel tappo sulla punta del pisello». A questo punto mi bloccai perché Pa' era diventato cianotico.

«Chi ti ha raccontato queste cose?», boccheggiò.

«Ma perché, non è vero? Aspetta, mi ero scordato: per fare uscire il moccio bisogna andare su e giù che si chiama fottere e poi...».

«CHI TE L'HA DETTO? ROVERSI, VERO? È STATO LUI, QUEL MANIACO».

Tremai e tacqui. Non potevo tradire Mario. Pa' uscì dalla stanza sbattendo la porta e si diresse come un treno verso la stanza della servitù. La notte lo sentii litigare con Ma' per ore. Qualche mese dopo, a scuola, ci tennero una barbosissima lezione sulle api, i fiori, il polline e gli uccelli (quelli veri, non i piselli che si chiamavano allo stesso modo). Nessuno ci capì un granché.

Un anno dopo ero innamorato.

Capitolo 2
Amore

«**Hallo, my name is Rebecca** but you can call me Miss Becky. I'm very glad to know you, dear Lapo». Mi tese la mano che strinsi riluttante.

Ma' mi guardava in trepida attesa. Strusciai i piedi in terra: «Say welcome to Miss Becky, Lapo», ringhiò alla fine con quel tono stridulo che ogni tanto copriva il suo abituale cicaleccio mondano.

«Hallo Rebecca, I'm Lapo and I'm very glad to meet you too», bofonchiai incerto.

«Your accent's really horrible, Lapo», intervenne Ma', che aveva ripreso il tono mondano. Poi rivolse un sorriso amabile a miss Becky: «We have a lot of work to do about it», concluse. Ma si vedeva che in fondo era fierissima. Il mio orizzonte si tingeva di nero.

Cominciò lo strazio. «Only english» a pranzo e cena, perfino con Pa' che a ogni parola infilava un «mmm...» e soffriva. Lezione di grammatica ogni giorno alle 16.00, conversazioni interminabili con Miss, che mi accompagnava a ginnastica e, a volte, mi veniva a prendere a scuola in macchina assieme a Roversi. Libri in Inglese. Bagno in Inglese. Pranzo e cena in Inglese. Maledetta Miss. I hate you, troia.

La odiavo. Era bionda, lattiginosa, lentigginosa, esotica. Aveva la pelle quasi trasparente e una venuzza blu che le compariva sulla fronte quando si concentrava o la facevo arrabbiare, cosa che, per la verità, succedeva piuttosto di rado. Vestiva quasi sempre di grigio o di marrone. Molto distinta. La prima sera venne a tavola con gli occhi rossi e gonfi e si sedette impacciata tra Ma' e Pa'.

«Miss Becky ha frignato», constatai, «forse vuol tornare a casa, ha la nostalgia, secondo me è inumano tenerla qui».

Ma' mi lanciò uno di quegli sguardi acuminati che a volte sostituivano schiaff dritto e schiaff rovescio. «Only english Lapo», mi redarguì. «Miss Becky has cried», cominciai, ma Pa' saltò su come se Patè gli avesse fatto la pipì nel caffè. «Stop that, immediately». Tacqui. Miss fece altrettanto e la cena finì in un silenzio penoso.

L'unica cosa positiva era il *breakfast*. In onore di Miss, tutte le mattine Roversi portava a tavola un vero banchetto con l'uovo strapazzato, fette di bacon croccante, tè e caffelatte, pane tostato e marmellata all'arancia. Pa' ci dava dentro di brutto e dopo qualche mese gli venne un faccione tondo che non gli avevo mai visto, Ma' piluccava appena, io mi abboffavo a quattro palmenti e Becky, inevitabilmente, mangiava solo una fetta di pane con la marmellata e una spremuta. Tutta grazia di Dio sprecata. Quelle colazioni pantagrueliche mi aiutavano ad arrivare fino all'ora di pranzo visto che N'To e i suoi sgherri continuavano a rapinarmi la merenda quasi tutti i giorni. Per il resto era una barba mortale.

Il giovedì pomeriggio Miss si metteva in tiro, si truccava, si vestiva tutta elegante e usciva. Quasi sempre incontrava altre ragazze *au pair*, una delle quali viveva a casa di Gino, un tipo mingherlino con gli occhiali come fondi di bottiglia che, a scuola, tutti chiamavano "Begalo". Io cercavo di non frequentarlo perché Gino le prendeva più di me, era uno schifoso secchione, e se ci avessero visti assieme sarebbe stata la fine. Avevo quasi dodici anni, N'to e Baldo erano ancora in classe con me e mi davano il tormento, mentre almeno Ciccio aveva cambiato scuola. A ricreazione, spesso, mi infilavo nei gabinetti e ci restavo più a lungo possibile. A volte funzionava e salvavo il panino. Quasi ogni notte continuavo a proiettare il film della morte di N'To che si era arricchito di nuove varianti: una volta lo tagliavo in due con una sega elettrica, un'altra lo torturavo con le tenaglie roventi, ma la scena più bella era quando gli mozzavo la lingua con le forbici da giardiniere, gli cavavo gli occhi con un cucchiaio e lo costringevo a mangiarseli con la bocca tutta insanguinata. Era perfino meglio di quel film western che avevo visto con Pa' e Ma' e che alla fine morivano quasi tutti.

«Pa', may I have a dog, please?». La buttai lì una volta a pranzo dopo averci rimuginato per almeno due mesi. Ma' era stata a parlare coi prof e sapevo che era soddisfatta visto che tutto sommato studiavo abbastanza. Avevo perfino otto in condotta e nove in scienze. Era il momento buono. Ora o mai più.

Silenzio. Restai in apnea in attesa del verdetto. Signori della Corte, l'imputato si rimette alla vostra clemenza. Pa' e Ma' si scambiarono uno sguardo, uno dei pochissimi visto che negli ultimi tempi parlavano sempre meno tra loro e si guardavano appena.

«We'll think about it», concluse Ma' che, evidentemente, doveva già averci pensato (avevo dato il pilotto a Roversi e a Miss sperando che intercedessero). Quasi sì. La regola era non concedere nulla alla prima richiesta. Per non viziarmi.

Arrivò Blu. Pa' lo portò a casa di sorpresa, una palla ispida di pelo nero, con due orecchie dritte da somaro, che pisciò immediatamente sul Royal Bukara del soggiorno. Io immaginavo un cane lupo come Rin Tin Tin, sognavo il momento in cui avrei potuto aizzarlo contro N'To e avevo diretto un nuovo film col primo piano delle zanne bianche che gli maciullavano la gola. Di fronte a quell'affarino goffo e tremante rimasi molto scettico.

«Ecco il tuo cane, Lapo», annunciò Pa' col tono del sovrano che concede un feudo al suo vassallo preferito. «Si chiama Blu. Adesso hai una grande responsabilità. Non è un giocattolo. Devi dargli da mangiare e portarlo fuori tutte le mattine prima di andare a scuola e tutti i pomeriggi quando torni. Le altre volte ci penserà la servitù». Mi avvicinai al cucciolo e gli feci una carezza. Guaì.

«Ma quanto cresce?», domandai dubbioso.

«Più o meno così». Pa' mise una mano a circa trenta centimetri dal tappeto. Faticai per non piangere.

«Cos'è un nano?»

«Uno schnauzer nano, proprio così», confermò Pa' entusiasta, «razza purissima. L'abbiamo ordinato quattro mesi fa e non sai quanto è costato. Tra un po' gli faremo tagliare la coda e le orecchie, è un vero campione, ha un pedigree da nobile. Potrai portarlo ai concorsi». Anche Ma', per una volta, sembrava compiaciuta.

Protestare era fuori discussione. Ricacciai le lacrime in gola e presi in braccio Blu. L'emozione improvvisa me lo fece quasi cadere di mano. Il cucciolo trasmetteva un'angoscia disperata, una paura immensa per tutto quello che lo circondava, un terrore della casa, di quegli esseri enormi che lo circondavano sbraitando, degli odori di legno, detersivo, sigarette che aleggiavano ovunque. Sentii la disperata nostalgia della madre che l'aveva allattato fino a pochi giorni prima, del giaciglio di paglia dell'allevamento, dei cinque fratellini che lottavano con lui per conquistare un capezzolo. Capii che parlavamo a voce troppo alta e che i rumori gli straziavano le orecchie. Sentii una lacrima scendermi sulle guance e odiai i miei genitori con tutto me stesso.

«Non ti preoccupare, ci penso io a te», gli sussurrai in un orecchio.

Vidi Ma' che mi guardava con l'espressione più tenera che aveva. «In fondo è proprio un bambino sensibile», commentò a bassa voce. Patè si avvicinò circospetto, con un'ondata di diffidenza viola tutto attorno.

«Bisogna lasciarli fare, diventeranno amici, me l'ha spiegato l'allevatore», disse Pa' che improvvisamente era diventato l'Amico degli animali, come quel ciccione che si vedeva sempre in tivù. Il gatto annusò il nuovo venuto con sussiego. Paura e sorpresa. Chi cazzo è questo? Da Blu, un'altra ondata di panico: tu chi sei? Non mi fare male, per favore. Le emozioni si incrociarono a lungo, mentre il gatto annusava il cucciolo tremante e gli girava intorno col pelo ritto e la coda gonfia come un piumino. Non intervenni, almeno una volta Pa' aveva ragione, dovevano vedersela tra loro. Poco a poco percepii che Patè si calmava, decideva che quella palla di pelo ispido non rappresentava una minaccia alla sua autorità e non c'era motivo, almeno per il momento, di estirpargli gli occhi. A coda alta, come se avesse appena vinto un terribile scontro, il gatto tornò alla sua ciotola in tutta la sua regalità. Si ignorarono per i primi due mesi prima di diventare come fratelli.

Blu cresceva in fretta, anche se restava sempre un tappo. Mi sfiniva. Uscire con lui era estenuante: trasmetteva un amore immenso, un bisogno d'affetto e di carezze che faceva male e, al tempo stesso, era carico come una pila. La voglia di correre, di annusare, di giocare gli scorreva sotto la pelle come scosse elettriche. Nei primi tempi quando lo coccolavo se la faceva addosso e una volta che mi ero fatto contagiare troppo mi ritrovai con le mutande bagnate e una vergogna immensa. Tolsi le mutande nel cesso e andai a buttarle nella spazzatura, in strada, per paura che mi scoprissero. Insegnai a Blu a obbedire a qualche comando tipo «Seduto!», «Dai la zampa!», «Quell'altra!», «Resta!», e imparava immediatamente, bruciando dalla voglia di compiacermi. Lo facevo correre per ore dietro una palla che lanciavo e rilanciavo in giardino. Imparò a camminare al guinzaglio senza tirare, neanche quando incrociavamo un altro cane. Gli impedii di mangiucchiare tutto quello che trovava in strada. Obbediva sempre. Era così ossessionante che pensai seriamente di ucciderlo, mischiandogli vetro tritato al pappone (la faccenda del vetro l'avevo letta su un giornalino e mi aveva impressionato moltissimo). Poi, col passare del tempo, trovai un'altra strategia: interruppi il collegamento, abbassai una saracinesca contro l'onda delle sue emozioni. Blu restò ferito e disorientato, ma continuò ad amarmi con tutto se stesso. Purtroppo non riuscii a impedire il taglio della coda e delle orecchie e quando tornò, il dolore e il risentimento che gli aleggiavano intorno mi tennero sveglio fino a tardi per una settimana. Le emozioni negative filtravano attraverso il muro, dalla cuccia sistemata accanto alla finestra che dava sul giardino. I suoi guaiti mi straziavano l'anima. Era patetico con le orecchie spuntate e il troncone di coda coperti dai cerotti e seguitava a cercarmi con occhi adoranti. Mi perseguitava.

«Lo sai che la tua Miss ha un fidanzato?». Gino aveva un'espressione più idiota del solito, quasi sbavava dietro gli occhiali. Aveva l'apparecchio per i denti, una bocca schifosa tutta di metallo.

«E sai quanto me ne frega...».

«Viene a prenderla con la macchina tutti i giovedì», insistette.

«E tu come lo sai?», mio malgrado ero indispettito.

«Perché alle volte passa a prendere anche la mia Miss assieme a un amico. Vanno al cinema o a ballare, non lo so...». A questo punto abbassò la voce: «E quando la riporta a casa tua fanno le porcherie», concluse soddisfatto.

«Cioè?»

«Si baciano. Si toccano. Quelle cose sporche che si chiamano "formicare"».

«Come le formiche?»

«Mi pare di sì, non mi ricordo bene. Mio padre dice sempre che chi le fa finisce dritto all'inferno».

«Guarda che ti sbagli, si chiama fottere», lo contraddissi. «È una cosa complicata: ti viene il pisello duro e lo infili nella fre...». Ma tacqui perché Gino si stava tappando le orecchie con le mani e faceva «uuuuu» per non sentire. Che deficiente. Infilai le mani in tasca e me ne andai a giocare a biglie. Ma mi sentivo strano.

Il giovedì successivo ero in agguato. Miss tornava sempre verso le 19.00, un'ora prima di cena. Sugli orari, i miei non transigevano, un quarto d'ora di ritardo a tavola ed erano scenate mostruose. Mi coprii bene e uscii in giardino per dare da mangiare a Blu. Il cancello dava proprio sulla strada. Da fuori ci voleva la chiave, ma da dentro si apriva con la maniglia. Sgattaiolai fuori e mi nascosi dietro un grosso albero. Blu fece per seguirmi, piattola fino in fondo, ma gli intimai: «Resta!», e si inchiodò sulle zampe, pronto a restarci fino al giorno del Giudizio.

Aspettai.

La macchina arrivò poco dopo. Era rossa, piccola, tonda. In quel periodo ce n'erano tante in giro come quella, ma questa faceva un rumore incredibile, come se fosse molto più grossa. Aveva un adesivo con una specie di scorpione nero sul cofano.

Il motore si spense. Vidi la testa bionda di Miss e quella bruna del suo amico che si avvicinavano. Si stavano baciando, come al cinema. Forse quel cretino di Gino dopotutto aveva ragione.

Seguitarono a baciarsi per un bel pezzo e io, passato il primo momento, cominciai ad annoiarmi. Avevo fame e faceva freddo. Ma non riuscivo ad andarmene. A un certo punto intravidi le mani di lui che si posavano sul davanti di Miss. Lei fece per scostarle, ma con un gesto molle, già rassegnato. Mi sporsi in avanti. Il tizio stava tirando fuori le grosse sise di Miss dal maglione, alzato fin quasi alle ascelle. Lei protestava e faceva segno di no, ma lo lasciava fare. I seni erano bianchi e gonfi. Lui cominciò a palparli e a succhiarli come un bambino mentre Miss abbandonava la testa all'indietro. Sentii il cuore che quasi mi scoppiava e le mutande che si tendevano sotto i calzoni. Abbandonai ogni cautela e sgusciai fuori dal mio nascondiglio. Ero a pochissima distanza dal finestrino, seminascosto nel buio, ma se avessero guardato fuori mi avrebbero sicuramente visto. Ma avevano altro da fare. Lui cominciò ad armeggiare coi pantaloni e alla fine prese una mano di Miss e se la mise sul davanti. Lei sospirò e cominciò a fare un movimento ritmico, come quando accarezzavo Patè ma più veloce, su e giù. Stranamente, guardava da un'altra parte, forse il pisello le faceva impressione ma allora perché lo strapazzava in quel modo? Ogni tanto il tizio la interrompeva per baciarla in bocca o toccarle le sise. Lei accelerò il ritmo. Ero incantato. Dopo un po' lui abbassò il sedile, si mise quasi sdraiato e afferrò Miss per la nuca. Lei fece resistenza, scosse il capo come a dire di no, ma era già vinta. Un po' di manfrina tanto per salvare la faccia, poi Miss si chinò e la sua testa cominciò a ondeggiare proprio come aveva fatto prima la mano. Sentivo degli strani rumori, lui rantolava come se si sentisse male, lei ogni tanto cercava di scostare la testa ma lui gliela abbassava sempre di più. Alla fine il tizio si inarcò tutto e lanciò un grido strozzato: «Sì, puttana, ti schizzo in bocca». Lei aprì subito il finestrino e sputò qualcosa. Riuscii a evitare per un pelo che mi prendesse in pieno.

Sgusciai di nuovo dietro l'albero e quando trovai il coraggio di fare capolino Miss e Tizio si erano ricomposti e si stavano nuovamente baciando in bocca. Che schifo, gli ha appena succhiato il pisello, pensai, deve avere la bocca che sa di pipì. Ma il mio, di pisello, era duro come un pezzo di legno. Rientrai in casa: le guance mi bruciavano così tanto che pensavo di avere la febbre. Corsi in bagno a sciacquarmi la faccia e quasi senza accorgermene cominciai ad accarezzarmi il pisello duro. Chiusi gli occhi pensando alla testa di Miss che ondeggiava. Provai a immaginare cosa sentiva mentre succhiava. Cominciai a tremare. Dopo qualche istante sentii un piacere così forte che mi sembrò dolore. Lo rimisi dentro e sentii qualcosa di viscido, come dei filetti umidi che mi uscivano dallo spacchetto della pipì. Avevo scoperto le seghe. E l'amore.

Non riuscivo a staccarle gli occhi di dosso. All'improvviso era diventata il centro della mia vita: le guardavo il grosso sedere stretto nella gonna marrone, le gambe inguainate nelle calze scure, le scarpe coi tacchi bassi, odoravo il profumo che mi aveva sempre nauseato e adesso mi sembrava la cosa più eccitante del mondo. Pensavo al pisello di Tizio infilato nella sua bocca e la odiavo, volevo che morisse, volevo ammazzare lei, salvarla da chissà quale pericolo e scappare insieme. Il pisello mi si drizzava di continuo tanto che pensavo di avere una malattia. Pur di farmi apprezzare, mi misi a studiare Inglese come non avevo mai fatto prima e un pomeriggio, dopo un dettato in cui avevo fatto solo due errori, mi dette un bacio in fronte tutta contenta: «Very clever boy». Io sentii subito quel formicolio familiare in mezzo alle gambe e dovetti pensare a N'To che mi prendeva a calci per evitare che mi venisse duro. Continuai a toccarmi per mesi, appena mi infilavo a letto. Patè aspettava che avessi finito e veniva ad acciambellarsi sulla mia pancia ma non sentivo alcuna disapprovazione, semplicemente quel movimento sotto le coperte gli dava fastidio. Beato lui che non aveva quei problemi.

Odiavo i giovedì e al tempo stesso non pensavo ad altro. Mi ero messo in agguato con un sasso aspettando la macchina rossa, ma, per due volte, lei era tornata a piedi e una terza era scesa subito, dopo un paio di baci, senza succhiamenti di pisello o altro. Ero rimasto sollevato e deluso al tempo stesso, anche perché il ricordo cominciava a sbiadire.

Un pomeriggio, sei mesi dopo, ebbi il primo, vero orgasmo. Cominciavo a cambiare voce e sul pube mi spuntavano i primi peli duri e radi, di cui andavo fierissimo. I brufoli, invece, non mi andavano proprio giù. Mamma li inondava di uno schifoso liquido verde, ma, dall'effetto che faceva, sembrava un fertilizzante. Era giovedì, la casa era completamente vuota e io mi azzardai a entrare nella camera di Miss. Il suo odore era dappertutto, mi faceva girare la testa. Col cuore in gola aprii un cassetto, dentro c'era la sua biancheria, tutta ben piegata e in ordine: calze, mutandine, reggiseni, reggicalze e tutto il resto. Senza pensare che non avrei saputo come rimetterla a posto, presi una sottoveste nera tutta trasparente e piena di pizzi e l'annusai: sentivo il profumo della sua pelle che mi dava alla testa. Tremavo di eccitazione. Mi arrotolai la sottoveste attorno alla faccia e respirai il suo profumo. Poi, prima di riuscire a trattenermi, cominciai a strusciarmela sul corpo immaginando di farlo con lei. Pensavo a Miss che succhiava il pisello di Tizio e, alternativamente, mi immedesimavo nel ruolo di lui che le veniva in bocca e di lei che lo prendeva. Chissà se anche lei aveva goduto o si era sottomessa solo per fargli piacere. Le mie mani agirono da sole: mi aprii la patta, tirai fuori il pisello duro più che mai e ci avvolsi intorno la sottoveste. Bastò la carezza della seta, sentii qualcosa uscirmi da dentro, un piacere immenso che mi fece quasi cadere e spruzzai i primi schizzi bianchi e appiccicosi della mia vita.

Restai come imbambolato e, due secondi dopo, mi resi conto di quello che avevo fatto. Pensai di essere malato, ma poi mi ricordai la storia del moccio pieno di bambini: dunque era quello... Un attimo dopo la paura mi paralizzò: la sottoveste era tutta macchiata e appiccicosa, dovevo assolutamente pulirla prima che Miss tornasse a casa o mi avrebbe scoperto. Piuttosto mi sarei affogato nella vasca da bagno.

Corsi al gabinetto, staccai un grosso pezzo di carta igienica e cominciai a strofinarlo su quello schifo. Peggio: brandelli di carta si mischiarono al moccio e rimasero attaccati e ingrommati come colla. Inumidii un asciugamano, strofinai e strofinai, ma quella roba schifosa non veniva via e, in trasparenza, c'era sempre un alone biancastro sulla stoffa setosa. All'improvviso ebbi un colpo di genio: a mali estremi, estremi rimedi. Tornai in camera mia e aprii il cassetto dove tenevo i pennelli e la roba per l'ora di educazione artistica. Stappai il barattolo di trielina, ne rovesciai un bel po' su un pezzo d'ovatta e cominciai ad applicarla con forza sul moccio. All'inizio, tutto bene, poi rimasi agghiacciato: il colore stava venendo via assieme alla roba del pisello, l'ovatta era tutta impregnata di nero. Catastrofe. Proprio in quel momento sentii la porta di casa che si apriva. Come un assassino colto in flagrante mi guardai attorno alla ricerca di un nascondiglio. Niente. Poi un pensiero mi attraversò la testa: il cassetto. Era ancora aperto, mi avrebbero beccato subito. Corsi in camera di Miss, lo chiusi con uno spintone e, mentre uscivo e sentivo il ticchettare di Ma' nel corridoio mi resi conto di avere ancora la sottoveste sporca e rovinata in mano. Fu un miracolo se non mi venne un infarto. Senza pensarci, me la cacciai nei calzoni, sotto le mutande e battei ben bene sulla patta. Un attimo dopo Ma' era davanti a me.

«Ciao Lapo, che hai fatto di bello?»

«Ho fatto i compiti, ho letto un po' e ho telefonato a Gino».

«Hai guardato la tivù?», era una trappola: la tivù dei ragazzi era alle 17 e avevamo il divieto di accendere l'apparecchio senza la presenza di un adulto. Del resto, al di fuori di Carosello, c'era ben poco da vedere.

«Certo che no, Ma', e poi avevo un sacco di compiti...». In quel momento il fuoco divampò nei miei pantaloni. Un bruciore spaventoso tra il pisello e le palle che mi fece impallidire. Mi sentivo arrostire come un filetto alla griglia.

«È simpatico Gino, dovresti invitarlo a casa più spesso». Ma' era in vena di chiacchiere e io stavo morendo carbonizzato.

«Già».

«... e ogni tanto magari potreste andare al cine insieme, la sua famiglia è molto perbene».

«Già...».

«Stasera c'è la pizza, sei contento?»

«Sì».

«Ma che hai, sei strano...».

«Scusa Ma', devo andare in bagno...».

Corsi. Richiusi la porta con un tonfo. Mi strappai i calzoni facendo saltare un bottone e quello che vidi mi fece inorridire. Rovinato per sempre. Il pisello e i coglioni erano rossi come le aragoste quando Lia, la cuoca, le buttava vive nell'acqua bollente. La sottoveste era irrecuperabile. Sedetti sul bidè, aprii l'acqua gelata e misi dentro tutto provando un sollievo immediato. Dovetti lottare per non piangere. Appena uscivo dall'acqua il bruciore ricominciava. Restai chiuso al cesso per mezz'ora buona finché Ma' non venne a bussare preoccupata.

«Lapo, ma che fai lì dentro?»

«Ho la cacarella», gemetti, «forse ho preso freddo...».

«Ti ho detto mille volte di coprirti la pancia, silly boy».

Uscii camminando a gambe larghe come i cowboy che stavano troppo tempo a cavallo. Avevo strappato la sottoveste e avevo infilato i pezzi nelle due tasche davanti e in quella di dietro. Non potei neanche mangiare la pizza perché per i disturbi di stomaco il rimedio sovrano era riso all'olio. Vomitoso. Quando tornò Miss corsi in camera mia con la scusa dei crampi e restai sveglio per metà della notte in attesa delle urla: «Qualcuno mi ha rubato una sottoveste, di sicuro è stato Lapo,

V

è un pervertito, arrestatelo». Ma non successe niente. Il giorno dopo, dolorante, mi cosparsi tutto di borotalco e riuscii ad andare a scuola. Appena potei, buttai quello che restava della sottoveste al cesso e tirai la catena. Niente seghe per almeno due settimane, poi ricominciai come prima. Ma mi tenni alla larga dalla stanza di Miss, la fantasia era meno pericolosa. Il furto della sottoveste, comunque, non venne mai denunciato. Forse Miss pensò di averla persa, forse sospettò della cuoca, ma non disse nulla. Era troppo beneducata, a parte quando succhiava i cazzi.

Pa' era sempre più nervoso. A tavola, non parlava altro che dei "capelloni" che stavano buttando tutto all'aria e volevano bruciare l'università dove insegnava. Io all'inizio avevo capito male e pensavo a dei tizi con dei cappelli enormi, tutti incazzati.

«Pa' ma chi sono i cappelloni? Una specie di setta?». Avevo letto un giornalino su una setta che faceva sacrifici umani.

«Capelloni, Lapo, con una "pi" sola. Quelli coi capelli lunghi che suonano la chitarra e fumano la droga... Ma possibile che a scuola non vi insegnino proprio niente di quello che succede nel mondo?», sbuffò.

«E che fanno di male?», domandai sbucciando a fatica una mela col coltello che non tagliava. Quel giorno Miss non c'era e, almeno per una volta, si parlava italiano.

«Ma come che fanno di male? Pensa se tutti si comportassero così, tutto il giorno a suonare la chitarra, fare porcherie e rinc... rimbecillirsi con la droga. Nessuno lavorerebbe più. Andrebbe tutto a rotoli. Uno schifo. Come credi che si compri tutto questo?», fece un largo cenno col braccio che abbracciava anche Roversi, intento a riportare la fruttiera in dispensa. «Ci vogliono i soldi, ci vuole il lavoro, altro che capelloni».

Ma', per una volta, sembrava d'accordo con lui. «Il problema sono le famiglie», convenne giudiziosamente, «se manca l'educazione manca tutto. Chissà chi li ha tirati su e come, questi ragazzi, mi fanno anche un po' pena». Mi lanciò uno sguardo affettuoso, cosa piuttosto insolita. «Tu, Lapo, di sicuro questi rischi non li corri, vero?». Mi infilai in bocca uno spicchio di mela che sapeva di gesso e non risposi. L'argomento mi interessava pochissimo, molto meno delle tette di Miss.

Poi un pomeriggio arrivò una visita.

Pa' stava per andare a riposare (faceva sempre un sonnellino dopo pranzo prima di tornare in ufficio) e Roversi si affacciò in salotto con un'aria da allocco.

«Professore, ci sono alcune persone per lei...».

«Persone? Non aspetto nessuno». Pa' era visibilmente seccato, la sua siesta era sacra.

«... ecco, credo che siano suoi studenti di facoltà, ma...».

«Ricevo gli studenti ogni giovedì mattina. Riferisci a quei ragazzi di non presentarsi mai più a casa mia se non vogliono...».

Dalla porta venne uno schiamazzare confuso.

«Siamo gli Uccelli, professor Sgarati, siamo gli Uccelli e siamo venuti a fare il nido da lei...».

Pa' si alzò di scatto come una molla, bianco in viso. Avevo sentito parlare degli Uccelli parecchie volte, a tavola. Erano un gruppo di capelloni particolarmente molesti, che avevano occupato alcuni edifici, disturbavano le lezioni, suonavano la chitarra in aula. Morivo dalla voglia di vederli. Temevo che Pa' li cacciasse a calci o chiamasse la polizia ma mi sorprese.

«Li faccia accomodare».

Entrarono. Un rinoceronte in salotto sarebbe stato meno fuori luogo. Capelli lunghi, lisci o crespi. Due tuniche da santone (due ragazzi), un'uniforme piena di alamari e decorazioni (un altro ragazzo), una tuta da meccanico e una massa di capelli ricci che sembravano un cespuglio (una ragazza). Collane. Uno strano profumo. Una chitarra a tracolla. Quattro capelloni in carne ed ossa, i primi che vedevo in vita mia. Blu sentì l'ostilità che aleggiava nell'aria ed emise un ringhio sordo: quel tappo si stava dimostrando sempre più coraggioso e aggressivo. Ero fiero di lui. Lo tranquillizzai col mio solito sibilo.

«Professore, siamo venuti a dirle in faccia che il suo metodo d'insegnamento è un chiaro esempio...», attaccò uno spilungone biondo che doveva essersi preparato il discorsetto in anticipo ma, nonostante tutto, sembrava intimidito. Ma Pa' lo interruppe, glaciale.

«A parte il fatto che non si va a casa della gente senza essere invitati o senza annunciarsi, nessuno vi ha insegnato a presentarvi? Io sono Francesco Sgarati, docente di Scienza delle costruzioni, con chi ho il piacere?».

I quattro ammutolirono. Probabilmente non si aspettavano neanche che li facessero entrare. L'accoglienza li aveva colti di sorpresa. Uno a uno tesero la mano e si presentarono. Il secondo addirittura col cognome prima del nome: «Alessandri Angelo, professore». La ragazza lo fulminò con un'occhiata.

Pa' trionfava. Sedette davanti ai quattro, raggruppati

su un divano come un giudice che sta per pronunciare una sentenza.

«Gradite un caffè? Roversi, vuoi provvedere, per favore?».

Uno dei tre, un tipo cicciotto dall'aria sguaiata recuperò un po' di grinta e si rivolse al cameriere.

«Non ti stanchi di fare il servo?», chiese con tono di derisione. Roversi lo squadrò con disprezzo e alterigia.

«Sono domestico in questa casa. Da quattro anni e non ho di che lamentarmi. È il mio lavoro. Ringrazio Dio di averne uno. Non ho avuto genitori ricchi che mi pagassero l'università. Se il signore permette, vado a far preparare il caffè». Silenzio. Il cicciotto arrossì. Io me la godevo un mondo e speravo di restare invisibile, ma Pa' quel giorno era troppo in forma.

«Lapo, non hai compiti da fare? Io resto un po' a parlare con questi ragazzi che hanno avuto la cortesia di farmi visita, anche se in modo così inaspettato».

Parlarono. All'inizio sentivo le voci stridule o sarcastiche degli Uccelli e perfino un accenno di canzone, una specie di nenia. Ma', alle prime battute, si era infilata in camera sua, pallida di rabbia, camminando rigida come uno di quei robot che avevo visto alla tivù dei ragazzi. Poi cominciò a parlare Pa'. Aveva una voce suadente, calda, quasi ammaliante, ben diversa dal tono brusco e deciso che usava quasi sempre in casa. Parlò e parlò. I quattro lo interruppero una, due volte, poi sempre meno. Alla fine, si intrecciò un dialogo che andò avanti per almeno due ore. Verso le 17.30 sentii che i quattro se ne andavano e uscii dalla stanza con la scusa del gabinetto. Sulla porta, vidi la ragazza riccia che stringeva la mano a Pa', quasi con deferenza.

«Grazie professore».

«Grazie a voi, ragazzi, gli scambi di opinioni sono sempre costruttivi».

Uscirono. Pa' prese un appunto su un foglietto e si fregò le mani.

«E con questi imbecilli siamo a posto. Cari ragazzi, vi siete appena giocati la sessione d'esami». Era soddisfatto come non mai. Tre mesi dopo gli imbrattarono la macchina con la vernice.

Crescevo. I peli erano diventati più folti e, con mia enorme soddisfazione, il pisello si allungava a vista d'occhio, forse anche grazie a tutto quell'esercizio serale. Consumavo montagne di carta igienica per evitare di lasciare tracce sospette sulle lenzuola. Ma N'To e gli altri continuavano a darmi il tormento. A scuola stavo per conto mio, facevo pochissime amicizie, mi estraniavo nelle mie fantasie a occhi aperti. Poi guadagnai un'inaspettata popolarità grazie a Ritardina.

In realtà si chiamava Giulia. Aveva tredici anni, ma era indietro e non ci voleva molto a capire perché. Era completamente deficiente. I miei m'avevano spiegato che era malata, aveva un deficit di non so cosa e non bisognava assolutamente prenderla in giro. Era una ragazzina scialba, grassoccia, con due occhi bovini e la bocca semiaperta. Le stavamo alla larga anche perché era capace di scoppi di collera improvvisi: diventava tutta rossa, graffiava e mordeva. Una volta si era infuriata con una delle compagne (in classe c'erano sei femmine, totalmente prive di ogni attrattiva nei loro scialbi grembiuli neri) e gliel'avevano dovuta strappare letteralmente dalle mani. Era successo un finimondo: genitori dal preside, minacce, discussioni, però Ritardina era rimasta e la compagna anche.

Un giorno la proffa di Lettere, una cicciona asfissiante con le ascelle sudate, propose di scrivere una poesia e di leggerla tre giorni dopo in classe.

«Non copiate perché me ne accorgo. Non devo scoprire un nuovo Francesco Petrarca, solo capire se qualcuno di voi ha un minimo di vena poetica. Scegliete l'argomento, la metrica, quello che vi pare. Datevi da fare, ragazzi».

Ebbi un lampo di genio. Ritardina, per quanto deficiente, aveva una memoria prodigiosa.

Comporre la poesia fu dura. Stipulai una tregua armata con N'To. Attingemmo a riserve di fantasia e creatività. Canzoni. Barzellette. Reminescenze letterarie. Tre giorni dopo eravamo pieni di aspettative.

«Allora, ragazzi, chi vuol cominciare?».

Gino, come al solito. Viscido secchione.

«Ho scritto una poesia sull'autunno», sbavò.

«Sentiamo».

Si alzò in piedi, tossicchiò. Tutta la classe lo disprezzava cordialmente.

«*Autunno sì grigio / Con sì pochi uccelli / Mi dai l'impressione / di un morbido niente / Eppure mi piaci / E dopo l'estate m'abitui all'inverno / Sì candido e triste / Che lento s'avanza*».

Si sedette ansimando come se avesse corso per tre volte intorno alla scuola.

La proffa era in brodo di giuggiole.

«Niente male, Gino, veramente niente male. È farina del tuo sacco?»

«Naturalmente professoressa».

«Ci sono un po' troppi "sì" per dire "così", ma è decisamente buona».

Alfredo.

«*Er lavoro*. L'ho scritta in romanesco».

«Ah, abbiamo un emulo del Belli e del Trilussa. Avanti, allora, sentiamo».

«*Quanno che la matina tu te sveji / Te senti na gran pena drento ar core / E drento ar letto t'arivorti ancora / Che ar lavoro tu n'ce voi annà...*», accenno di applauso. Eravamo sinceramente ammirati. Ma Alfredo non aveva finito. «*Poi doppo prenni er sacco cor beretto / Magni quarcosa n'fretta e poi t'avvii / A guadagnatte r'pane cotidiano / e fatte le tue ore de fatica*». La prof lo guardava come se avesse voluto abbracciarlo. «*E lì tu sudi e peni, e daje e sotto / te senti stracco come n'gatto morto / Quant'era mejo si ero nato storto / così che nun dovevo lavorà / E quanno c'alla sera torni stanco / Te stenni sopra er letto co le molle / E mentre te ne stai così in panciolle / Dichi che mo' te senti pastafrolle*». Standing ovation. Alfredo era simpatico a tutti. Generoso, intelligente, sportivo. Ottimi voti, ma non era un secchione come Gino.

Era il Gran Giorno della proffa.

«Vedete che è stata una buona idea farvi scrivere una poesia. Qui emergono talenti in erba».

Mario, detto Moccio.

«*Oggi è un bel giorno, in cielo c'è il sole / Dio benedica tutte le scuole*».

«Vabbene, forse potevi lavorarci un altro po', ma apprezzo lo sforzo».

Moccio era demoralizzato, ma del resto aveva un

quoziente di demenza appena un po' più basso di Ritardina, vale a dire su per giù quello di un termosifone.

E Ritardina si alzò. La prof la guardò stupita.

«Allora Giulia, vuoi farci sentire la tua...», dardeggiò uno sguardo ammonitore che diceva: provate solo a sfotterla e vedrete. Trattenevamo il fiato.

Ritardina guardò il soffitto ispirata.

«*Alla proffa, nella fregna / c'entran tre casse di legna / Ma lo dico, e adesso basta / c'entrerebbe una catasta*». Gli occhi della prof tentarono di balzar fuori dalle orbite. Prima bianca, poi rossa. Ansiti.

«Ma... Che... Rit... Giulia, smettila, SMETTILA SUBITO, CAPITO...».

Ma Ritardina portava le cose fino in fondo.

«*Cià un sedere sì sfondato / che ci passa un carrarmato / Ci si perde, senza indugio / anche un toro, in quel pertugio*».

L'ultima strofa era mia, ne ero fierissimo. La storia del pertugio era imbattibile.

«Adesso BASTA». La prof si lanciò sul banco di Ritardina inciampando e fece per metterle una mano sulla bocca. Lei la addentò come un giaguaro. La prof ululò. Ritardina, rossa in viso e sul punto di scoppiare in lacrime, continuò a declamare con voce gracchiante.

«*Dentro il nero tafanario / trova posto un dromedario / Ha le sise a penzoloni / come un paio di coglioni / E pel preside, al mattino / sempre ha pronto un bel bocchino*». La prof la stava trascinando fuori di forza, lei ormai singhiozzava ma non smetteva. Dal corridoio, mezza scuola sentì l'ultima strofa, frutto delle nostre fatiche letterarie.

«*Nella topa, che portento / c'è passato un reggimento*

/ E la proffa, sfortunata / di sifilide è ammalata / Se le infili il cazzo in culo / ti marcisce, ve lo giuro». Quest'ultima rima era un po' stiracchiata ma non ci era venuto niente di meglio.

Cercarono i colpevoli per giorni. Ma non ci beccarono. Avevamo scoperto l'omertà.

Capitolo 3
Judo

Quindici anni. Non molto alto, magretto, affilato. I brufoli, grazie al cielo e, forse, all'impiastro che Ma' mi faceva mettere tutte le mattine, stavano sparendo. Nelle mutande, un movimento tellurico permanente. Ormoni. Seghe. Le fantasie su Miss cedevano lentamente il passo a quelle su qualche rara compagna di scuola che cominciava a mostrare i primi bozzi sotto il grembiule, sulle foto delle ragazze del mese su «Nautica» (una bruna lussureggiante dal nome inglese era stata mia partner in almeno un centinaio di sedute) e soprattutto ai giornalini zozzi a fumetti come «Jacula» o «Il Tromba», che andavo a comprare ogni volta in un'edicola diversa. Anche N'To cresceva e per mia sventura era sempre un paio di passi avanti come stazza e statura. Le prendevo. Oltre alla merenda mi toccava privarmi di qualche soldo, penne, biglie e perfino i miei amati giornalini masturbatorii, una volta che avevo avuto l'ardire di portarne uno a scuola ben nascosto nella cartella. Lo odiavo come solo un adolescente sa odiare, un odio totale, maturo, profondo, assoluto, senza compromessi. Volevo semplicemente ucciderlo.

Fu Flash Gordon a darmi l'idea. Si batteva con un gigante di qualche pianeta, alto almeno tre volte più di lui. «Contro un colpo di judo non sei abbastanza veloce», lo irrideva, mentre lo proiettava oltre la sua spalla. Rimasi incantato. Le mie fantasie presero una nuova direzione: cancellai pistole, mitragliatrici, acidi, asce, sciabole e altre armi bianche. Adesso ero io, Lapo, che a mani nude facevo volteggiare N'To come un sacco di spazzatura, lo scaraventavo a sei metri di distanza, lo inchiodavo al suolo, lo strangolavo, gli lussavo una spalla o un braccio e lo lasciavo regolarmente dolorante e sbalordito a chiedersi come avevo fatto. Consultai freneticamente le pagine gialle alla voce palestre e finalmente lo trovai: «Judo, Ju Jutsu, lotta giapponese e difesa personale». Ce n'erano tre e una non era nemmeno troppo lontana da casa mia. Dovevo solo aspettare il momento buono per sferrare l'attacco.

Le cose tra Ma' e Pa' andavano male e non ci voleva molto acume per capirlo. Lui era sempre più immusonito e taciturno, spesso rispondeva perfino in italiano a Miss e nessuno aveva il coraggio di redarguirlo con l'abituale «only english». Mangiava in fretta e si alzava subito dopo il caffè per andare a riposare. Ma', al contrario, sembrava tutta ringalluzzita, sostituiva un pranzo sì e uno no con un beverone immondo, aveva perso peso e scorciato le gonne, un giorno era addirittura venuta a tavola con una sfolgorante parrucca bionda, ma quella volta il commento di Pa' era stato così acido e malevolo da farle salire le lacrime agli occhi. Per il resto, sembrava più frivola e vaga che mai.

Approfittai di un otto in Italiano e soprattutto di un

pranzo di lavoro di Pa'. Quando non c'era lui, ormai, Ma' sembrava molto più distesa e ben disposta.

«Ma' non voglio più fare ginnastica... Mi annoio. Ho pensato di cambiare sport».

Stava piluccando un po' d'uva. Quel giorno la dieta le imponeva pesce bollito, insalata e frutta. Aveva rinunciato anche al suo mezzo bicchiere di vino a pasto. Era sempre stata magra, ma negli ultimi mesi sembrava una modella.

«Cosa ti piacerebbe fare? Tennis? Scherma?»

«Veramente pensavo allo judo...».

«Lo giudò? E perché? Ma non è una cosa pericolosa? E poi chissà chi ci va in quelle palestre».

Non era un "no" senza appello. Avevo aperto un varco.

«Ma no, Ma', è un bellissimo sport, sembra che tra qualche anno lo prenderanno anche alle Olimpiadi... C'è tutta una filosofia dietro. E poi ci va un sacco di gente». A questo punto tirai fuori l'arma segreta: «Ho saputo che anche Ranieri si vuole iscrivere...».

Era una panzana colossale. Ranieri Bucciarelli, un anno più grande di me, era il rampollo di una delle famiglie più blasonate e ricche del nostro giro. Tutto quello che faceva andava bene. Con gran disappunto di Ma' non avevamo legato ed ero stato invitato una sola volta a casa sua a una festa della scuola. Mi considerava più o meno una caccola. Praticava equitazione, scherma e tennis e probabilmente considerava lo judo uno sport da portinai. Comunque la buttai lì.

«Be', nei prossimi giorni potrai andare con Miss Becky a vedere una palestra, poi decideremo».

Fui affascinato. L'odore un po' stantio del tatami. Il sudore. Il saluto con l'inchino *rei*. I nomi delle tecniche in giapponese. Le cinture colorate. Le cadute. Il maestro era un ciccione dall'aria bonaria che si chiamava Pietro e giurava di essere stato allievo di un importantissimo *sensei* con non so quale cintura pezzata bianca e amaranto. Andai ad assistere alle lezioni per tre volte di seguito e restavo in silenzio, assorto in estatica contemplazione. Alla fine Ma' si fece convincere, andò a parlare con la direzione, prese nota dei nomi degli allievi, accertò che non si trattava di un covo di teppisti e dette il suo *placet*. Non pensavo ad altro, non sognavo altro e per la prima volta cominciai perfino a trascurare Blu e Patè, ricavandone, in cambio, pesanti ondate di risentimento animale incrociate.

De ashi barai, *soto gari*, cadute, sbilanciamenti. Avevo uno scopo nella vita. Trema N'to, arriva il *redde rationem*.

«Wazari». Mi rialzai furente. Mi ero fatto fregare come al solito: sbilanciamento, *o goshi* e Guido mi aveva sbattuto a terra di brutto. Era poco più alto di me, magro, elastico, fluido come l'acqua. Incarnava perfettamente l'essenza stessa dello judo, il salice che si piega al vento senza spezzarsi, la cedevolezza che vince la forza e tutte le stronzate... Il fatto è che non ne potevo più di perdere, di vedere il braccio del maestro che si sollevava dalla parte del mio avversario, di inchinarmi cavallerescamente al vincitore (su questo il sensei non transigeva: al minimo cenno di scorrettezza o antisportività eri fuori) e poi tornarmene al posto con le guance in fiamme. Ma il combattimento non era finito: sentii per la prima volta in vita mia un'ondata di rabbia rossa e accecante, la voglia di uccidere che mi montava dentro e mi tagliava il respiro. Aspettai il comando del maestro («Hajime») e caricai come un toro. Agguantai Guido per il bavero e la manica del Judogi e lo tirai giù con un mezzo *o soto gari* che somigliava più a una cianchetta di strada che a una tecnica codificata. Lui resistette, ma il mio attacco scomposto e disordinato l'aveva colto di sorpresa. Restammo in equilibrio precario per quasi mezzo minuto, grugnendo e ansimando, i judogi scomposti e le cinture quasi slacciate. Poi, finalmente, la mia furia ebbe il sopravvento sulla sua tecnica e riuscii a scaraventare Guido di schiena sul tatami, gli balzai sopra, lo immobilizzai al suolo con una *makura gesa gaatame* quasi perfetta. Resistette per qualche istante, ma capii che l'avrei ucciso prima di lasciarlo andare e lo sentii rilassarsi, rassegnarsi alla sua sorte. «Ippon», punto. La voce del maestro mi sembrò un coro angelico. Avevo vinto. Mi inchinai profondamente, ero il samurai che rende omaggio al cadavere del nemico. Quando mi rialzai vidi che Guido mi guardava sconcertato.

Scartai il panino lentamente, col cuore che mi martellava in gola, sapendo che non sarei riuscito a ingoiarne neanche un boccone: il groppo che mi stringeva la trachea era troppo stretto. Avevo immaginato quella scena mille volte, ma adesso mi sentivo molle, insicuro, spaventato, con una gran voglia di correre a casa e rannicchiarmi sotto le coperte con Patè tra le braccia. Avevo pensato di affrontarlo davanti a tutti, di acchiappargli il bavero e proiettarlo a terra con un *ippon seoi nage* da podio olimpico, stropicciarmi le mani e andarmene tra l'ammirazione e lo spavento generale, ma semplicemente non ne avevo il coraggio. Optai per una strategia più opportunista, avrei fatto da esca col panino. Cominciavo a sperare che quella volta me la sarei cavata, in fondo ero pronto a reagire e potevo sentirmi in pace con la mia coscienza. Invece si avvicinò. Guido e Giò, i due nuovi fedelissimi, lo seguivano a breve distanza. N'to versus Lapo. Signori, si va a incominciare.

«E bravo piscione... Che mi hai portato oggi?».

Deglutii. La risposta tagliente che avevo immaginato mille volte non voleva saperne di uscire dalla mia bocca.

«Me lo dai subito o ti devo pestare come una zampogna? Guarda che oggi non ho voglia di sporcarmi di merda con te, quindi è meglio se non fai storie».

«Vaffanculo». Non era il massimo del sarcasmo, ma almeno era una risposta virile, diretta. E fece il suo effetto...

«Cos'hai detto, caccola?». N'to si portò la mano all'orecchio come per simulare un attacco di sordità. Poi si voltò verso i suoi sgherri. «Questo pidocchio mi ha mandato affanculo o sbaglio?». Due sorrisi idioti.

Lo schiaffo arrivò come un treno e mi fece quasi cadere a terra. Non avevo neanche visto la mano che si muoveva verso il mio viso. La faccia mi bruciava come il fuoco, tutto il mio ardore combattivo era quasi spento, ma ormai non avevo alternativa. Dovevo battermi, ora o mai più. Mi lanciai. Sentii un dolore terribile allo stomaco dove il pugno di N'To mi aveva centrato mentre tentavo di sbilanciarlo. Mi piegai su me stesso boccheggiando, un bersaglio perfetto. E infatti ne approfittò immediatamente. Unì le mani intrecciando le dita, le alzò con un gesto plateale e me le abbatté con tutta la sua forza sulle spalle. Crollai a terra singhiozzando e mi raggomitolai su me stesso in attesa dei calci. Arrivarono anche quelli. Poi lo sputo, in piena faccia. Piangevo senza ritegno come un bambino per la mia vigliaccheria e inettitudine, più che per il dolore e l'umiliazione. Le avrei prese per tutta la vita anche se fossi diventato cintura bianca e rossa, anche se avessi vinto la medaglia d'oro alle Olimpiadi, anche se...

Se ne andarono col mio panino. Piansi ancora. Tentai di proiettare il film della rivincita, ma avevo i circuiti mentali intasati. Le due ore di storia dopo la ricreazione furono una tortura, ma riuscii a non dare spettacolo. A casa dissi che stavo male di pancia, ma i miei erano troppo impegnati in uno dei loro litigi sempre più furiosi per badare al mio stato pietoso e mi dispensarono dal pranzo di buon grado. Mi spogliai, mi misi il pigiama e mi rannicchiai sotto le coperte. Tremavo. Patè arrivò subito. Pronto intervento felino. Lo abbracciai e versai lacrime di autocommiserazione sul suo pelo arruffato. Mi sembrava di sentirlo mentre mi consolava con le fuse: non ti prrrrrreoccupare, non ti prrrrrreoccupare, non ti prrrrreoccupare. Almeno il mio gatto mi amava.

V

Capitolo 4
Incontro

«**Senti, Cinzia,** io avrei pensato...».

«Sì?»

«Insomma, lo sai che è un bel po' che ci vado pensando...».

«A cosa?»

«Sì, ecco, cioè, siccome ci vediamo sempre a scuola ma lì non si può parlare, quindi...».

«Già».

Sudavo. Era più difficile del previsto. Eppure l'avevo scelta bene, una all'altezza delle mie possibilità. Diciamo di due terzi in fondo alla scala gerarchica delle fiche. Le top three non erano neanche immaginabili per uno sfigato come me, uno che continuava a essere angariato e pestato giorno dopo giorno e non trovava neanche la forza di farsi valere. La poesia di Ritardina aveva fatto salire per un po' le mie quotazioni, ma ora ero nuovamente precipitato verso il basso. Cinzia, dunque. Bruttina, no, piuttosto insignificante con quei golfini grigi da monaca, il colletto bianco, l'eterno kilt scozzese con la spilla, le scarpe basse di Caccetta. Magrina, sise appena accennate, ma un bel paio di occhi liquidi, ombreggiati da lunghe ciglia arabe. Begli occhi. Tutto il resto appena passabile. Ma mi ci voleva una ragazza. Ce l'avevano quasi tutti, tranne i reietti, gli ultimi della scala sociale. Gordon aveva Dale, Paperino aveva Paperina, Topolino aveva Minnie. Io avrei avuto Cinzia. Il problema è che lei non collaborava affatto. Era il suo momento e se lo voleva godere tutto. La rivincita della cozza. Mezza festa (la solita, barbosissima festa da Gino, coi tramezzini secchi, l'aranciata calda e i genitori vigili a portata d'orecchio) sapeva che le dovevo fare la dichiarazione, le frequenze di Radio Serva erano intasate. Per una che veniva invitata a ballare una media di due volte a pomeriggio se andava bene era già un trionfo e allora perché la faceva tanto lunga?

«Insomma, Ci', ecco mi chiedevo... Ti vuoi mettere con me?». Ecco, l'avevo detto. Mio malgrado, cuore come un tamburo e principio di erezione.

Ansiosa attesa. Dì di sì, zoccola che ci guardano tutti. Non mi far fare l'ennesima figura di merda...

«Io... Be', Lapo, non so, è che mi cogli di sorpresa...». Bugiarda schifosa, ti ci sei messa pure il rimmel.

«Ti conosco poco... Cioè, siamo amici ma io...».

Agii da vero uomo. Basta ciance, pupa. Le presi la nuca con un braccio in una presa degna di uno strangolamento sul tatami e accostai la bocca alla sua. Fece un po' di resistenza, ma era prevista, anche nei film succedeva sempre così. Prima si tiravano indietro, poi si abbandonavano. Labbra contro labbra. Lingua. Labbra chiuse. Insisto. Apre un pezzetto. Forzo il blocco. Lingua a lingua, ci siamo. Sapore di gomma alla menta. Ci stiamo baciando rigidi come stoccafissi. Anche il mio cazzo è rigido, anzi, sta cominciando a gocciolare il maledetto. I pantaloni beige non sono stati una grande idea, proprio oggi. Sai che figurone con la macchia sulla patta.

Bacio. Tutti fanno finta di niente, ma raccogliamo una messe di occhiate laterali, qualcuna di commiserazione in stile "anche i rospi si accoppiano", ma altre di autentica invidia. Stiamo insieme. Ho una ragazza. E adesso che si fa?

Ci scostammo, imbarazzati, senza sapere cosa dirci. Mano nella mano. «Vuoi qualcosa da bere?». IL GRAN SEDUTTORE IN AZIONE. Fece sì con la testa, almeno avevo guadagnato qualche minuto armeggiando tra bottiglie e bicchieri. Grazie a Dio qualcuno mise un lento e potemmo ballare in silenzio con un accenno, solo un accenno di pomiciata. Poi ci sedemmo vicini sul divano, tenendoci per mano. La coppia regale accoglie le congratulazioni. Nessuno ci filava. Mise la testa sulla mia spalla. Stavo scomodissimo. Dopo mezz'ora ero praticamente anchilosato, ma continuavo a carezzarle meccanicamente la mano alla disperata ricerca di qualcosa di interessante da dire. Niente. Cervello vuoto. Sorriso idiota. Quella stracazzo di festa non finiva mai. Ballammo ancora, erezione contro gonna scozzese. Dopo un'oretta lei chiese scusa e tornò dalle sue amiche a spettegolare e ridacchiare. Ero sollevatissimo. Andò avanti fino a sera. Al momento di uscire, mi avvicinai e le misi un braccio sulle spalle, con aria possessiva, per la goduria delle amiche.

«Allora ti telefono», annunciai. Lei annuì. Ci baciammo. Fatta. Andai alla fermata del bus fischiettando, anche se mi facevano male le palle.

A casa rimediai con la terapia masturbatoria. Benedette seghe, sempre a disposizione. *Consolatio ingrifatorum*. Cinzia mi mollò dopo due mesi.

«Blu, vieni qua, brutto stronzo». Quel giorno il cane mi faceva impazzire. L'avevo portato a correre in un prato a poca distanza da casa e si ostinava a ignorare i miei richiami. La nostra villetta sorgeva su una collina a poca distanza da un grande vialone pieno di marmi e lampioni: un posto di mezza campagna che stava velocemente diventando un quartiere residenziale. Grande intuizione di Pa', che aveva comprato il terreno con due soldi quando ancora la zona era una periferia abbandonata, costruito la casa in pochi mesi con la sua impresa edile e, adesso, era seduto su una fortuna. Una storia che avevo sentito raccontare fin da quando avevo l'età della ragione. IL TRIONFO DI PA', che compensava la frustrazione di non so bene quale nomina all'Università, sempre in ritardo per inghippi politici. Ai cantieri che, ormai, spuntavano di continuo, comunque, si alternavano ancora sprazzi di prati, qualche forra e qualche boscaglia dove si poteva andare a caccia di lucertole con la fionda e perfino, a volte, rari pastori con le pecore che, ogni tanto, inseguivo con gli amici chiamandoli "Giufà".

Blu si era infilato in una macchia e non usciva. Lo faceva apposta, lo stronzetto, visto che il comando "vieni" era la prima cosa che aveva imparato da cucciolo. Giocava. Mi avvicinai. Da dietro un cespuglio si levava un ringhio sordo e feroce, il vento furioso che precede una battaglia canina. Blu era piantato sulle quattro zampe, immobile come un cane imbalsamato, col pelo del collo erto e le zanne scoperte in un ghigno selvaggio. Non l'avevo mai visto così. Lo fronteggiavano due grossi bastardoni: uno bianco e massiccio con le orecchie a penzoloni e un'espressione bonaria negli occhi acquosi e un altro magro, macchiato, famelico, con una lunga coda e orecchie asinine piegate all'indietro. Il ringhio aumentò.

Mentre faceva tutta quella scena da giaguaro della foresta, Blu mi lanciò una rapida occhiata laterale e, all'istante, fui sopraffatto dalle sue emozioni. Quel tappo stava cercando di proteggermi. Non si sentiva in pericolo, ma temeva che i due cani mi aggredissero. Percepii la sua paura e il suo coraggio indomito: la sua ferrea determinazione a battersi fino alla morte, a farsi uccidere per impedire che io venissi attaccato o ferito. Provai un impeto d'affetto e di gratitudine che mi fece salire le lacrime agli occhi e mi domandai cosa avessi fatto per meritare tutta quella devozione incondizionata. Nel frattempo, i due cagnoni continuavano a guardarmi in tralice come se non sapessero bene cosa fare e Blu, l'Intrepido, non smetteva di ringhiare.

«Yussuf, Daruma... Qui». Un comando secco da dietro il cespuglio. I due cani fecero dietrofront all'istante, come soldati, e corsero via. Incuriosito, mi avvicinai al punto da dove era arrivato l'ordine.

«Il tuo cane ti ama...». Era un vecchio sulla cinquantina, un tipo strano, magro e nodoso, con un naso prepotente e un viso pieno di bitorzoli, spigoli e rughe. Aveva i capelli cespugliosi, lunghi, bianchi e folti, legati dietro la nuca con un elastico in un codino come le donne. Indossava vecchi vestiti rattoppati, un paio di pantaloni sformati e un giubbotto di pelle imbottito senza maniche da cui spuntavano due braccia nervose con muscoli ancora guizzanti nonostante l'età. Ma quello che mi colpì di più fu uno strano ciondolo che portava al collo, una stella d'argento a nove punte con una scritta che mi sembrò in arabo. Se ne stava seduto a gambe incrociate su una vecchia coperta sbrindellata. Poco distante, un pentolino bolliva su un fornello da campeggio.

«Era pronto a morire per te...», continuò. Aveva una bella voce roca, con una leggera punta di ironia.

«Come lo sai?»

«Lo so come lo sai tu. Noi capiamo gli animali e loro ci amano, non è vero?».

Oscillai sulle gambe, indeciso. Non l'avevo mai vista così. Il mio rapporto con Blu e Patè mi era sempre sembrato naturalissimo.

«Forse noi li stiamo più a sentire degli altri...», azzardai.

«Bravissimo», esultò. Stranamente, il complimento mi fece arrossire dal piacere. «Siediti qui, parliamo un po'», aggiunse battendo la coperta vicino a lui, «il tè è quasi pronto».

Parlava con una strana inflessione, un dialetto o un accento vagamente esotico che non riuscivo a localizzare.

Sedetti. Avevo sentito spesso di vecchi sporcaccioni pederasti che allungano le mani sugli adolescenti e stavo sempre all'erta, ma quel tizio sembrava assolutamente innocuo.

«Come ti chiami?»

V

«Lapo».

Un mezzo sorrisetto. «Ma certo, bel nome».

«E tu chi sei?»

«Tamoa».

«Strano nome, sembra da femmina».

Altro sorriso. Aveva denti saldi e forti. «In realtà mi hanno chiamato in un sacco di modi diversi, questo è l'ultimo e il più facile».

«Dove abiti?».

Fece un cenno alle sue spalle. «Adesso qui». Indicò una baracchetta di legno e cartone con un tetto di lamiera ondulata alle sue spalle. Sembrava un quadratino di carta. Non l'avevo mai vista prima.

«Vuoi il tè?».

Esitai. La buona educazione imponeva di accettare. Pensai a come si sarebbe scandalizzata Miss che vedeva germi, microbi e batteri dappertutto e mi costringeva a lavarmi le mani come un chirurgo prima di un intervento ogni volta che toccavo qualcosa da mangiare.

«Non ti preoccupare, massima igiene. Tazze pulitissime, lavate e disinfettate».

Arrossii ancora...

«E non ti leggo nel pensiero», continuò, «è che sei trasparente, signor Lapo... Guardi la teiera con aria dubbiosa, lanci uno sguardo d'intesa al tuo cane. Non ci vuole molto a capire cosa stai rimuginando». Blu, intanto si era acciambellato accanto a me, in perfetto relax. Il mio eroe.

Tamoa preparò il tè con gesti meticolosi, in assoluta concentrazione, versò una buona dose di latte e zucchero senza chiedermi come lo volessi e mi porse una tazza. Era delizioso, con un leggerissimo aroma di menta.

«Da dove vieni?», chiesi dopo la prima sorsata. Si posò un dito sulle labbra.

«Bevi e taci. Prima il tè poi la conversazione. Quando fai una cosa, falla con tutto te stesso, è il segreto della felicità», sghignazzò, «dopo una bella cacata ovviamente, l'intestino viene prima di tutto...».

Quel tizio col codino mi prendeva in giro. Comunque bevvi in silenzio, concentrandomi sul sapore e sul tepore della tazza tra le mani. Dopo l'ultimo sorso la posai.

«Non ti cacciano via?», chiesi accennando alla baracchetta.

«No, non ancora almeno. Questo terreno non è stato ancora lottizzato, è di tutti quindi anche mio. Ma stai tranquillo che tra un po' ci verranno a costruire e mi toccherà andarmene», si stiracchiò pigramente. «Nel frattempo arriverà qualche amico e ci sarà un po' di compagnia anche per il vecchio Tamoa. E tu, Lapo, da dove vieni?».

Accennai vagamente alle mie spalle. La villetta era a circa due chilometri. E se fosse stato un ladro?

«Non lasciare mai che il tuo cane si senta abbandonato», disse Tamoa all'improvviso, «sei tutto il suo mondo, vive solo per te... Presto avrai un sacco di distrazioni e magari lui ti sembrerà un impiastro, ma ricordati che solo un cane è fedele fino alla morte».

«E che distrazioni dovrei avere?», chiesi secco. Quel tono da professore cominciava a darmi ai nervi.

«Be', che ne so? Le ragazze, lo studio, magari qualche sport. Roba adatta a un ragazzo della tua età».

Pensai a Cinzia. Blu era decisamente più riposante. Tacqui.

V

«Hai addestrato bene i tuoi, di cani», osservai dopo qualche istante di silenzio.

«Addestrato? No, per niente... Li lascio vivere. Mi capiscono, io capisco loro, proprio come fai tu col tuo. Come si chiama?»

«Blu».

«Bel nome anche se in realtà è nero. Sì, i cani ci capiscono. Il tuo e i miei. Ma non devono mai dimenticare chi è il capo. Altrimenti potrebbero diventare cattivi. Daruma è una vera belva». Scostò le labbra del più magro, quello con le orecchie asinine, per mostrare due zanne gialle e incurvate che sembravano sciabole. «Ma tu volevi sapere da dove vengo giusto?».

Annuii. All'improvviso, davanti a quello straccione, mi sentivo goffo e maleducato.

«Be', sono stato in un sacco di posti. Ho fatto il soldato, sono stato marinaio e poi ho viaggiato per conto mio. Ora sono tornato qui». Un gesto vago che poteva indicare il quartiere, la città o tutta Italia, «e conto di restarci. Ho i reumatismi e mi fanno male le ossa. A proposito, Lapo, se torni a trovarmi me la porteresti una bottiglia di vino presa dalla dispensa dei tuoi? Mi ci vorrebbe proprio un goccetto per scaldarmi, ma ultimamente sono un po' a corto di soldi e mi bastano appena per il tè e qualcosa da mangiare. Quindi scusami se non ti invito a cena».

Mi stava congedando. Mi alzai, mi stropicciai i calzoni sul dietro e gli tesi la mano. La sua era dura e asciutta. Blu mi seguì senza neanche voltarsi per guardare Yussuf e Daruma. Solo allora mi resi conto che i tre cani, dopo il primo momento, si erano completamente ignorati, avevano saltato tutti i convenevoli, annusamenti, leccatine e tutto il resto. Stranissimo.

Capitolo 5
Dolore

Fu un attimo. Un'esca irresistibile dall'altra parte della strada. Era bianca, lanosa, fresca di toilette con un odore nauseante di shampoo e profumo alla vaniglia. Ma era in calore. Lui era come me: un ribollire di voglie sessuali e di ormoni, erezione permanente effettiva. Fece quello che non aveva mai fatto, la sua prima e ultima disobbedienza. Sentii lo strappo del guinzaglio e rimasi come un allocco, sbalordito. Prima che riuscissi a connettere era già al centro della carreggiata. Sbagliai di nuovo e me lo rimprovero ancora adesso che ho i reumatismi e la prostata come una patata. Lo chiamai. Si immobilizzò all'istante, come per scusarsi di quella mancanza. La macchina arrivò proprio in quel momento, neanche un tentativo di frenata. «Me ne sono accorto solo quando ho sentito il botto», raccontò poi il ragazzo che guidava.

Morì all'istante e questa è la mia unica consolazione. Macchia di sangue nero che si allarga sotto le ruote e si mischia all'olio in discesa libera dalla coppa incrinata. Qualche urlo. L'auto che si blocca. Io che corro, torno indietro, corro di nuovo senza neanche piangere. Ansimo, ansimo, scuoto la testa, dico di no come se potessi cancellare tutto, azionare il rewind, tornare indietro a me e il mio cane che passeggiamo tranquilli col guinzaglio lasco. Non piango, non ancora, ci sarà tempo per le lacrime. Qualcuno mi guarda con compassione. «Povero ragazzo». Mi portano da una parte, mi danno un bicchier d'acqua, ma io mi divincolo, lo faccio volare in pezzi, sono di nuovo accanto alla macchina e di nuovo ritorno indietro perché non ce la faccio a guardare. È un sogno, Dio, fa che sia un sogno, fammi svegliare adesso, ti giuro che stavolta la smetto con le seghe e vado a messa tutte le domeniche da don Michele. Non mi sveglio. Qualcuno chiede dove abito. Farfuglio qualcosa, do un numero di telefono. Neanche un quarto d'ora ed ecco Miss trafelata, le guance sporche di rimmel. L'abbraccio singhiozzando come un bambino, mi faccio avvolgere dal suo odore che me l'ha fatto drizzare tante di quelle volte e adesso è solo pace e consolazione. Mi porta via. Non chiedo neanche di Blu, il collegamento si è interrotto di colpo, clic, so benissimo che è morto. Non mi ha neanche salutato.

Pa' era a cena coi colleghi e Ma' dormiva in studio, un posto misterioso dove passava almeno due o tre notti alla settimana. Ringraziai il cielo almeno per quello. Poi bestemmiai per la prima volta in vita mia. E pregai: Signore se c'è un paradiso dei cani, Blu ha diritto a un posto d'onore, lo sai che se lo merita. Va bene, un paio di volte ha pisciato sul tappeto, ma non l'ha fatto apposta, era per l'emozione. Perdonalo. Piangevo e pregavo. Miss mi stava accanto, tenera come una zia. Mancava poco che mi imboccasse. Non volevo mangiare, ma dopo i primi bocconi una fame nervosa, compensativa mi dilaniò lo stomaco e mi abboffai senza ritegno. Mi versai un intero bicchiere di vino, poi un altro oltrepassando di molto il limite familiare delle due dita consentite a pasto e scoprii la calda consolazione dell'alcol. Miss non parlava, mi coccolava e mi carezzava e da quel giorno le mie fantasie onanistiche sterzarono bruscamente in un'altra direzione e smisi definitivamente di eccitarmi pensando a lei. Quando andai a dormire, troppo affranto per versare altre lacrime, Patè era pronto a consolarmi. Lo abbracciai. Speravo di sentire il suo dolore, la mancanza di Blu, ma i suoi sentimenti erano tutti per me. Blu non esisteva, non era mai esistito. Cancellato di punto in bianco. Eppure non ce l'avevo con lui per quella insensibilità. Era sempre il mio migliore amico. Ronfava.

Ma' e Pa' furono solleciti e comprensivi. Nessuno mi accusò. «Lapo, quando vorrai, quando te la senti... Magari non è il caso di parlarne ora, ma sappi che appena lo desideri possiamo prendere un altro cane», mi disse Pa' con una delicatezza che mi sorprese. «Uno come Blu o completamente diverso, come vuoi tu». Tirò su col naso, sembrava veramente commosso. «Vedi Lapo, gli animali prima o poi ci lasciano. È la maledizione del nostro rapporto con loro, muoiono prima. Non così presto come Blu, ovviamente, ma per questo forse bisognerebbe evitare di affezionarsi tanto... Insomma, capisci quello che voglio dire, no?».

Annuii. Le parole non contavano, stava cercando di consolarmi. E avevo già deciso che avrei preso un altro cane, ma in quel momento non mi andava di parlarne.

V

Vissi per due mesi in uno stato di abulia. Mangiavo, andavo a scuola, giocavo con Patè, andavo perfino a Judo. Ma non combinavo niente. Non studiavo, non mi allenavo, ripetevo solo meccanicamente le tecniche. In palestra mi battevano quasi tutti e a scuola era un diluvio di insufficienze. Sentivo i miei bisbigliare preoccupati, se non altro avevo fornito un buon argomento di conversazione visto che oltre a "passami il sale" e "com'è andata oggi?" non andavano. Poi una sera li sentii alzare la voce. Ci risiamo. Pa' versus Ma', la rivincita. «Bisogna capirlo, è un ragazzo sensibile, amava tantissimo quel cane», strideva lei.

«È morboso, innaturale, esagerato», muggiva lui. «Capisco i primi giorni, ma adesso basta. È ora che cresca. Non ne posso più del suo piagnisteo per quel maledetto cane». Sentii il cuore sprofondare e lo stomaco che si attorcigliava. Poche volte in vita mia ho odiato qualcuno così tanto.

«*Gli è morto il cagnolino / Lapo soffre, poverino*». Me la cantavano ovunque andassi. N'to o uno dei suoi sgherri, non so come, era riuscito a scoprire perché ero tanto abbacchiato e da quel giorno non avevo un minuto di requie. Il primo biglietto l'avevo trovato sul banco, poi la strofetta era diventata la mia personale colonna sonora. La cosa peggiore è che mi faceva soffrire a sangue: ostentavo un'aria indifferente, facevo il superiore, ma, dentro, mi sentivo sulla graticola come quel santo cotto ai ferri di cui ci avevano parlato all'ora di religione. Sempre più solitario, sempre più alieno, mi chiudevo in me stesso e intrecciavo lunghe conversazioni con un Blu in diretta dall'altro mondo canino.

«È Lapo che è tornato. Il vino l'hai portato?». Evidentemente in quel periodo la mia vicinanza ispirava le rime.

Tamoa non era più solo. A poca distanza dalla sua baracchetta erano spuntate altre due o tre casupole che, al momento, sembravano disabitate. Lui si stava dando da fare col solito fornello. Ero capitato lì durante uno dei miei vagabondaggi pomeridiani solitari senza avere, veramente, intenzione di andare da qualche parte. Mi ci avevano portato i piedi.

«Scusa, me ne sono dimenticato. La prossima volta giuro che te lo porto, il vino».

Fece un gesto come dire "lascia perdere" e batté ancora una volta sulla coperta. Mi sfilai il giaccone perché sentivo caldo e mi sedetti accanto a lui. Sentii un ringhio sordo e Daruma si affacciò alla porta della baracchetta come per chiedere: «Tutto bene?». Percepii la sua diffidenza. Tamoa annuì con un verso rassicurante e il cane si levò di torno.

«E il tuo cagnolino?», mi chiese. Vide i miei occhi riempirsi di lacrime silenziose a scosse la testa, con aria dispiaciuta.

«Cosa gli è successo?»

«L'hanno investito», il dolore mi stringeva la gola, «lo tenevo al guinzaglio ma lui ha visto una cagnetta, capisci? Non sono riuscito a trattenerlo, non era mai scappato prima». Ormai stavo singhiozzando senza ritegno. «Non l'aveva mai fatto prima e proprio in quel momento è arrivata quella maledetta macchina. È morto sul colpo».

Tamoa rimase in silenzio. Lasciò che mi sfogassi poi estrasse dal giubbotto senza maniche un pacchetto di fazzolettini di carta e me ne allungò uno. Mi soffiai il naso e mi asciugai le lacrime. Cominciavo a sentirmi un idiota, in singhiozzi davanti a un barbone qualsiasi e per un cane, poi.

«È tornato da dove era venuto», commentò alla fine Tamoa, dolcemente.

«Come?»

«Il tuo cane. Se non sbaglio si chiamava Blu, giusto? È tornato da dove era venuto, come succederà a tutti noi». Era un discorso da prete, ma lui non ne aveva l'aria.

«Intendi dire che è in paradiso, che sta con Dio?»

«Se vuoi, se la vedi così».

«Ci credi?»

«A cosa?»

«A Dio».

«Perché, tu no?»

«Sì, no... Cioè, non lo so. Ho chiesto a don Roberto e mi ha spiegato che i cani non hanno l'anima, quindi non vanno né in paradiso né all'inferno...». Anche a parlare con il sacerdote mi ero sentito un perfetto cretino, ma non ero stato capace di trattenermi. La spiegazione del prete mi aveva profondamente deluso: niente aureola, alucce e arpa per il povero Blu. Nemmeno una nuvoletta da cui proteggermi, solo l'inceneritore e addio.

«Il tuo gatto che ne dice?». Alla domanda spalancai la bocca come un allocco, allora quel tizio leggeva veramente nella mia testa. Tamoa sorrise.

«Se hai un gatto grigio, meglio non mettere un golf

nero... Oppure vedi di spazzolarlo più spesso, il gatto. Sei una collezione di peli. Comunque, che ne dice?»

«Chi?». Quella conversazione stava diventando surreale.

«Il gatto, no? Dai, sai benissimo cosa ti sto chiedendo...».

«Lui, ecco, cioè, Patè, si chiama Patè, il gatto, sembra che non gliene importi proprio niente. Di Blu, voglio dire. Sento che si preoccupa per me, è affettuoso, cerca di consolarmi perché sa che io soffro», rischiavo di scoppiare a piangere di nuovo, «ma in qualche modo sento che la morte di Blu non lo sfiora minimamente. Eppure erano amici, giocavano sempre insieme». Piangevo. Niente da fare, quel pomeriggio le mie ghiandole lacrimali stavano facendo gli straordinari.

Tamoa annuì di nuovo, come se avessi dato la risposta giusta.

«Gli animali sono più saggi di noi. Sanno che vita e morte sono la stessa cosa. Il tuo gatto, come si chiama? Patè. Be' Patè non soffre per la morte di Blu come non soffrirebbe per la tua perché è una cosa naturale che non lo addolora. Soffre per il tuo dolore. Partecipa alle tue emozioni perché è la sua natura e perché ti ama. Le percepisce come tu percepisci le sue. Non dico che è bene o è male, è così è basta».

Lo guardai incuriosito.

«Sei una specie di prete?».

Sghignazzò. Poi estrasse dalla tasca un bellissimo coltello, col manico di corno lucido dall'uso, lo aprì e cominciò a pulire una carota con gesti lenti e metodici. La lama, leggermente ossidata, sembrava affilatissima, scivolava sulla carota levando sottili strisce arancioni. Poi

Tamoa la fece a pezzetti che buttò nel pentolino sul fornello insieme a qualche altra cosa e iniziò a rimestolare metodicamente con un cucchiaio di legno.

«Mi stavo preparando un po' di zuppa per cena... No, Lapo, sono stato tante cose in vita mia, ma un prete mai. Però lascia che ti dica una cosa: non c'è bisogno di preti per credere in Dio. E neanche di una religione, di una in particolare. Dio è dappertutto, negli alberi, nell'erba, negli animali, nel cibo... Basta saperlo ascoltare e saperci parlare, proprio come fai col tuo gatto».

Il paragone avrebbe fatto venire un infarto a don Roberto. Io continuavo ad andare a messa quasi tutte le domeniche e ogni tanto, confessavo gli "atti impuri" in un confessionale in penombra. «Da solo o in compagnia?» era l'inevitabile domanda. Rispondevo: «Da solo», evitando di aggiungere «purtroppo». Da impunito segaiolo qual ero, mi beccavo cinque ave, un pater e il gloria, uscivo dalla chiesa pieno di buoni propositi e il giorno dopo ricominciavo a menarmelo peggio di prima. Questa, più o meno, era la mia vita spirituale. Pippe e pentimento.

«Tu preghi il gatto?», questa mi era scappata. Tamoa sghignazzò di nuovo.

«Non prego il gatto. Prego, sì. Tutti i giorni. Un giorno dico il Padre Nostro, il giorno dopo il mantra del Loto, il giorno dopo ancora recito la shahada...».

«La che?»

«Shahada. Professione di fede. *Ashahadu an la Ilaha illà Allah. Ashahadu anna Muhammad rasulu Allah*», cantilenò.

«Che vuol dire?», ero abbastanza impressionato.

«Attesto che non c'è Dio se non Allah e che Maometto è il suo profeta».

Ecco cos'era. Un maomettano. Ricordavo vagamente qualcosa che avevo letto, ma me li immaginavo tutti con dei gran turbanti, spade ricurve, baffi e orecchini. No, un momento, potevano anche scoparsi quattro mogli contemporaneamente e non bevevano vino. Le quattro mogli mi sembravano meglio di una sola, del vino non mi fregava niente. Guardai il ciondolo con la stella a nove punte che Tamoa portava al collo.

«Sei un maomettano?»

«Sì. Ma sono anche cristiano, zoroastriano, induista, buddista, israelita. Credo che Dio, ogni tanto, mandi qualcuno per svegliarci un po'».

«Che religione è?»

«La religione di tutte le religioni. Un tizio la predicava in Persia circa cent'anni fa».

«Che fine ha fatto?»

«Morto in carcere. Il suo comandamento principale era quello di non fare male agli esseri viventi, come Blu o Patè». Guardò nella pentola, compiaciuto: «La zuppa è pronta. Fine della lezione. Vuoi favorire?».

Improvvisamente avevo una gran fame e accettai la scodella. Dentro c'era un minestrone ricco e denso, insaporito con qualche spezia, che cominciai a divorare a grandi cucchiaiate.

«E a te chi ti ha insegnato queste cose?», chiesi, ma lui alzò la mano e mi fece cenno di tacere. Ricordai: una cosa alla volta, con tutto te stesso. Finii di mangiare e aspettai che Tamoa facesse altrettanto. Pulì la scodella con un pezzo di pane, la sciacquò con un po' d'acqua

V

presa da una tanica, bevve un sorso e ripose tutto. Ogni gesto con la massima concentrazione, come se fosse veramente un prete che celebra la messa. Alla fine tornò a sedersi vicino a me.

«Come si chiamava quel tizio?», domandai incuriosito.

«Chi?»

«Quello della Persia, che è morto in carcere».

«Bahà'u'llah, sia Gloria a Dio. I suoi seguaci si chiamano baha'i».

«E tu sei uno di loro? Un baha'i?».

Sorrise. «Io? Non sono niente. Sono un barbone. Non ho tempo per le speculazioni teologiche, ho troppo da fare per rimediare la mia cena».

Tamoa si alzò e fece un cenno verso il cielo che cominciava a scurirsi.

«Forse è meglio che torni a casa o i tuoi staranno in pensiero... Eviterei di dire dove hai mangiato e con chi se non vuoi che ti portino all'ospedale per una lavanda gastrica».

Mi sembrava un consiglio saggio anche se ultimamente, per quello che importava a Ma' e Pa', avrei potuto raccontare di aver mangiato topi fritti in una discarica con un club di pedofili per commensali e mi avrebbero a malapena ascoltato. Comunque annuii e mi alzai.

«Ciao».

Si portò una mano prima alla fronte, poi alla bocca e al cuore con un mezzo inchino, in un gesto cerimonioso.

«Salaam aleikum signor Lapo. Adesso che ti ho iniziato ai grandi misteri, ricordati di portarmi quel vino la prossima volta», luce ironica negli occhi, sorriso caldo. Me ne andai. Dopo la morte di Blu, era la prima volta che mi sentivo leggero.

Due giorni dopo, andando a scuola, passai davanti a un vecchio cavallo agganciato alle stanghe di una carrozzella, di quelle che portavano in giro a prezzi esorbitanti i turisti o qualche coppia di innamorati in vena di romanticismo. Aveva le orecchie coperte da due ridicoli cappucci e un sacco di biada agganciato al muso e masticava lentamente. Era vecchio, macilento, sfinito. Mi fermai ad accarezzarlo dietro le orecchie. Un'ondata di disperazione equina mi afferrò alla gola. Sentii la sua stanchezza, il disgusto per i fumi oleosi che era costretto a respirare ore dopo ore, giorno dopo giorno, per anni, il dolore alle giunture e agli zoccoli, la paura mai sopita delle macchine, dei rumori del traffico e dei clacson che gli ferivano le orecchie, il freddo d'inverno, le mosche e le zanzare d'estate che non poteva scacciare imbrigliato com'era dalle bardature. Era un animale paziente e disperato che voleva una cosa sola. «Liberami». Era una preghiera senza speranza che mi stava rivolgendo, forse aveva riconosciuto l'unico essere umano in grado di capirlo. Indietreggiai spaventato e quasi finii addosso al vetturino che stava uscendo da un bar. «Che cazzo stai a fare al cavallo eh?», mi urlò a dieci centimetri dal viso. Aveva un alito che era un misto di vino scadente, sigarette e rabbia.

«Niente, lo accarezzavo. Vuole morire, non ce la fa più», risposi senza pensarci. Fece il gesto di darmi uno schiaffo e istintivamente mi protessi la faccia con le mani. Ma i miei abiti costosi e la cartella di pelle che portavo a tracolla gli fecero capire che si sarebbe messo nei guai.

«Vuole morire eh? E tu che cazzo ne sai, signorino? Ci

hai parlato? Te l'ha detto lui?», mi chiese facendo una vocetta che doveva essere uno sfottò. Indietreggiai, spaventato. Lui salì a cassetta, staccò la frusta dal suo sostegno e la agitò minacciosamente verso di me.

«La prossima volta che ti vedo a rompere i coglioni al cavallo ti faccio il culo blu a frustate, capito stronzetto? Levati dai coglioni». Mi affrettai a obbedire. Ma la disperazione e la preghiera di morte di quel cavallo infelice mi tennero sveglio per quasi tutta la notte. Lo dovevo liberare, in un modo o nell'altro.

A casa, sempre peggio. La tregua armata aveva lasciato il posto a nuove, violentissime, scenate. Una volta Pa' fece una cosa che non gli avevo mai visto fare: schiaffeggiò Ma' urlando «Puttana». Un finimondo. Io ero già andato a letto e cercavo di concentrarmi su *Zanna bianca*, il mio libro preferito in quel periodo (l'avevo già letto due volte da cima a fondo, praticamente lo sapevo a memoria), quando sentii l'insulto e l'inconfondibile rumore di una mano che atterrava su una guancia. Splac. Mano di Pa', guancia di Ma'. Poi scoppiò la battaglia.

«Provaci. Provaci un'altra volta, schifoso vigliacco. Giuro su Dio che ti denuncio se solo provi a toccarmi ancora».

La voce di Ma' somigliava a una sega elettrica. Quella di Pa' era un mormorio sommesso, conciliante. Probabilmente si stava scusando. Ma se credeva di cavarsela così si sbagliava di grosso.

«Vigliacco, stronzo, manesco, violento, pervertito di merda. Ah è così che pensi di fare l'uomo, eh? È questo il tuo modo di essere mio marito, brutto schifoso? In galera ti mando, delinquente».

«... mrmdispia... msnonvolev... sss... scapptdall-mann... scs... parlpiannnncheilbmbnci puòsent...».

«Che bambino? CHE BAMBINO? DEFICIENTE, quel disadattato ha quasi sedici anni anche se sta venendo su più cretino di te».

Offesissimo. Che c'entravo io? Non potevano scannarsi tranquillamente e lasciarmi in pace? Io sono neutrale come la Svizzera, non belligerante, grazie...

Silenzio. Poi l'esplosione. Pa' aveva tirato fuori la grinta. Calcio contro il comodino, armadio rovesciato. Voce baritonale.

«INSOMMA HAI ROTTO IL CAZZO. Vuoi andartene? Vattene, puttana, tanto non mi scuci una lira. NEANCHE UNA LIRA, HAI CAPITO? PROPRIO CON QUELL'IDIOTA TI DOVEVI METTERE? MA IO TI DENUNCIO PER INFEDELTÀ CONIUGALE, CAPITO?»

«E TU? VOGLIAMO PARLARE DI TE? QUANTI ANNI SONO CHE NON MI TOCCAVI, EH? QUANTE VOLTE TI HO DETTO DI ANDARE DALL'ANDROLOGO, EH? VOGLIAMO DIRLE AL GIUDICE QUESTE COSE».

Pa', ormai umiliato, faceva «Shhhh, shhhhhh» come se avesse voluto scacciare un moscone. Ero indeciso tra ficcare la testa sotto il cuscino e accostare l'orecchio a terra come faceva Tex per sentire meglio. La GRANDE CRISI CONIUGALE mi affascinava e mi faceva ribrezzo al tempo stesso. Non ero mai riuscito a immaginare Ma' e Pa' nudi che facevano sesso, ero assolutamente convinto che a quell'età, dopo aver avuto un figlio, certe cose finivano di colpo e che, tra coniugi, si restava semplicemente amici. Anzi, nemici, almeno in casa mia.

Il giorno dopo pensavo di ritrovarmi con la polizia a

casa, le lenzuola insanguinate e il cadavere di Ma' o Pa' (la seconda ipotesi mi sembrava molto più probabile) portato via in una sacca di plastica, mentre l'altro coniuge veniva condotto in carcere e un ispettore o un commissario, molto gentile e comprensivo, cercava di consolarmi. In fondo, quella scena non mi dispiaceva, versai perfino un paio di lacrime al pensiero della mia infelicità inconsolabile e dell'immensa libertà che ne sarebbe seguita. Cominciavo ad abituarmi all'idea. Funerale della vittima. Parenti in gramaglie. L'omicida (dovevo ancora decidere quale dei due avrebbe accoppato l'altro, ma le quotazioni propendevano decisamente per Ma') assiste alla funzione in manette, con un poliziotto carcerario per lato. Miss singhiozza. Patè... Be', Patè se ne frega come al solito, basta che nessuno dimentichi di riempire la sua ciotola. Ero arrivato al giorno dopo e cominciavo vagamente a immaginarmi in orfanotrofio o peggio ancora da zio Biagio, alias zio Suino, lo Sterminatore di bucatini... Ma quei due mi sorpresero ancora una volta. Educatissimi. Corretti. Quasi affettuosi. Era tornata l'era del «mi passi il sale, cara?», anzi, nella fattispecie: «Vuoi un po' di marmellata d'arancia?». Omicidio evitato, divorzio rimandato. Non mi restava che tornare a rendermi invisibile. Il ninja della colazione.

Capitolo 6
Educazione

Quinta ginnasio. Venti di cambiamento. Assemblee. Megafoni. Collettivi. La scuola si era riempita di eskimo, barbe e patchouli. Canne in libertà, anche se molti le giudicavano una degradazione decadente borghese. Tutti divisi in gruppi e gruppetti, più piccoli erano e più strillavano. Ce n'era addirittura uno che aveva messo al bando i jeans e i Ray Ban in nome del «No alla colonizzazione yankee» e si diceva che i più grandi si sposassero con una cerimonia celebrata dal leader, previa approvazione delle masse (a scuola erano diciassette in tutto ma in Italia dovevano arrivare almeno a trecento) col libretto di Mao al posto del Vangelo. «Lotta dura / Senza paura», «La scuola è / del popolo». Io e un altro paio di sfigati scimmiottavamo, irriverenti: «Cacca dura / senza verdura» e «Al cesso vai / col rotolo», ma piano, perché c'era da rischiare una passata di botte.

Stavo per conto mio. Non me ne fregava un cazzo. Manco a farlo apposta, N'to era diventato un "liderino", uno di quelli che guidavano i cortei spontanei (erano sempre spontanei) e dava il via agli slogan. Non mi rapinava più la merenda anche perché ormai quasi nessuno se la portava dietro. In compenso, ogni volta che mi incontrava, N'to continuava a chiamarmi "caccola", "puzza" o "revisionista di merda" anche se non avevo mai revisionato neanche un motorino.

Una volta ci fu una rissa terribile davanti all'ingresso con un gruppo di fascisti veri, grandi e grossi, che gridavano «Eja Eja, Alalà» e brandivano catene e bastoni. Mi sembrarono terribili, invincibili. Noi riparammo dietro il portone chiuso e, dalle finestre, i più audaci li bersagliarono di bottiglie prese chissà dove finché non arrivò la polizia. Io ero spaventatissimo e corsi a rintanarmi eroicamente al cesso.

Partecipai a un paio di collettivi pomeridiani di un gruppo che sembrava meno tosto degli altri. Una noia mortale. Tutti fumavano e mi mancava l'aria. Cominciò con una serie di autocritiche. Uno dopo l'altro, i militanti si alzavano in piedi e, con voce contrita, attaccavano una litania che cominciava più o meno così: «Faccio autocritica davanti alle masse e all'avanguardia del movimento. Mi sono comportato da piccolo borghese...», ed elencavano una lunga serie di mancanze che al confronto le mie confessioni sulle seghe erano la posta degli amici di Topolino.

Feci quello che facevano tutti: cercai di rimediare un po' di figa a colpi di citazioni. Comprai *Stato e rivoluzione* e arrivai eroicamente a pagina 12, saltando la prefazione, senza capirci un cazzo. Ripiegai su un libretto intitolato *Che cosa ha detto veramente Marx*, che tutto sommato non mi sembrò niente male anche se la parola "plusvalore", chissà perché, mi faceva venire in mente una malattia tipo la pleurite. «La poveretta morì di plusvalore». «Un attacco di plusvalore lo condusse prematuramente alla tomba».

«Lo sai che i cubani si fottono i banani?», mi raccontò Sozzo senza la minima velleità poetica. Andava matto per quelle storie.

«Ma che cazzo dici?»

«Proprio così: fanno un buco nel banano, che è un legno morbido, molto elastico, poi ci infilano il cazzo dentro, spingono e quello si chiude attorno all'uccello proprio come una figa, glielo succhia, capisci? La sera è tutto un agitarsi di ragazzi aggrappati ai banani che se ne vengono come babbuini. Ognuno ha il suo albero personale, ci scrivono il nome per evitare di ficcare l'uccello dove il giorno prima l'aveva infilato un altro».

«Chissà che sapore hanno le banane, dopo».

«Buonissime. Succose, cremose. Non ti sei mai chiesto perché tanta gente vada a fare i campi di lavoro, a tagliare la canna da zucchero a Cuba? Dicono che quando hai provato il banano delle donne non ti frega più niente». Anche Sozzo, troppo impegnato a superare i record pipparoli mondiali, era poco portato per la politica, ma siccome distribuiva «Men» e «Caballero» a piene mani, le masse rivoluzionarie lo lasciavano in pace.

Pensai seriamente di organizzare una spedizione notturna al giardino botanico alla ricerca di qualche banano compiacente, ma lasciai perdere pensando alla faccia di Ma' se mi avessero arrestato in piena fornicazione arboricola e alle spiegazioni che avrei dovuto fornire a casa.

Era un Morellino di Scansano di tre anni prima che avevo trafugato in dispensa. Mi auguravo con tutto il cuore che nessuno tenesse la contabilità delle bottiglie (ce n'erano tre cartoni da sei) anche perché ero convinto che se la sparizione fosse stata scoperta la colpa sarebbe ricaduta su Roversi che aveva il vizio del goccetto di troppo. Mi sentivo un Giuda, ma la paghetta non bastava per comprarmi una bottiglia e non mi volevo presentare un'altra volta da Tamoa a mani vuote. Nascosi il Morellino sotto il montgomery come avevo fatto tante volte con le riviste zozze e mi incamminai verso il prato.

La baracchetta, ormai, era quasi invisibile, circondata da un agglomerato informe di altre casupole e rifugi di fortuna fatti di cartone, lamiere, pezzi di legno inchiodati alla bell'e meglio, teli di plastica e perfino fasci di riviste ammucchiati per tappare buchi o spifferi. Tamoa aveva ragione: erano arrivati gli amici. Nessuno fece caso a me mentre mi intrufolavo nella baraccopoli. Vidi un vecchio scheletrico che faceva il bucato in un catino, un tizio sulla quarantina con un'enorme escrescenza sul labbro che gli dava l'aspetto di quei leoni marini che avevo visto in un documentario alla tivù, una cicciona repellente ricoperta di croste coi capelli così radi che si intravedevano le cicatrici sul cuoio capelluto, una ragazza dall'aria eterea, con una lunga gonna a fiori e i capelli sciolti, che sembrava una hippy e non poteva avere più di vent'anni. Da lontano mi sembrò bella e desiderabile, ma quando mi avvicinai senza parere vidi che aveva tutta la parte sinistra del viso sfigurata da una tremenda ustione, forse lasciata da uno schizzo d'acido. Al posto dell'occhio c'era una fessura senza ciglia da cui spuntava un pezzo di bianco senza iride né pupilla e anche il naso era mezzo smangiato. Mi sforzai di ignorarla e nascondere una smorfia di repulsione. In tutto, quell'accampamento improvvisato ospitava una quindicina di persone che sembravano intenzionate a farne la loro residenza stabile. Non vedevo Tamoa e cominciavo a sentirmi a disagio, coi miei vestiti puliti, il cappottino alla moda e la bottiglia nascosta sotto. Qualcosa mi diceva che a tirarla fuori mi si sarebbero avventati contro come cani su una braciola.

«E tu chi sei?». Voce come un gracchiare alle mie spalle. Mi voltai. Il tizio era sui quaranta, con una pancia debordante, un vecchio cappotto lurido di loden senza bottoni annodato alla bell'e meglio con un pezzo di spago e un paio di pantaloni troppo stretti tutti buchi e patacche. Completava l'abbigliamento un cappelluccio sformato piantato spavaldamente sulle ventitré. Aveva una barba di tre giorni, guance cascanti e un grosso naso pieno di capillari rotti, tipico del bevitore. Strinsi forte la bottiglia sotto il montgomery maledicendo Tamoa e la mia sventatezza.

«Io... Sono Lapo, sto cercando Tamoa».

«Il marinaio?»

«Be', non so... Tamoa (in quel momento mi resi conto che, a parte le sue strane convinzioni religiose, sapevo pochissimo di lui), quello coi capelli grigi annodati dietro la nuca, quello magro col giubbotto senza maniche».

«Il marinaio mezzo suonato. E perché lo cerchi?».

Deglutii. «Non lo so neanche io» non sembrava una risposta adatta alle circostanze. «Be' noi, cioè io, insomma avevamo un appuntamento».

«Perché?»

V

«Così. Niente di importante. Anzi, visto che non c'è me ne vado, devo tornare a casa, i miei mi aspettano...».

«Quanta fretta, se sei appena arrivato... comunque Tamoa è qui vicino a dire le sue preghiere o qualcosa del genere. È fatto così, ogni tanto si allontana e si mette a blaterare certe litanie che non ci si capisce un cazzo. Comunque non è distante, se vuoi ti ci porto, tanto vado anch'io da quella parte».

Annuii e lo seguii. Che altro potevo fare?

Ci inoltrammo tra la sterpaglia allontanandoci dalle baracchette e dagli altri barboni. Il terreno era molle e fangoso perché il giorno prima aveva diluviato e mi ritrovai presto con le scarpe fradice e i pantaloni tutti inzaccherati. Cominciavo ad avere paura e rallentai impercettibilmente. Il pancione se ne accorse e si voltò, tendendomi una mano.

«A proposito, io sono Sugo. Mi chiamano così da tanto di quel tempo che mi sono dimenticato il mio vero nome». Il suo sorriso era un manuale di patologia odontoiatrica, ma notai con interesse che gli restava ancora qualche dente. Gli strinsi la mano cercando di nascondere la mia riluttanza.

«Io sono Lapo».

«Già, Lapo, l'hai già detto. Andiamo, è qui vicino. Tamoa è un po' strano, gli piace isolarsi... È un tipo mistico, con idee tutte sue sul mondo e su Dio. Io ci capisco poco, bado a riempirmi la pancia, quando ce n'è e se capita...», aggiunse un gesto osceno, l'indice destro infilato tra il pollice e l'indice della sinistra chiusi ad anello. Ghignò ammiccando. Quel tipo mi piaceva sempre meno e pregai perché Tamoa fosse davvero nelle vicinanze.

Riprendemmo a camminare. Dopo un quarto d'ora sbucammo in una piccola radura circondata da arbusti e sterpaglie. Nessuna traccia di Tamoa. Mi girai verso Sugo e rimasi impietrito. Aveva tirato fuori l'uccello, un cazzo grosso, rosso, venoso, asinino e si stava masturbando. Il mio cuore si fermò, poi cominciò a sussultare come se volesse schizzarmi fuori dalla gabbia toracica. Sudavo. Sugo si avvicinò, enorme, osceno, spaventoso. Avevo le gambe di gelatina e non riuscivo a muovermi.

«Ma lo sai che sei proprio carino?», mugolò senza smettere di menarsi l'uccello a tutta forza, «dai, che non ci vede nessuno... Fammi un lavoretto come si deve, come una puttana... Non lo diciamo a nessuno eh? Se lo fai con Tamoa perché non pure con me?». Sentii un rumore di vetri: la bottiglia mi era caduta di mano e si era frantumata contro un sasso. Sugo la guardò con rabbia.

«Cazzo, avevi del vino e non mi hai detto niente», imprecò, «ho capito, lo volevi portare a Tamoa, così ti avrebbe inculato meglio, eh puttanella?».

Riuscii a indietreggiare di un passo, ma era come camminare in una palude.

«Ti sbagli», balbettai sull'orlo delle lacrime, «io e Tamoa siamo solo amici... Io... Non sono frocio. Lasciami stare».

«Frocio? E chi ha parlato di froci? Si tratta di darsi una mano così tra uomini. Si avvicinò, mi era addosso. Con una sola mano mi costrinse a inginocchiarmi. Il suo cazzo eretto era a pochi centimetri dal mio viso. Sentii un conato di vomito salirmi alla gola.

«Dai succhia», ordinò Sugo con un tono imperioso e implorante al tempo stesso, «prendimelo in bocca adesso e guai se provi a mordermi, puttanella, ti amm...».

Fu un attimo. Qualcosa lo scaraventò in aria e lo fece ricadere a terra a due metri di distanza. Non avevo mai visto niente di così veloce. Tamoa non c'era, poi era lì al mio fianco, fluido come un giaguaro, terribile, il viso contratto e bianco di collera.

«Pezzo di merda», imprecò, la voce bassa come un ringhio. Sugo si stava rialzando, bestemmiando.

«Che cazzo vuoi, imbecille?», proruppe fronteggiandolo. Lo superava di mezza testa e di almeno trenta chili. «Solo tu puoi fotterti questo frocett...».

La testa di Tamoa saettò in avanti come una freccia spaccandogli il naso. Schizzi di sangue e lacrime. Sugo barcollò indietro ma non cadde, roteò i pugni enormi, ma Tamoa lo centrò con un calcio al basso ventre e lo fece crollare a terra, disteso su un fianco, raggomitolato su se stesso. Rincorsa, altro calcio in piena faccia. Sugo restò immobile, bocconi. Tamoa gli si accovacciò accanto, lo fece girare sulla schiena e cominciò a colpirlo metodicamente sulla faccia devastata, con un movimento efficiente, regolare, come un fabbro che batte sull'incudine. A ogni colpo il viso di Sugo si trasformava sempre di più in una maschera di sangue, moccio e ossa spezzate. All'inizio gemeva e gorgogliava cercando di tirare indietro la testa, poi giacque immobile, sussultando leggermente sotto i pugni. Era la scena più violenta a cui avessi mai assistito. Prima di potermi trattenere mi girai e vomitai tra conati acidi e crampi dolorosi.

Sentii una mano che prendeva la mia. Tamoa mi passò uno dei suoi fazzolettini, evidentemente ne aveva sempre una scorta.

«Andiamo Lapo, per fortuna sono arrivato in tempo...».

Ci incamminammo, ma un movimento alle nostre spalle ci fece voltare di scatto. Sugo si era rialzato, inumano, orrendo, senza più faccia, solo sangue, frammenti d'osso che bucavano la pelle e grumi nerastri. In mano stringeva il collo spezzato della bottiglia di vino. Lo teneva basso, come un pugnale, pronto a colpire. Corse in avanti.

«Daruma». La voce di Tamoa come uno schiocco di frusta.

Il cane volò fuori dal nulla, una freccia bianca, tutto zanne e artigli, aggrappato al braccio maciullato di Sugo. Rumore di ossa frantumate dai denti. Un urlo strozzato. Daruma che azzanna, strappa, dilania. Urla di dolore e paura, poi solo gemiti. Un ringhio canino basso e feroce. Tamoa mi portò via senza neanche voltarsi.

«Lo ammazza...».

«No, Daruma non uccide. Sa quando smettere. Sono stato un idiota a dargli le spalle, quello è forte come un toro». Mi guardò e si rese conto che tremavo in preda allo shock. Si accovacciò vicino a me.

«Ascolta, Lapo, mi dispiace. È anche colpa mia se ti sei trovato in pericolo. La gente che vive sulla strada può essere pericolosa, infida, ma non siamo tutti così. Comunque non è successo niente, sono arrivato in tempo», sospirò, «e anche se fosse accaduto, se ti avesse

V

costretto... Insomma mi capisci... Bene, non avrebbe cambiato niente. Saresti sempre lo stesso Lapo, con un dolore in più. Sono cose che accadono, alle donne e agli uomini. Si sopravvive. Non ci spezza, se non vogliamo».

Annuii. Mi sentivo piccolissimo, un bambino.

«Lui diceva che noi, che io e te... Credeva che...».

Tamoa alzò le spalle. «Non è vero... Sa benissimo che io ho altri gusti. Signor Lapo, mi dispiace, sarai anche simpatico ma non sei il mio tipo», mi arruffò i capelli in un gesto paterno. Sentii un empito di gratitudine per quello sconosciuto che mi aveva salvato. «Con me puoi stare tranquillo», concluse.

Annuii ancora, in preda a un attacco di afasia.

«Be', adesso vai a casa, fatti una doccia e non pensarci più. A proposito, ho visto che avevi portato il vino... Peccato che sia andato sprecato, magari la prossima volta riesco a bermela io, quella bottiglia».

«Chi ti ha insegnato a fare a botte?». Dovevo chiederglielo prima di andarmene.

«Ho imparato. Ho dovuto imparare per forza».

«Mi insegneresti?», stavo per aggiungere che potevo pagare, ma riuscii a trattenermi. Per il poco che lo conoscevo l'avrei offeso a morte.

«Vuoi imparare a combattere? E perché?»

«Be', per potermi difendere. Pensa se non arrivavi tu, prima. A scuola mi hanno pestato per anni. Faccio judo, sto per prendere la cintura blu e in palestra me la cavo, ma, fuori, sono una pecora. C'è un tipo che mi perseguita da quando era bambino, non ne posso più. Forse dovrei cominciare a prendere lezioni di karate».

«Lo sport è una cosa, la strada un'altra», sentenziò Tamoa che sembrava piuttosto divertito. «Se vuoi veramente imparare a difenderti lascia stare le palestre. Karatè, kung fu, tutta sta roba qui. Li ho visti battersi: fanno un paio di mosse e poi, se non piazzano un colpo buono subito, finiscono per azzuffarsi come gli altri, graffi, morsi e tutto il resto. I pugili sono un po' meglio», ammise, «perché imparano a soffrire, sono più duri. Ma anche loro le prendono, basta un po' di fantasia. Si fidano troppo della guardia alta, giocano pulito, non sanno parare i calci... Ma tu, signor Lapo, che c'entri con tutto questo? Bella casa, bei vestiti, buon cibo. Hai tutto. A che ti serve saper combattere? La violenza è la cosa peggiore a questo mondo. Il vero saggio cerca sempre la pace».

Lo guardai implorante, sperando che non ricominciasse con le sue tirate mistiche.

«Tamoa, per favore. Non ne posso più di aver paura».

Ci pensò solo un attimo ma aveva già deciso.

«Ok, ma a una condizione».

«...?»

«Io dico, tu fai. Preparati a sudare e soffrire, d'altronde se fai judo proprio una mammoletta non devi essere. Una volta iniziato, non puoi più dire basta. Decido io quando si smette. Sei d'accordo?».

Ero galvanizzato. «Quando cominciamo?»

«Domani pomeriggio, se ti va. E ricordati quel benedetto vino».

«Devo venire in tuta?»

«Vuoi combattere o fare ginnastica? Se ti aggrediscono per la strada che dici: aspetta che metto la tuta o quel pigiama di voialtri judoka?». Mi meravigliò anco-

V

ra una volta: la gente di solito ci chiamava giudoisti.
«No, niente tuta. Però devi portarti dei vestiti vecchi, che puoi sporcare o strappare e magari li lasci qui, altrimenti, quando tornerai a casa, i tuoi ti faranno passare un brutto quarto d'ora... E preparati una buona scusa per qualche graffio o un occhio nero».

«Non c'è problema, è da quando ero piccolo che mi conciano male, i miei ci sono abituati. Magari racconto che ho sbattuto da qualche parte o che è successo in palestra e loro ci credono...».

«O fanno finta di crederci», concluse Tamoa al posto mio. «E adesso *au revoir, monsieur* Lapò», lo pronunciò alla francese, con l'accento sulla o e mi strappò un sorriso, «che devo prepararmi la cena».

Il giorno dopo saltai judo. E cominciai a soffrire.

Capitolo 7
Sudore

«**Morellino di Scansano?** Però. Sei un intenditore, signor Lapo».

«Io? Non ci capisco un accidente. L'ho preso dalla dispensa. È mio padre che si occupa del vino, lo va a comprare da qualche parte in Toscana».

«A Scansano, appunto. Be', complimenti a tuo papà. Chi ama il buon vino è per forza un tipo giusto».

Tacqui. I criteri di valutazione di Pa' e Tamoa mi sembravano decisamente distanti tra loro.

«Hai portato i vestiti vecchi?».

Accennai alla sacca rigonfia che avevo portato con me, la stessa che usavo per andare a judo: «Certo».

«E allora che aspettiamo? Vestiti!».

Indossai un vecchio paio di jeans e un maglione pesante che cominciava a starmi stretto e non mettevo da parecchio tempo. Tamoa mi squadrò da capo a piedi con la sua solita aria ironica.

«E questi sono i vestiti vecchi? Meglio che non lo dici in giro... Qua attorno c'è parecchia gente che sarebbe disposta a piantarti un coltello alla gola per prenderseli. Comunque se per te va bene è ok anche per me. Sei pronto?»

«Sicur...». Lo schiaffo mi fece rotolare a terra. Mi

rialzai con mille aghi nella guancia e le lacrime che mi scorrevano sul viso, offeso e spaventato.

«Ma che cazzo fai?», secondo schiaffo, stavolta un manrovescio, sull'altra guancia. Persi la ragione. Cappa rossa davanti agli occhi. Voglia di uccidere. Mi lanciai a testa bassa. Dieci secondi dopo ero steso a terra con Tamoa seduto sullo stomaco che mi inchiodava le braccia a terra. Urlai e tentai di scalciare, imprecando e insultandolo ma ero completamente immobilizzato. Avrebbe potuto farmi a pezzi facilmente. Invece aspettò che mi calmassi e mi aiutò a rialzarmi.

«Sei impazzito?», non riuscii a celare l'ostilità.

«Perché?»

«Come perché?», mi massaggiai la guancia gonfia e arrossata.

«Non vuoi imparare a combattere?»

«Sì, ma...».

«Niente ma, ricordi la regola? Io dico, tu fai. E si smette solo quando lo decido io».

Feci un cenno scoraggiato.

«Prima lezione: colpisci subito, senza dare all'altro la possibilità di reagire. Chi mena primo, mena due volte. Ricordalo. Colpisci con tutta la forza, non come quei buffetti che ti ho dato io e colpisci più volte che puoi. Mira ai punti deboli: la base del mento, il pomo d'Adamo, la bocca dello stomaco. Usa i pugni o la mano aperta ma mettici l'anima, pensa di doverlo sfondare, passare da parte a parte. Seconda lezione: la rabbia. Mi sei piaciuto, prima, quando hai tentato di ammazzarmi. Devi odiare con tutta la tua forza, così non sentirai il dolore. Ma la rabbia va usata, gestita. Niente attacchi suicidi. Resta lucido. E adesso colpiscimi».

Sferrai un pugno all'improvviso. Lo bloccò a mezz'aria, ma capii che la mia azione fulminea e decisa l'aveva stupito. Cominciò a ballarmi attorno, inafferrabile. Cercavo di intercettarlo con pugni, schiaffi, larghe sventole sferrate con tutto il peso del corpo. A volte schivava, altre volte parava con le mani e il contraccolpo si faceva sentire fino alla spalla. Tentai di calciare ma, appena sollevai una gamba, mi spinse a terra e mi fece cadere.

«Fermo con le zampe», intimò, «usa le mani o i gomiti, se ci riesci. Ai calci e alle testate passeremo più avanti. Rialzati e ricomincia. E mettici la forza, non stai accarezzando il gatto».

Un'ora d'inferno. Grondavo sudore. Ansimavo. Le braccia mi facevano male come se avessi remato per due giorni di seguito. Al confronto, le lezioni di judo erano un sonnellino pomeridiano. Ogni tanto, quando mi scoprivo troppo, Tamoa mi colpiva anche senza la violenza dei primi due ceffoni. Erano pugni o schiaffi secchi e dolorosi, che mi stroncavano il fiato e l'aggressività e, un paio di volte, mi fecero piegare in due, tossendo, ma lui mi incalzava senza darmi tregua. Era spietato. Finalmente fece un cenno come per dire basta. Appoggiai le mani alle ginocchia e restai lì ansimante.

«Per oggi direi che può bastare. Hai imparato le regole di base. Combatti con tutto te stesso. Evita lo scontro finché puoi, ma, quando non hai altra scelta, allora sotto, nessuna pietà. Devi odiare. Devi colpire senza pensare alle conseguenze. Hai tante armi a disposizione: gomiti, mani, ginocchia, ma soprattutto i denti. Impara dai cani. Hai trentadue coltelli in bocca, io, pur-

V

troppo, un po' meno. Il morso umano è micidiale. Strappa, non buca. Squarcia. E se non ti disinfetti bene in fretta, l'infezione è assicurata. Mordi l'avversario, appena puoi, azzannagli le mani o la faccia, strappa via la carne. Vedrai che lo metti subito fuori combattimento».

Mi mostrò la mano a uncino: «Infila le dita negli occhi e cavali. Torci il naso e rompilo. Afferra le orecchie e strappale via. Prendi le palle e stringi per frantumarle. Provoca dolore. Incuti paura. Ma, prima di lottare a mani nude, cerca un'arma. Chi ha un'arma in mano ha vinto a metà. Guardati intorno, cosa vedi?».

Girai lo sguardo sullo spiazzo erboso dove ci eravamo esercitati. Ero quasi accecato dal sudore. Erba calpestata. Terra che mi aveva ridotto i jeans in uno stato pietoso. Pigne. Scossi la testa, troppo stanco per parlare.

«Non le vedi?»

«Cosa?»

«Le armi».

«Quali?».

Tamoa si chinò fulmineamente, raccolse un sasso grande quanto un pugno e fece cenno di sferrarmi un colpo in testa. Non reagii. Se voleva ammazzarmi, poteva accomodarsi. In fondo me l'ero cercata.

«Puoi lanciarlo in faccia da vicino, non più di un metro. Una bella sassata stende chiunque», spiegò, «ma la cosa migliore è un bel pezzo di legno, meglio di un coltello». Come per miracolo, d'improvviso, aveva un randello in mano. Si avvicinò e fece il gesto di colpirmi alla spalla. D'istinto mi riparai con le mani e un attimo dopo avevo la punta del bastone appoggiata alla gola. «Non colpire solo dall'alto in basso, è il modo migliore per farsi disarmare. Pensa a una spada. Un bastone è una spada di legno. Un affondo allo stomaco ti atterra, una stoccata alla gola ti uccide. Veloce e deciso, con tutto te stesso».

Roteava il legno in modo fulmineo, senza usare le spalle. Con un colpo avrebbe potuto spezzarmi la clavicola. Mi toccò le ginocchia e i fianchi.

«Chi ha un bastone in mano pensa sempre al bersaglio alto», spiegò, «testa, spalle, collo. Ma se gli rompi il ginocchio l'altro cade e la lotta è finita. Altra cosa. Anche se hai un'arma non devi affidarti solo a quella. Afferra il bastone».

Lo guardai supplichevole. Non ne potevo più. Non aveva appena detto che poteva bastare, il bugiardo?

«Dai, afferralo». Me lo mise davanti. Lo agguantai con poca convinzione. Lui lo lasciò andare immediatamente e mi sferrò uno schiaffo che si fermò a un centimetro dalla mia guancia. Gli rivolsi uno sguardo riconoscente per non avermi fatto ruzzolare a terra ancora una volta.

«La maggior parte delle persone, quando gli afferrano l'arma, comincia il tiro alla fune, per restare aggrappata al bastone», spiegò Tamoa, «tu fregatene. Lui vuole il tuo randello, può averlo, ma avrà un bel pugno in faccia, denti rotti e tutto il resto. Pensaci, è concentrato sul bastone e non immagina che tu lo colpisca con le mani. O i piedi... Ma adesso basta sul serio, signor Lapo. Rivestiti. La roba sporca la puoi lasciare qui, ci penso io. Torna domani...».

«Veramente domani pomeriggio ho l'ora di Inglese con Miss», non era una scusa anche se in quel momento la rottura di palle dell'Inglese mi sembrava un giardino di delizie.

V

«Dopodomani?».
Annuii. Avrei fatto sega a judo un'altra volta.
«Se vuoi imparare devi lavorare».
«No pain, no gain».
«Exactly».
«Sai l'Inglese?»
«Un po'. So tante lingue, un po'».
«Hai fatto veramente il marinaio?»
«Ho fatto tante cose. Bye bye, mister Lapo».

Tornai. Fu peggio della prima volta. A un certo punto pensai seriamente che Tamoa mi avrebbe ucciso a forza di botte. La sua era una scuola rude, implacabile, brutale. Imparavo ma tornavo a casa coperto di lividi e ridotto uno straccio. M'inventai che in palestra ci stavamo allenando per una gara e Pa' annuì distratto. Ma', come al solito, cenava in studio. Aveva un amante, ormai non c'erano dubbi. Si lasciava dietro un profumo di seduzione. Cercavo di non pensarci. Il grugno di Pa', i suoi silenzi, il suo dolore rabbioso. Mi faceva pena. Avrei voluto stargli vicino, provare a consolarlo ma non parlavamo la stessa lingua. Mi muovevo in punta di piedi, cercavo di non irritarlo e rimpiangevo perfino le scenate di una volta.

Con Tamoa mi sfogavo. Ero in un altro mondo. Lottavamo ferocemente (meglio, io lottavo, cercavo di colpirlo e di atterrarlo, lui mi danzava attorno, veloce e ogni tanto mi puniva senza pietà), poi, sempre in religioso silenzio, bevevamo un tè o una delle sue tisane aromatiche. Una volta ci scolammo una bottiglia intera di vino, con un bel pezzo di formaggio salato e tornai a casa alticcio per la prima volta in vita mia. La riserva di

Morellino, nella dispensa, si assottigliava di giorno in giorno e pensai che avrei dovuto trovare un'altra fonte di approvvigionamento.

Le lezioni continuavano. Imparai a sferrare testate fulminanti, centrando con la fronte la base del mento dell'avversario.

«Un colpo così risolve le cose in un attimo», spiegava Tamoa mostrandomi il movimento. «Se lo prendi bene, nessuno resta in piedi». Mi insegnò a non anticipare la testata tirandomi indietro e inarcando il collo ma a colpire d'improvviso, dritto in avanti. Poi lavorammo sui calci.

«Mai più alti dei coglioni, lascia perdere quella roba che si vede al cinema», pontificava Tamoa, «devi mirare alle ginocchia, alle tibie, alle palle o al massimo alla pancia. La prima cosa è mantenere l'equilibrio, non cadere, non farti afferrare la gamba». Mi fece colpire cinquanta volte di seguito un piccolo albero con la punta della scarpa o il tallone. Lavorammo per mesi sulle gomitate e le ginocchiate, le armi più efficaci in una zuffa di strada. Ogni tanto simulavamo un vero combattimento: ci avvinghiavamo, ci rotolavamo a terra, colpivamo con ogni parte del corpo. Era violenza pura, sangue, sudore e dolore. Le prendevo di brutto, ma, ogni tanto, riuscivo a infilare qualche colpo. Una volta centrai Tamoa in pieno stomaco con un pugno corto, mentre cercava di proiettarmi a terra e si piegò su se stesso, grugnendo. «Bravissimo, Lapo, cominci a diventare efficace».

Dopo la lotta indossavo i vestiti puliti (quelli da allenamento ormai erano ridotti a stracci) e spesso mi trattenevo fino a sera a chiacchierare. Il suo argomento preferito restava la religione: vedeva Dio dovunque, negli alberi, nei cani, nell'erba, perfino nei sassi. Parlava dell'Islam, del buddismo zen, dei mistici musulmani, dei folli di Dio, dei dervisci che pregano girando e degli ebrei che cantilenano i testi sacri dondolando con tutto il corpo. Era una fonte inesauribile di citazioni della Bibbia. Mi domandavo spesso cosa avesse fatto prima di diventare un barbone ma cercavo di limitare le domande al minimo. Ascoltavo. Assorbivo.

Conobbi altri abitanti della baraccopoli: un vecchio scheletrico che chiamavano Osso, un mezzo deficiente, Cane, che andava in giro sbavando e farfugliando, Cleofe, una grassona che diceva di essere stata cantante d'opera, e Luna, la ragazza col viso bruciato che si rivelò una creatura timida e schiva, molto gentile, che sorrideva sempre con la sua mezza faccia sana e parlava pochissimo. Ormai i barboni mi avevano accettato, mi consideravano un amico. Sugo, dopo quella giornata terribile, era scomparso. Nessuno ne parlava mai.

Un pomeriggio trovai Tamoa che chiacchierava placidamente, davanti a due tazze fumanti, con una donna sui quaranta, forse quarantacinque anni, coi capelli neri spruzzati di ciocche grigie, un bel viso volitivo da pellerossa, gli zigomi molto accentuati e un dente d'oro che le brillava in bocca. Vestiva come una vecchia hippy, con un maglione peruviano bianco a disegni marroni, col cappuccio, una gonna lunga e un paio di stivali consunti. Teneva una mano inanellata d'argento sul gomito di Tamoa. Quei due sembravano in grande confidenza, una vecchia coppia stagionata.

«Ecco il tuo allievo», mi salutò congiungendo le mani davanti al viso, come in preghiera. Molti anni dopo avrei visto quel saluto dall'altra parte del mondo, ma allora mi sembrò stranissimo. «Ciao Lapo, io sono Parvati, Tamoa mi dice che fai progressi...». Aveva due occhi splendidi, gialli, contornati da un sottile reticolo di rughe.

«Be', io... Cerco di lavorare sodo», ero impacciatissimo.

«Fai bene. Saper combattere è importante ma ricordati: il corpo, da solo, non è niente. È la mente che ti fa vincere».

"E questa dove l'hai sentita su Radio Delhi?", pensai. Ma annuii doverosamente. Quella strana donna mi metteva in soggezione.

«Be', adesso vi lascio ai vostri giochi da maschietti», scolò quello che restava del tè e si alzò. «Salaam aleikum, vecchio sporcaccione», aggiunse rivolta a Tamoa che la guardava deliziato. Scivolò fuori dalla baracchetta come un'ombra.

«Chi è?», non riuscii a trattenermi.

«Te l'ha detto no? Parvati».

«Ma non l'ho mai vista qui attorno».

«Va e viene. A volte lavora. A volte si ferma con noi».

«Che lavoro fa?»

«Fabbrica gioielli. Insegna yoga. Un po' di tutto. Sarta. Cameriera. Puttana».

«Puttana?», il mio interesse si accese immediatamente.

«All'occorrenza, ma solo se qualcuno le piace. Accetta soldi per fare sesso e in più si diverte. Ti scandalizza?». Mi guardò e sorrise allusivo. «Ah, ho capito. Il signor Lapo ha le fregole... Mi sa che ti dovrò pestare come l'uva per fartele passare... Dì un po', l'hai già fatto l'amore con una donna?».

Mi maledissi sentendomi arrossire. Pensai di mentire ma solo per un attimo. Con Tamoa c'era solo la verità. «No, io... cioè, ho avuto una ragazza ma siamo solo... Abbiamo soltanto...».

«... pomiciato. Naturale. Le brave ragazze non la danno via così facilmente. E tu muori dalla voglia di provare la grotta di giada, eh? Be', magari se ti alleni bene posso metterci una buona parola con Parvati. Forse si accontenterà di una delle tue bottiglie di vino al posto dei soldi. È convinta che fare l'amore con un ragazzo vergine porti energie positive, sai quelle stronzate misticheggianti».

Proprio lui, il baha'i dell'immondizia, parlava di stronzate mistiche... Non replicai. Cercai di concentrarmi sulle botte che stavo per prendere per bloccare l'erezione al pensiero di Parvati nuda.

«Be', adesso al lavoro, alla figa penseremo dopo».

Mantenne la parola. Mi pestò come l'uva. Quando tornai a casa riuscivo a malapena a sollevare un braccio e, dopo la cura Tamoa, tutte le mie velleità amatorie erano scomparse.

Quando non ero con Tamoa, in palestra o a fare i compiti camminavo per ore, da solo, senza meta. Mi mancava Blu, sapevo che prima o poi avrei voluto un altro cane, ma ero ancora indeciso, mi sembrava un affronto alla sua memoria. Vagavo. Un adolescente smilzo ma solido, coi capelli corti e la frangetta, in controtendenza rispetto al mondo, infagottato in un vecchio montgomery abbastanza anonimo da non attirarmi rappresaglie politiche da destra o da sinistra. Parecchi miei amici erano stati pestati a sangue per aver esibito un eskimo nel posto sbagliato. La città era divisa in blocchi, sorvegliata da ronde armate, presidiata da gruppi che difendevano selvaggiamente il loro territorio a suon di manico di piccone, chiave inglese da 32, catene o addirittura coltelli e rasoi. Io passavo in mezzo, invisibile.

Una volta capitai vicino a un gruppo di fascisti che stavano attaccando manifesti. Avevano le basette mozzate all'altezza delle tempie e l'aria dura. Detti un'occhiata distratta: sui manifesti c'era un marcantonio con la camicia sbottonata fino all'ombelico circondato da tricolori che garrivano al vento.

Uno dei fascisti mi si avvicinò, aggressivo.

«Hai qualcosa da ridire?»

«No, perché? Guardavo e basta».

«Magari i nostri manifesti non ti piacciono?»

«Anzi, sono belli, mi piace il disegno. Quel tizio dev'essere proprio forte».

«Mi prendi per il culo?»

«Io? Se neanche ti conosco».

Era un po' disorientato. Si aspettava che scappassi, tremassi o mi battessi. La mia indifferenza lo innervosiva. Anche gli altri si fecero sotto.

«Sei una zecca?»

«No, sono una persona».

«Sei un peloso?»

«Io? Solo sotto le ascelle. Ah sì, un po' di peli sulle cosce, ma pochi».

Uno dei fasci si voltò verso un camerata con un gesto che diceva: lascia stare, questo è solo deficiente.

«Insomma, stronzetto, sei comunista?»

«Comunista? Non capisco un cazzo di politica. Detto fra noi non me ne frega un accidente».

«Grida "Viva il Duce"».

«Viva il Duce».

«Ma ci credi?»

«A che?»

«Al Duce, cazzo...».

«No, ti ho spiegato che di politica...».

«E allora perché hai gridato "Viva il Duce"?»

«Come perché? Se me lo hai chiesto tu...».

Mi lasciarono stare. Ripresi il mio vagabondaggio. Ma c'era qualcosa di strano e lo capii solo la sera, ripensandoci. Non avevo mai avuto paura. Una scena del genere avrebbe potuto ripetersi con pochissime varianti con un gruppo di compagni, ma a scuola erano tutti militanti in qualche gruppo, mi conoscevano e mi lasciavano in pace. Ormai ero considerato un caso senza speranza. La rivoluzione mi avrebbe spazzato via.

«Lapo, abbiamo deciso di farti un regalo».

Pa' aveva il tono solenne delle grandi occasioni. Ma' accanto a lui, per l'occasione, in versione moglie e madre impeccabile. Deglutii. *Timeo Danaos et dona ferentes*. Non per niente stavo studiando l'Eneide.

Tirai fuori la mia migliore espressione bovina.

«Non sei curioso?», nota leggermente stridula. Ma' cominciava a incazzarsi. Guai in vista.

«Certo, Pa', certo Ma'. Sono tutt'orecchi».

«Ecco, Lapo, abbiamo visto le tue ultime pagelle...», Pa' era il Gran Cerimoniere, Ma' l'accolita. Pensai a quanto gli piaceva recitare il ruolo di patriarca anche con il matrimonio in rottamazione e provai un empito di solidarietà. Cercai di mostrarmi interessato e ansioso.

«Andavano bene, no?»

«Certo, Lapo, certo. Hai perfino preso due otto in latino. Insomma, come figlio non sei proprio da buttare», ridacchiò. Mi faceva sempre più pena. «Anche Miss Becky dice che ti impegni molto con l'Inglese e, sì, be', tua madre e io abbiamo deciso che ti meriti un premio».

«Grazie».

«Non sei stanco di andare sempre a piedi?», gorgheggiò Ma'.

«Io... No, camminare mi piace», poi rimasi senza fiato. Non osavo neanche immaginarlo. «Il motorino?», azzardai temendo di essere smentito.

«Perché non scendiamo in garage?», propose Pa'.

Mi precipitai nel box. E ovviamente rimasi deluso. Era uno scooter color aragosta, nuovo fiammante, lucido di cromature, che odorava di nuovo. A scuola era praticamente obbligatorio avere una motociclettina ringhiosa, sorella minore di un modello più grande, in versione stradale o scrambler, cambio a pedale e vernice rosso fuoco. Lo scooter andava bene per le ragazze o per gli sfigati. *C'est moi.*

«Bello...». La mia interpretazione mi avrebbe fatto scartare a qualunque provino.

«Ti piace?»

«Moltissimo, grazie mille».

«Lo vuoi provare?»

«Sicuro». Era un pezzo che avevo imparato a guidare sul motorino di Sozzo battezzato, ovviamente, "Pugnetta". Anche lui era uno sfigato. Accesi lo scooter con un paio di calci alla pedivella. Innestai la prima e feci un giretto attorno all'isolato. Andava pianissimo, ma in compenso si lasciava dietro una colonna di fumo degna di un palazzo in fiamme. Frenava anche male. Tornai nel garage.

«Adesso ascolta Lapo, la guida non è un gioco, ci vuole maturità, senso di responsabilità... Abbiamo deciso di regalartelo proprio perché stai dimostrando queste qualità, è un gesto di fiducia nei tuoi confronti...». Pa' andò avanti a lungo. Pensai al risotto alla milanese giallo di zafferano con le polpettine di carne belle croccanti che si freddava. Intercettai un'occhiata furtiva di Ma' al suo Rolex e cercai di non pensare all'appuntamento che la aspettava.

Mesi dopo mi presentai da Tamoa col casco attaccato al braccio. Lui lo guardò incuriosito.

«Mica ho intenzione di romperti la testa, oggi».

Non capii se scherzava o, come al solito, mi prendeva in giro.

«Che c'entra? È per il motorino».

«Oibò, il signor Lapo è un centauro».

«Ce l'ho da due mesi, ma in genere qui ci vengo a piedi. Stavolta l'ho lasciato attaccato a un lampione in strada».

«Andiamo a vederlo...».

Andammo. Tamoa lo contemplò estasiato. «Posso farci un giro?». La sola idea mi sembrava inconcepibile.

«Sai guidare?»

«Sicuro. Come pensi che mi spostassi prima di finire qui? Col tappeto volante? Una volta avevo perfino la patente, già». Rimestò vecchi ricordi, pensoso.

Sganciai la catena. Tamoa saltò in sella e partì. Tornò dopo una decina di minuti, un sorriso da un orecchio all'altro, il codino grigio che sventolava fieramente nel-l'aria.

«Fantastico», esultò sistemandolo sul cavalletto.

«Lo vuoi?», avevo parlato d'istinto. In quel momento mi sembrò l'unica cosa giusta da fare, il vero scopo di quello stupido scooter.

«Vuoi prestarmelo?»

«No, te lo regalo». Frugai nel portafogli, estrassi il libretto di circolazione. Glielo porsi. «Ecco qua, adesso è tuo».

«Perché mi vuoi regalare il tuo motorino nuovo?». Per una volta ero riuscito a sorprenderlo. Gongolavo.

«Così».

Approvò con un cenno del capo.

«E non hai paura di pentirtene?».

Scossi la testa. «Sai una cosa? In fondo non ho nessun bisogno del motorino, preferisco camminare».

Approvò ancora. «Vuoi dire che così ti senti più libero? Forse cominci a capire che gli oggetti alla fine ci mangiano l'anima. Noi crediamo di possederli, ma sono loro a possedere noi», parlava a se stesso. «Be', facciamo così: tu mi lasci il motorino e io lo tengo in prestito per dieci giorni. Se in questo periodo ci ripensi te lo restituisco e amici come prima...».

«Non ci ripenso. È tuo. Fanne quello che ti pare».

«Ok. E ai tuoi cosa dirai?»

«Inventerò qualcosa». Non ci avevo pensato. Una vampata calda allo stomaco. Ma quando dopo l'allenamento me ne tornai a casa a piedi mi sentivo libero e leggero nonostante i dolori dappertutto. Tamoa aveva

V

infierito con particolare ferocia, forse per dimostrarmi che dei miei regali non gliene fregava un cazzo. Dodici giorni dopo lo scooter non c'era più.

«L'ho venduto», spiegò Tamoa con noncuranza, «cominciava a scocciarmi. E poi a forza di andare in moto iniziavo a metter su pancia». Era secco come un bastone. Si nutriva di papponi e minestre. Occhiata in tralice.

«Forse dovrei darti la metà dei soldi. O magari tutti, che ne dici?».

Scossi la testa, scandalizzato. «Perché? Era tuo. Te l'ho regalato. Potevi farci quello che ti pareva. Tenerlo, venderlo... Non mi riguarda. Mi vesto? Ci alleniamo? Oggi sento che ti stendo, vecchiaccio».

Sorrise. «Bravo ragazzo... ». Mi sentii più fiero di tre giorni prima, quando avevo battuto una cintura marrone con un secco *ippon*.

«Che vuol dire che te l'hanno rubato? Quando? Dove?». Pa' era furibondo. Alla fine, la sparizione del motorino era stata notata da Roversi. Spia. Giuda.

«Ecco... È successo una settimana fa, sotto scuola. Avevo paura a dirtelo... Io l'avevo legato a un palo, giuro...».

«E scommetto che hai trovato la catena tagliata». Pa' il Sarcastico.

«Sì, proprio così. Di netto». Lapo il Contrito.

«E naturalmente la catena non ce l'hai». Pa' Poirot.

«No, be', l'ho lasciata lì, a che mi serviva?». Lapo il Colpevole Smascherato.

«Hai sporto denuncia?»

«No, il problema è che... Insomma, c'era il libretto di

circolazione nel cassettino. Ormai chi l'ha rubato è il proprietario... i motorini non sono intestati al propr...».

«Lo so benissimo», Pa' stava perdendo le staffe, «e so benissimo che sei un irresponsabile. Avrai lasciato il motorino per strada con le chiavi attaccate, che credi che non ti conosco?», incazzatura in crescendo, «ma certo, Lapo è al di sopra di queste cose... Lapo è un filosofo, è distratto, mica si può abbassare alle preoccupazioni dei comuni mortali», la sua ironia era veramente penosa, ma mi mostrai debitamente intimidito, «TANTO C'È QUELL'IDIOTA DI PAPÀ CHE PAGA NO? Che gli ricompra un altro motorino dopo tre mesi, no? Ma certo, noi nuotiamo nell'oro, i soldi crescono sugli alberi, in questa casa tutti spendono e spandono... Ma se credi di avere un altro motorino prima della fine dell'anno...».

«Non lo voglio Pa'».

«Eh?», questo era un colpo basso.

«Ho detto che non lo voglio. Neanche l'hanno prossimo. Preferisco camminare. Prenderò l'autotobus. Posso andare ora?».

Fece un gesto vago. L'avevo lasciato basito. A ripensarci, mi faceva sempre più pena.

Miss se ne andò. Fu straziante. Riuscii a non piangere anche di fronte al diluvio delle sue lacrime. Le promisi mille volte che sarei andato a trovarla in Scozia e che le avrei scritto. Continuava a singhiozzare: «My little strong man, my dear, dear Lapo», e non riusciva a lasciarmi la mano. Ma' e Pa' erano pallidissimi, forse temevano i lunghi silenzi ancora più penosi, i tête à tête insopportabili le poche volte che ancora cenavano assieme. Nella commozione generale, fui a un passo dal rivelarle che le avevo sborrato nella sottoveste prima di distruggerla con la trielina, ma il mio diavolo custode fu lesto a tapparmi la bocca. La vedemmo avvolta nel suo impermeabile avviarsi a testa bassa alle partenze internazionali.

«Però, era proprio ingrassata negli ultimi anni, guarda che didietro», commentò Ma', acida come un limone andato a male.

«Per forza, con quello che abbiamo speso per darle da mangiare avremmo potuto comprarci un elicottero», replicò Pa'. Per un attimo fuggevole tornarono a essere complici, coniugi, ma passò subito. La notte nascosi la testa sotto il cuscino e piansi senza ritegno. Neanche le fusa di Patè riuscirono a consolarmi. La partenza di Miss fu un satori, mi rivelò quanto mi sentissi solo in quella casa.

Capitolo 8
Sesso

«Ciao Lapus horribilis», luce ironica negli occhi. Capelli sciolti sulle spalle. E ancora quel saluto a mani giunte.

Sbalordito. Era il mio compleanno. Avevo trafugato una bottiglia di prosecco di Valdobbiadene e pensavo di festeggiare con Tamoa. Ai miei avevo parlato vagamente di cena e amici. Ma Tamoa non c'era. Lei sì.

«Io... ciao, Barvati, cercavo Tamoa».

«Parvati con la P... Come la moglie di Sivah, lo sai chi è Sivah?»

«Un Dio indiano tutto blu con quindici braccia?»

«Qualcosa di simile».

«Siete tutti fissati, con queste storie qui».

Rise gettando all'indietro i lunghi capelli chiazzati di grigio. Indossava il solito maglione peruviano e la gonna lunga ma, al posto degli stivali, aveva due sandali infradito di pelle. Molto esotica.

«Io no, è Tamoa il mistico. La maggior parte degli altri crede nel pranzo e nella cena. Lui è fatto così».

«Dov'è? Dovevamo allenarci».

«... e festeggiare», indicò la bottiglia che tenevo in mano. Arrossii. «Mi ha detto che oggi compi 17 anni», continuò, «ma lui aveva da fare, forse torna solo stasera, forse dorme fuori. Con Tamoa non si sa mai. Può sparire all'improvviso e restare lontano per anni senza nemmeno salutare... Comunque non sei un gran cavaliere a mostrare quel grugno deluso».

«Mi dispiace, è che non me l'aspettavo. Anzi, sai che ti dico? Beviamocelo noi il prosecco, alla faccia di Tamoa».

«Questo sì che è ragionare».

Stappammo la bottiglia e, non avendo bicchieri, ce la passammo bevendo a canna. Lei tirava lunghe sorsate e schioccava la lingua, compiaciuta. L'imbarazzo stava passando. Le guardai le gambe, sotto la gonna. Sorrise. Si sporse in avanti. La sua lingua nella mia bocca. Aspra, dura, prepotente. La sua mano sulla mia erezione. Smaniai. Le misi una mano sul seno, cominciai a palparla, frenetico. Si ritrasse.

«Calma, calma, ragazzino... Abbiamo tutto il tempo».

«Senti, Parvati, scusami... Io non vorrei offenderti, ma è che, insomma...».

Mi guardò in tralice, indecisa tra la rabbia e il divertimento. Optò per il secondo.

«Non lo faccio solo per soldi, Lapo... Non con i bambini brufolosi almeno», sentii una fitta di umiliazione, «spesso lo faccio perché mi va. Consideralo un regalo di compleanno. E adesso smettila di farmi la mammografia con le mani e levati i pantaloni».

In tre secondi netti ero nudo. Lei si sfilò il maglione con calma. Niente reggipetto. Grandi seni un po' cascanti. Fianchi ampi e morbidi. Un tatuaggio sbiadito su una spalla. Mai visto niente di così eccitante. Aveva ancora la gonna.

«Sei teso come un ombrello. Rilassati». Il mio cuore era un cavallo al galoppo. Mi baciò ancora. Lingua nell'orecchio. Sul collo. Nell'ombelico. Sulle palle. Sentii le sue labbra schiudersi come un fiore attorno al mio sesso. Non riuscii a trattenermi. Venni immediatamente, con un gemito rauco e un misto di piacere e umiliazione. Lei ingoiò tutto come se fosse una delle tisane di Tamoa.

«Mi dispiace, Parvati, troppa emozione», farfugliai mentre cercavo i pantaloni, «io... Ecco, non l'ho mai fatto». Si mise un dito davanti alla bocca.

«Sei vergine... Che c'è di strano? È normale venire subito. Succede anche a tanti uomini maturi... Non ti preoccupare, rilassati. Sei bellissimo, hai un corpo magro e duro, odori di buono. Baciami. Toccami. Abbracciami. Non pensare solo al tuo cazzo, ci sono tanti modi di dare piacere».

Mi stesi accanto a lei, che ancora aveva la gonna addosso. Le toccai i seni, le vezzeggiai i capezzoli, le baciai il collo. Pianissimo. Lei su di me, i suoi capelli come una carezza d'acqua che mi spazzava il ventre, la sua bocca sulla mia pancia. In pochi minuti ero di nuovo pronto. Feci per rovesciarla sulla schiena, ma si oppose. Aveva una forza inaspettata, era sinuosa e sfuggente come una pantera. Si divertì a resistere. Mi eccitò fino al parossismo. Mi fece sdraiare. Poi alzò la gonna, sedette su di me, mi cercò e mi spinse dentro di lei. Era bagnata, morbida, accogliente. Alzò gli occhi al cielo mentre cominciava a muoversi lentamente. Io le brancicai il grosso seno, succhiai come un bambino. Ansava, sempre più rauca, sempre più veloce. Alla fine cominciò a sgroppare e a sobbalzare, si inarcò all'indietro afferran-

V

dosi i capezzoli e sentii il suo orgasmo che mi stringeva come una morsa. Spruzzai violentemente e giacqui, grato ed esausto, col viso affondato nei suoi capelli sudati che odoravano di sesso e di fumo.

Fu un pomeriggio indimenticabile. Parvati era come Tamoa: quando faceva qualcosa lo faceva con tutta se stessa. Parlammo pochissimo. Venni cinque volte di seguito. La montai da dietro come un cane spingendole dentro il mio desiderio a grandi colpi selvaggi. La rovesciai sulla schiena, mi agganciò il collo con le gambe, flessibile come una contorsionista e mi costrinse a un ritmo estenuante di piccoli impercettibili movimenti. La presi di lato, contorcendomi come un serpente. Sparii dentro di lei, mi annullai completamente, mi fusi insieme a quella creatura selvaggia, esperta e misteriosa. Quando ci salutammo ero completamente pazzo di lei. Mi salutò con un bacio lieve e un "forse" molto evasivo quando le chiesi se l'avrei rivista. Tornai a casa poco prima delle 11.00 di sera. Tamoa non si era neanche fatto vedere. Pa' mi guardò sorpreso.

«Hai fatto presto... Pensavo che saresti tornato a notte fonda, visto che è il tuo compleanno».

«Ero troppo stanco». Perché mentire? Mi infilai in camera.

Il giorno dopo mi cambiò la vita.

Ero appena uscito da scuola, vago e distratto. Per tutta la mattina non avevo fatto altro che pensare a Parvati. La amavo. Volevo stare con lei. Tutto, attorno a me, mi sembrava insulso, inutile e non vedevo l'ora di tornare alla baraccopoli. Forse l'avrei incontrata. Volevo anche, disperatamente, rivedere Tamoa, Parvati m'aveva insinuato il dubbio che fosse sparito. Non potevo sopportare neanche il pensiero.

«E scostati, deficiente», la spinta mi fece ruzzolare a terra. Sbattei un gomito contro l'asfalto. Una fitta di dolore mi attraversò il braccio fino alla spalla.

«Brutta caccola di un revisionista». N'to torreggiava su di me. Si era fatto crescere una barba da intellettuale, anche se non andava oltre «Cronaca Vera» e portava un berrettino maoista e l'eskimo d'ordinanza. «Mi hai quasi fatto cadere. Stai attento idio...».

Agii senza pensare, accecato da una furia assassina. Tutte le botte, le umiliazioni, le angherie, i panini rubati, gli insulti che avevo subìto fin da bambino esplosero in un unico scatto di rabbia. Agganciai la sua caviglia da dietro con un piede, una mossa che m'aveva insegnato Tamoa e lo colpii sulla tibia con l'altro. Urlò di dolore e sorpresa mentre cadeva. Fui su di lui in un istante. Gli afferrai i capelli con la mano sinistra e gli sferrai un colpo in pieno viso col gomito destro. Il suo sangue mi schizzò il cappotto. Svenne. Sentii i calci, gli strattoni e le spinte degli altri che cercavano di trascinarmi via. Li ignorai. Mi chinai su N'to e cominciai a colpirlo al viso come Tamoa aveva colpito Sugo. Il naso si spezzò al primo pugno. Un gemito strozzato. Il dolore l'aveva fatto rinvenire. «Mi ammazza», gorgogliò infilandomi un dito in bocca per strapparmi una guancia. Lo morsi selvaggiamente. Sentii il sapore del sangue in bocca, i denti che laceravano la carne fino all'osso, il grido disumano di N'to e quello di orrore dei suoi amici. Aprii le mascelle un attimo prima di amputargli il pollice. Avevo la bocca rossa di sangue. Nessu-

V

no attorno a me. Mi rialzai. Presi la rincorsa e gli sferrai un calcio di punta nei testicoli. Sobbalzò e svenne di nuovo. Mi girai.

«Cristo Santo...». Il gruppo mi guardava con orrore. Dovevo essere una figura spaventosa, le labbra insanguinate, lo sguardo folle di odio e voglia di uccidere. «Gli ha quasi staccato un dito...», sentii sussurrare, «altro che Lapo, quello è un Lupo».

Fu quel giorno.

Successe l'inferno. I carabinieri si presentarono a casa, davanti a Ma' terrorizzata e mi portarono in caserma. I genitori di N'to m'avevano denunciato per tentato omicidio. Il maresciallo era un panzone coi baffi che cercava inutilmente di mostrarsi paterno e autorevole. Non parlai. Non aprii bocca.

«Allora giovanotto, ti sei impazzito? Lo sai che ti dovremmo arrestare? Anzi, forse lo facciamo... Se te la cavi con una denuncia è solo perché sei incensurato e la tua famiglia», un'occhiata compassionevole a Ma' che, ubriaca di umiliazione, si scioglieva in lacrime, «la tua famiglia... Be', merita solo rispetto». Sospettai che lei e Pa' avessero sguinzagliato avvocati e giudici amici per evitarmi la cella.

«Insomma, mi vuoi spiegare che ti ha preso? Perché volevi ammazzare quel ragazzo? Problemi politici? Quello è una testa calda ma insomma...».

Feci un gesto vago con la mano e fu tutto. Il maresciallo capì che non avrebbe cavato altro, firmai qualcosa e me ne andai. Ma' pianse per tutto il tempo. Pa' era fuori città per lavoro e dopo cena potei infilarmi a letto. Nelle fusa di Patè, ormai vecchio e ansante, mi sembrò di sentire un incoraggiamento: «Non ti preoccupare. Hai fatto bene».

Sospeso per un mese. Evitai l'espulsione da tutte le scuole del paese solo perché l'aggressione (come la chiamava il preside) era avvenuta fuori della scuola e quindi il dito rappezzato con trentacinque punti di sutura, il naso e la mandibola fratturati, le sei costole incrinate e la grave contusione con rigonfiamento abnorme di uno dei testicoli (questa era la parte che mi piaceva di più) sembravano meno gravi. Peccato. A saperlo, l'avrei maciullato in corridoio, a ricreazione e addio per sempre, libri, interrogazioni e rotture varie.

Pa' venne in camera con l'espressione funeralizia da discorso serio. Umile e contrito mi disposi a piegarmi come il salice durante la tempesta. *Wu wei*, predicava Tamoa, non agire, non opporre forza contro forza, lascia scorrere le cose, lascia che avvengano. Era il momento giusto per scoprire se funzionava davvero.

«Be', Lapo, vogliamo parlare?», il suo tono era meno duro di quello che mi aspettavo, quasi rispettoso. Forse pensava che fossi uscito di testa e mi fossi trasformato in un maniaco omicida pronto a saltargli alla gola, magari cominciava a pensare che era meglio non farmi infuriare.

Comunque annuii e lui riprese: «Insomma, quello che hai fatto a quel ragazzo... Non credo che ci sia bisogno di commenti. Ci saranno conseguenze molto gravi anche dal punto di vista legale ma non è questo, provvederemo... Io e tua madre ci rendiamo conto che stai attraversando un momento difficile», mi guardò come per domandarmi se era il caso di continuare. Annuii an-

V

cora. Lapo il Muto. «Ecco, vedi, tua madre e io vorremmo aiutarti. Sappiamo benissimo che stai soffrendo e sappiamo benissimo che in parte è colpa nostra... Le cose tra me e tua madre purtroppo non vanno bene, ma speriamo di uscirne... Insomma, Lapo, crediamo che ti farebbe... Che ti farà bene parlare dei tuoi problemi con qualcuno, uno specialista...». Lasciò la frase in sospeso. Mi batté virilmente la mano su un braccio, la sua migliore espressione di affetto paterno. Era il mio turno, qualcosa dovevo dire.

"Pa' non ho bisogno di uno strizzacervelli. Sono felicissimo di aver rotto il grugno a quel tocco di merda. Erano anni che ci pensavo. Spero solo di averlo castrato, con quel calcio. A proposito, c'è un barbone che mi ha insegnato a fare a botte, forte no?".

Però la pensai solamente. Avevo visto troppi film. Sapevo benissimo che quando ti leggono la dichiarazione Miranda, la scelta migliore è il silenzio. Hai il diritto di non parlare, ma tutto quello che dirai potrà essere usato contro di te eccetera eccetera. Hai il diritto di essere uno spostato che ha bisogno di una regolata al super-io.

Pa' restava in attesa.

«Come volete. Mi dispiace per N'to, temo di aver perso il controllo». Questa andava decisamente meglio. Stavolta fu lui ad annuire. Mi batté ancora sul braccio. Uscì.

Psicologo. Blazer blu su pantaloni di flanella grigia. Niente cravatta, un maglioncino a collo alto. Pipa in radica. Un tanfo pestilenziale. Dico, ma uno può raccontare che vuole accoppare il papà e scoparsi la mamma se neanche riesce a respirare? Forse era una specie di test di resistenza, come quei film dove gli allievi samurai devono spazzare il tappeto per mesi prima di imparare a combattere. Comunque il tizio ci dava dentro con quella maledetta pipa e, quando non fumava, rovistava nel fornello con un aggeggetto di metallo cromato. In compenso parlava pochissimo. Ero io che dovevo vuotare il sacco. Faceva "mmmmhh" in tono di approvazione quando pensava di aver toccato un nodo importante. Il primo giorno accennò al mio «problema con l'aggressività» e decisi, su due piedi, di prenderlo per il culo.

Non gli raccontai un cazzo di niente. Tamoa. Parvati (che purtoppo non avevo più rivisto), le baracche, la morte di Blu... Tenni tutto nella cassaforte del mio cuore. Siccome qualcosa dovevo pur raccontare, recitavo a soggetto. Voilà, Il Paziente che Voi Sognate. Non per niente avevo letto *Cosa ha detto veramente Freud*.

A proposito di sogni, un giorno ne inventai uno che era veramente troppo. «Ecco Dottore, stanotte ho sognato che ero ai comandi di un sommergibile, capisce? E avevo un periscopio lunghissimo per guardare in superficie, no?», il mmhhhhh arrivò puntuale, «poi mi immergevo perché a bordo c'ero solo io, equipaggio e ciurma insieme. Sapevo che l'acqua era calda, accogliente come un brodo... Scendevo, scendevo e alla fine trovavo una grotta. Mi ci infilavo dentro con tutto il periscopio», stavo esagerando ma ormai chi mi fermava più?, «e la grotta era stretta tanto che a volte dovevo fare marcia indietro e marcia avanti come quando uno fa manovra con la macchina... Poi guardavo fuori dall'oblò e sa cosa vedevo sulle pareti della grotta?», suspance: «Una foto di mia madre... Una che era appesa in soggiorno di lei giovane, poco dopo il matrimonio... Chissà che cosa vuol dire». A quel punto assieme al "mmmmhhhhh" arrivò anche una sorta di "ahà". Dott guardò l'orologio. Era il commiato. «Bene l'ora è finita... Ne parleremo mercoledì». Aveva un'espressione da gourmet che esce da un ristorante a tre stelle. Sicuramente non vedeva l'ora di andare a raccontare quel sogno ai suoi colleghi. Ci vuole così poco, a volte, per far felice il prossimo...

Io e Tamoa, di nuovo assieme finalmente. «Allora, signor Lapo, mi dicono che ti sei fatto onore il giorno del tuo compleanno...», era bonario e ironico come sempre. Divenni di fuoco. Mi scompigliò i capelli.

«Sono contento per te... E per Parvati. Credo che sia rimasta soddisfatta, anche se sei solo un pivellino. Ogni tanto le piace scoparsi i ragazzini».

Gli avevo raccontato la storia dell'aggressione a N'To. Faceva cenno di sì, con la testa. Comprensivo. Non come lo psicologo. Lui era veramente dalla mia parte.

«Hai fatto bene. Se la meritava. Ti senti meglio adesso?»

«Sì, mi sono tolto un groppo...».

«Perfetto».

«Lo sai come mi hanno chiamato gli altri dopo che l'ho morso?».

Ci pensò un attimo.

«Fammi indovinare: Lupo?».

Stavolta rimasi a bocca aperta. Altro che Lupo, sembravo un babbuino scemo.

«Adesso mi spieghi come lo sai... E non venirmi a dire che non mi leggi nel pensiero».

Tamoa sorrise. «Lapo... Lupo... Non ci vuole molto.

Mordi le persone, quindi sei un Lupo. Ma lo sai che mi piace? Mi sa che d'ora in avanti ti chiamerò così anch'io. Lupo».

«E Parvati dov'è?». Non so perché ma volevo cambiare argomento. Mi assecondò.

«Qui e là. Va e viene. È imprevedibile».

«Strano, lei dice la stessa cosa di te».

«Ha ragione, siamo imprevedibili. Sennò che gusto ci sarebbe a vivere in strada, soffrire il caldo, il freddo, i pidocchi e mangiare merdate? A proposito, oggi niente botte. Voglio un pranzo come si deve ed è meglio che ci sbrighiamo perché dovremo fare la fila. Vieni con me?».

Non avrei voluto essere con nessun altro. Tranne Parvati, ovviamente.

Ci incamminammo. Raggiungemmo la strada, poi una fermata. Prendemmo un autobus e poi un altro ancora. Camminare in silenzio a fianco di Tamoa mi piaceva da matti, mi gustavo la fatica, gli odori, la sensazione di non avere impegni, grane, cose da fare. Libero. Leggero. Dovevamo essere una strana coppia, il vecchio tutto stracciato col codino grigio e la faccia da sparviero e il ragazzo pulitino, col Monty blu, in un periodo in cui tutti i miei coetanei facevano del loro meglio a sembrare sopravvissuti di una guerra nucleare.

La mia prima mensa di carità. Non era neanche mezzogiorno, ma la fila si allungava già di parecchie centinaia di metri. Vecchi sbilenchi pieni di croste e di reumatismi. Alcolizzati. Puttane in disarmo. Un negro, uno dei primi che vedevo in giro, che se ne stava un po' appartato. Un tizio che sembrava appena scappato dal manicomio. Con Tamoa al mio fianco ero perfettamente a mio agio.

«E quello chi è?», un tipo secco e lurido con una gran macchia viola sulla faccia mi puntava contro un dito che sembrava uno sturacessi.

«Ah, lui è Lupo».

«Nome del cazzo».

«Be' è il suo. Qualcosa da ridire?». Sentii che si irrigidiva impercettibilmente. No, per favore, oggi no. Pace fratelli.

Dito Sturacessi capitolò.

«No, Lupo va benissimo... Ma come mai è così? Tutto ben messo?»

«Perché si fa i cazzi suoi». La storia finì lì. Nessuno mi guardò più.

Entrammo. I volontari servivano da mangiare con le mani guantate di plastica. Nessuna domanda, neanche un'occhiata interrogativa. Restai colpito dalla gentilezza di chi ci serviva, dalla pulizia dell'ambiente e dalla bontà del cibo. Mi ero aspettato uno stanzone sordido e una brodaglia ripugnante e mi ritrovavo in un posto molto migliore di tante trattorie economiche che conoscevo. Saltai il primo, mangiai una fettina di vitella al latte con contorno di patate e fagiolini e una mela. Non parlavo. Tamoa era nel suo ambiente. Lo conoscevano tutti. Raccoglieva rispetto e deferenza come se gli fossero dovuti. Come al solito, prima di finire il cibo, aprì la bocca solo per masticare. Assaporava tutto con calma, con quella sua concentrazione quasi mistica. Poi scolò un bicchierone d'acqua e si rilassò, spingendo la sedia all'indietro. Era il momento della conversazione.

«Ahh, dovrei venirci più spesso», commentò accarezzandosi la pancia, soddisfatto, «tutti quei papponi, alla fine, mi faranno spuntare le foglie nel buco del culo».

Accennai ai resti di arrosto nel suo piatto.

«Credevo che fossi vegetariano...».

«Perché?»

«Boh, i cosi, i baha'i e tutto il resto... Non ti ho mai visto mangiare carne».

Scosse la testa. «La carne va benissimo. Fa sangue. Però costa. Patate e carote molto meno e tra l'altro si conservano meglio quando non hai un frigorifero».

Non ci avevo pensato. Ero decisamente un pivello.

«Se hai finito di mangiare potremmo andare a prendere un caffè... Qui è una ciofeca», Tamoa il Sibarita.

Entrammo in un bar. Sguardi perplessi su Tamoa, poi su di me, poi ancora su Tamoa. Una signora si scostò. Pagai. Lui non fece neanche il gesto di opporsi. A pensarci, non sapevo come facesse a procurarsi il denaro per vivere.

«Come fai per i soldi?». Pensai all'espressione preferita di Pa': mica crescono sugli alberi.

«Quali soldi?»

«Mangiare, vestiti, qualcosa dovrai pur comprare...».

«Spendo pochissimo. Non ho molte esigenze. Per il resto mi arrangio un po' qui un po' là. Me la cavo».

Fu tutto. Per il momento non volevo sapere altro.

Ancora gli autobus. Mentre aspettavamo il secondo bus, alla fermata, sentii una familiare sensazione di disagio che non riuscivo a decifrare. Poi capii. Scalpiccio di zoccoli sull'asfalto, un trotto asmatico, stanco e svogliato, una carrozzella che sferragliava in strada e, di nuovo, quell'ondata di disperazione equina quando il vecchio cavallo ci passò accanto. Nessun passeggero, solo il vetturino in cassetta.

«Tamoa, lo hai sentito?»

«Il rumore, certo...».

«Non prendermi per il culo... Non parlo del rumore. Quel cavallo è disperato, non ne può più. Vuole morire».

«E tu come lo sai?», aveva la solita luce ironica negli occhi. Mi confusi.

«Non lo so... L'avevo già visto prima, il cavallo. Mi era sembrato di capire... Non ti so dire come, l'ho sentito, ecco... Mi capita, a volte, con gli animali, percepisco, sì, insomma, sento le loro emozioni. Credevo che succedesse anche a te, non è così?»

«Lo so benissimo cosa significa percepire. Mica sono un idiota, sono un barbone», precisò, sussiegoso. Non aveva risposto alla domanda.

«Insomma, hai capito cosa voglio dire? Vorrei aiutare quel cavallo. Mi daresti una mano?».

Ci pensò su.

«Riepiloghiamo. Un ragazzino ricco e viziato chiede a un vecchio citrullo come me di aiutarlo a fare l'eutanasia a un ronzino disperato. Ce n'è abbastanza per il manicomio. Io tu e il cavallo. Ci prendono e ci mettono la camicia di forza. Al cavallo no, anche perché non gli entrerebbe».

Aveva ragione. Scossi la testa, desolato. «Ok, ricevuto. Ti riaccompagno, poi me ne torno a casa».

«Aspetta, ho detto che è una cosa da pazzi, mica che non la voglio fare. Con tutte le stronzate della mia vita, una in più o in meno... Ci tieni sul serio?»

«Be', sì. Mi piacerebbe».

«Allora scopri dove sta il cavallo. Poi torna da me».

Non fu difficile. Le carrozzelle e le stalle dei vetturini erano tutte allineate nella stessa zona del centro. Lo sapevo perché ci ero passato diverse volte da piccolo, assieme a zio Suino, dopo la messa, mentre andavamo a pranzo a casa mia col vassoio delle paste. A ripensarci mi sembrò che fosse accaduto tre secoli prima, ma, comunque, le stalle erano ancora lì e le carrozzelle rientravano tutte più o meno alla stessa ora. Col buio non lavoravano. Mi appostai in strada per un pomeriggio e le vidi arrivare una dopo l'altra. Non dovetti aspettare molto: vidi il mio vecchio, stanco cavallo che si avviava al riposo e alla biada. Mi nascosti dietro una macchina. Il vetturino si trattenne per un po' e poi se ne andò, chiudendo la porta della stalla con un grosso lucchetto. Missione compiuta.

Ma quella giornata serbava un'altra sorpresa, appena tornato a casa. Patè rantolava. Aveva diciassette anni e negli ultimi tempi stava male, era diventato troppo grasso, respirava a fatica. Era troppo tardi per portarlo dal veterinario. Lo carezzai, lo coccolai, lo abbracciai, lo baciai affondando il viso in quel pelo morbido e setoso che mi aveva consolato tante volte. Adesso era il mio turno. Ma lui non aveva paura, voleva solo andarsene. Tamoa aveva ragione, gli animali non temono la morte, la accettano. La loro e quella degli altri. Finì in fretta. Il gatto inerte tra le braccia, gli occhi asciutti mi avviai in strada. Non sapevo bene dove andare. Poi tornai e presi una piccola pala che Ma' aveva comprato per i gerani, quando le era venuta la passione della botanica. Pa' rientrò in quel momento.

«Dove vai?», chiese allarmato.

«A seppellire Patè. È morto».

«Ah...», non disse altro e mi lasciò passare. Probabilmente si stava convincendo di avere un figlio fuori di testa.

Pensai che Miss mi avrebbe capito e mi rammaricai di non averle ancora scritto. Volevo seppellire Patè vicino alla baracca di Tamoa, ma cambiai idea: quella faccenda non lo riguardava. Aveva piovuto da poco e la terra era umida, molle, facile da scavare. Scelsi un tratto di collina dove l'erba sembrava più pulita e scavai con calma una bella buca profonda. Mi sentivo in pace. Scavai e scavai, inzaccherandomi completamente di terra e di fango, poi deposi Patè sul fondo e lo ricoprii bene, pressando la terra in modo uniforme. Avrei voluto piantarci sopra qualcosa, magari un alberello ma andava bene anche così. Alla fine mi alzai e mi incamminai verso casa. Poi tornai indietro. Don Roberto poteva dire quello che gli pareva, io non avevo nessuna intenzione di finirla in quel modo. In ginocchio sull'erba bagnata, con una devozione che non sentivo da anni, recitai il Padre Nostro sulla tomba del mio gatto.

Tornai a scuola due giorni dopo ed ero diventato Lupo. Il soprannome mi inseguiva ovunque, in classe, nei corridoi, perfino al cesso. Lo sentivo ronzare attorno a me, anche se nessuno me lo spiattellava in faccia. Intravidi N'To da lontano, col dito ancora avvolto da un'enorme fasciatura, ma si affrettò a sgusciar via. Facevo paura. Una sensazione inebriante, che non avevo mai provato prima. Mi comportai come al solito, risposi a un'interrogazione a sorpresa, cercai di riallacciare i vecchi legami coi pochi amici che avevo. «Gli hai proprio spaccato il culo, a quello stronzo», fu il laconico commento di Sozzo. Intuivo il disagio degli altri. Attenzione, il pazzo è pericoloso. Appena possibile scantonavano. Be', tanto non erano mai stati granché, come amici. E Lupo sia.

Diluviava la notte che liberammo il cavallo. Le prime gocce cominciarono a cadere quando eravamo quasi arrivati. Mi coprii la testa col cappuccio del montgomery. Tamoa continuò a camminare indifferente anche quando la pioggia divenne temporale.

«Non ti scoccia bagnarti tutto?»

«Perché? Mica mi restringo...».

«Forse avremmo dovuto rimandare...».

«Neanche per sogno, la pioggia è l'ideale in questi casi. Meno gente in strada, meno visibilità, pochi sbirri o carubba che se ne restano ben tappati in macchina. I colpi migliori sono sempre bagnati. E poi se torniamo indietro potrei anche cambiare idea su 'sta faccenda del cavallo».

Camminammo ancora un po' in silenzio. Il mio cappotto era completamente zuppo. Avevo detto a Pa' che sarei rimasto a studiare da un amico e avrei dormito a casa sua. Libero fino al mattino e quel tempaccio rovinava tutto. Decisi di imitare Tamoa e cercai di non farci caso.

«A proposito, hai pensato a come chiamarlo?», mi sorprese.

«Chi?»

«Il cavallo, no?»

«Boh... Cavallo non va bene?»

«Originale. Grande fantasia. Si vede che fai il classico».

«Ma perché? Vuoi tenerlo con noi?». Non avevamo minimamente discusso di cosa ne avremmo fatto dopo. Adesso l'avremmo liberato, al resto avremmo pensato in seguito. Cominciavo a ragionare come Tamoa.

«Magari lo mangiamo...».

Lo guardai sperando che scherzasse. Serissimo. «Non dici sul serio, eh?»

«Perché no? La carne di cavallo è ottima specie il filetto, non l'hai mai mangiata? Basta metterci un po' più di sale perché...».

«Mi prendi per il culo?»

«Perché?»

«Come perché? Rischiamo di farci arrestare per liberare 'sto cazzo di cavallo e poi lo ammazziamo per il filetto?»

«Che c'entra... L'hai detto tu che quella povera bestia non ne può più, che vuole morire. Noi lo liberiamo, poi lo macelliamo e gli facciamo un favore. E lui lo fa a noi... Anzi, a pensarci bene conosco un posto dove lo potremmo vendere, un macello clandestino. Prendiamo i soldi e ci compriamo due belle bistecche», ghignò, «di manzo, se preferisci».

Ero sconcertato, ma il suo ragionamento non faceva una piega.

«Sai una cosa Tamoa? Mi hai dato un'idea. Chiamiamolo Filetto». Ghignò ancora, quel suo sorriso sbilenco.

La strada era un pantano. Grossi stronzi di cavallo si scioglievano velocemente sotto il diluvio. Nessuno in vista. Il lucchetto mi sembrò ancora più grosso di pochi giorni prima.

«Come facciamo?». Ma Tamoa si stava già frugando in tasca. Ne estrasse un mazzo di ferri sottili e ne scelse uno con cura.

«Spadini» spiegò mentre si metteva al lavoro con calma, come se stesse componendo un puzzle in un salotto, «non mi dire che non ne hai mai visto uno...».

La risposta era ovvia. A malapena sapevo che esistessero, i grimaldelli. Tacqui cercando di darmi un'aria da personaggio vissuto. Lui intanto lavorava, sondava la serratura con movimenti impercettibili, spingeva, tirava. A un certo punto borbottò qualcosa come: «Non ho più la mano». D'improvviso sperai che la cosa finisse lì. Rischiavamo davvero la galera e per Pa' e Ma', stavolta, sarebbe stato un infarto simultaneo garantito. Morti assieme, una fine paradossale per due che neanche si parlavano.

Invece Tamoa esultò al clic della serratura che scattava. Spingemmo lentamente la porta per non farla cigolare ed entrammo. Tamoa lo Scassinatore si era portato una torcia, io neanche ci avevo pensato. Ero un disastro.

Filetto se ne stava tranquillo nel suo box, masticando piano. Ci vide e alzò il muso in quello che sembrava un gesto di benvenuto. Aprimmo la porta. Tamoa abbracciò il collo del cavallo e cominciò a sussurrargli qualcosa all'orecchio. Filetto sembrava annuire. Era legato con una cinghia a un anello fissato al muro. Tamoa la tagliò col coltello, senza perdere tempo con la fibbia.

«Ce ne andiamo», annunciò.

«Ok. Lo portiamo via».

«No, lui porta noi. È d'accordo».

Fortunatamente, da ragazzino, avevo preso qualche lezione di equitazione. Tamoa saltò in groppa a Filetto con un gesto fluido e afferrò la cavezza. Poi tese una

V

mano e mi issò dietro di lui. «Reggiti», si raccomandò mentre colpiva i fianchi del cavallo coi talloni. Lo abbracciai alla vita, il naso nel suo vecchio, lurido, giaccone senza maniche. Filetto si avviò al trotto.

Attraversammo mezza città nel buio. Un viaggio surreale, in due sul cavallo montato a pelo, sotto il diluvio che aveva ripreso a scrosciare più forte di prima. I fianchi di Filetto fumavano di sudore, ma sentivo il suo sollievo, la sua gioia. Era molto diverso che tirare una carrozzella in mezzo al traffico. Nessuno ci vide o forse qualcuno, vedendoci, pensò di aver bevuto troppo. Nessuno ci fermò.

L'asfalto finì troppo presto. Erba bagnata. La baraccopoli. Nessuno in vista. «Quando piove si rintanano oppure vanno all'ostello o alla stazione», spiegò Tamoa, «te l'ho detto che era la notte ideale».

Aveva ragione. L'idea di Filetto circondato da un gruppo di barboni famelici era inquietante.

Scesi da cavallo, gli togliemmo la cavezza e lo lasciammo libero di brucare a suo piacimento. Si allontanò solo di qualche passo. Daruma e Yussuf, fradici di pioggia, lo annusarono con diffidenza poi se ne disinteressarono e tornarono a montare la guardia come sentinelle. Percepivo la loro straordinaria devozione per Tamoa, un sentimento totale che escludeva tutti gli altri. Eppure lui li guardava appena. Mai visto allungare una carezza ai suoi cani. Neanche una ciotola se è per questo. Forse si cucinavano da soli.

Tamoa guardò il cavallo fermo sotto la pioggia. «Se va via, amen, si vede che era destino. Lo hai liberato, sei contento?»

«Certo».

«Vai a casa, adesso?»

«Veramente non posso. Ho detto ai miei che avrei dormito fuori».

«Resta qui allora».

Aveva sistemato un telo impermeabile sul tetto della baracchetta. Dentro era abbastanza asciutto. Ci levammo i vestiti zuppi e lui mi prestò un maglione tutto buchi e un vecchio paio di calzoni che si chiudeva con una spilla da balia, visto che i bottoni erano un lontano ricordo. Il maglione pungeva, ma feci finta di nulla. Tamoa preparò una delle sue zuppe e me la servì bollente. Squisita come al solito. Stappammo una delle bottiglie di vino che gli avevo portato e la scolammo tutta, rimedio sovrano contro il freddo e l'umidità. Poi mi distesi accanto a lui su un avanzo di materasso, con addosso una vecchia coperta tutta buchi. Sprofondò quasi subito nel sonno. Io rimasi a lungo sveglio a sentire la pioggia che scrosciava, pensando al cavallo.

Il giorno dopo Filetto era ancora lì. Avevo dormito benissimo, ma adesso qualcosa mi dava fastidio. La pelle mi prudeva da morire, sul collo e sotto i capelli. Mi grattai furiosamente e in mano mi rimase un piccolo grumo sporco di sangue.

«Pidocchi», spiegò Tamoa affaccendato sul fornello con la cuccuma del caffè in polvere che usava al posto della caffettiera: «Benvenuto al club».

«Pidocchi?», inorridii, «vuoi dire che sono infestato dai pidocchi?». Miss si sarebbe semplicemente uccisa, Ma' avrebbe dato di matto, Pa' mi avrebbe cacciato di casa, pidocchi e tutto il resto.

«Che ti aspettavi? Pesci rossi? Criceti? Tutti abbiamo i pidocchi e qualche pulce, qui. Qualcuno alleva anche le piattole, ma io col sesso ho quasi chiuso da parecchio tempo e purtroppo mi mancano le occasioni... Cos'è, non ti piacciono?»

«Mi fanno schifo...», mi sentivo immondo.

«Non ci pensare. Ci si abitua. Non ti grattare che è meglio. Quando torni a casa fai una bella doccia, shampoo e tutto il resto e se ne vanno. Ma poi tornano, almeno se tu torni qui». Non trovai nulla da obiettare e temetti di averlo offeso. Ma ci voleva altro. Mi rivestii coi miei abiti, ancora bagnati e mi incamminai. Lungo la strada del ritorno, comunque, mi fermai in una farmacia e, vergognandomi come un ladro, chiesi qualcosa per i pidocchi. Ne uscii con un liquido fetido che odorava vagamente di petrolio ma che, se non altro, funzionò. Avevo imparato qualcosa: in strada non si è mai soli. Pulci, pidocchi e piattole sono sempre con te.

«Senta cosa ho sognato stanotte, dottore: andavo a cavallo sotto la pioggia. Cioè questo veniva dopo, prima rompevo un lucchetto con un aggeggio di metallo lungo e duro e mi infilavo in una specie di grotta, calda e umida. Tiravo fuori il cazz... il cavallo, accidenti al lapsus e poi...».

«Poi direi che possiamo finirla qui».

«Prego?». Il tono secco, severo m'aveva fatto sobbalzare. Lo guardai. Aveva posato la pipa.

«Non sono mica così idiota, cosa crede?»

«Dottore, ma che dice, io...».

«Lei crede di prendermi in giro da oltre sei mesi raccontandomi sogni inventati, infarciti da tutta la più trita simbologia freudiana da manualetto portatile. Lei non parla di sé, del suo vissuto o dei suoi problemi e non ha alcuna intenzione di farlo. Viene qui solo perché i suoi genitori la costringono, senza avere la minima cognizione del suo disagio. Non affronta il lavoro analitico, mi fa perdere tempo e spreca il denaro dei suoi genitori». Parlava con calma, senza mostrare la minima emozione. E io che l'avevo creduto un perfetto coglione. Ma Dottor Pipa non aveva finito.

«Pensa veramente che dopo la laurea, il master, la specializzazione, la terapia personale e la didattica, un analista non sia in grado di smascherare le simulazioni solo perché mi viene a cianciare di sommergibili, pali della luce, sigari, grotte, anfratti, buche, cantine, stalle e pertugi vari?», proseguì in tono piatto e incolore, peggiore di un insulto. «All'inizio avevo pensato a una forma di resistenza e speravo che col tempo avrebbe incominciato a capire che lei ha davvero bisogno di aiuto. Ma, così, è inutile continuare».

Ero perfettamente d'accordo. E i miei? Chi glielo spiegava?

«Non si preoccupi per suo padre, che si prende a cuore il suo equilibrio psichico e che lei ricambia in questo modo», concluse, «gli dirò che la trovo migliorata e che è meglio sospendere la terapia per qualche tempo. Non sono abituato a rivelare il contenuto delle sedute coi miei pazienti, nemmeno quando cercano di prendermi in giro e neanche ai loro genitori. Quindi non resta che salutarci. Torni solo se ha deciso di intraprendere veramente un lavoro di analisi. E, mi creda, ne ha bisogno».

Si alzò e mi tese la mano. Gliela strinsi, vergognandomi un po'. Uscendo mi scappò da ridere. M'aveva smascherato l'unica volta che, in fondo, gli stavo raccontando qualcosa di vero.

Scena madre. Madre e padre. Seduti sul divano come una giuria. Seri, compunti. Merda. Se quel cazzone di strizzacervelli ha fatto la spia vado allo studio e gli ficco la pipa accesa nelle emorroidi.

«Lapo...», ormai quasi nessuno che contasse nella mia vita mi chiamava più così.

«Si, Ma', si Pa'».

«Ti dobbiamo parlare»

«Se è per il dottor Ramponi...».

«Il dottor Ramponi dice che hai fatto un ottimo lavoro, non so se sia questa l'espressione giusta, anche se, per il momento è meglio sospendere temporaneamente le sedute. Se va bene per te siamo d'accordo, anche perché devi cominciare a concentrarti sullo studio. Quest'anno hai la maturità...».

Vi prego no. Non ricominciate con l'importanza dell'esame di Stato, la prima grande prova da affrontare nella vita e tutto il resto. Pensai seriamente di simulare un attacco di diarrea, ma non avevo più undici anni.

«Vogliamo parlarti di noi, della nostra famiglia», il portavoce ufficiale era Pa'. Ma' ascoltava e taceva, stranamente mansueta. Forse si erano preparati il fervorino e divisi le parti. E quando? Le comunicazioni tra loro sembravano interrotte da mesi.

«... Bene, Lapo, ormai sei un uomo. Avrai capito che tra noi due le cose non vanno tanto bene», riattaccò lui. Avrei potuto aggiungere qualcosa come: "lo so, Ma' si scopa un altro e a te non ti si drizza più, almeno cercate di litigare a bassa voce la notte". Non fiatai.

«Be', ecco abbiamo pensato che un periodo di riflessione farà bene a tutti noi». Era incredibile come quei due riuscissero a rendere tutto ridicolo. Ma perché Pa' non la accoltellava come fanno le persone perbene? «Tua madre», la chiama sempre così, forse Liviana non gli era mai piaciuto, «andrà a stare per conto suo, almeno per qualche tempo e io resterò qui con te... Almeno se sei d'accordo, ovviamente».

Sottoscrivevo. Con l'isteria di Ma' sarebbe stato un inferno. Pa' era sempre più assente e distratto, orizzonti di libertà mi si spalancavano davanti.

«Va bene, se avete deciso così...». Non era il massimo, ma non credo si aspettassero una concione sulla santità della Famiglia.

«Vedi Lapo... Sono cose che possono accadere anche nelle migliori famiglie», Ma' aveva la voce "adesso frigno" e il labbruzzo inferiore tremolante. Controllo, Ma', behave yourself, «insomma, comunque vadano le cose devi sapere che avrai sempre un padre e una madre, ti staremo sempre vicini». Era troppo. Girò la testa in modo molto cinematografico e lasciò andare due singhiozzetti due. Poi, mano tremante, si accese una sigaretta. Molto cinematografica. Pa' le dette un colpetto affettuoso sulla spalla. Erano veramente incredibili.

Poi nessuno sapeva più cosa dire. Penosissimo. Finalmente Roversi annunciò la cena. Mi domandai se Pa' l'avrebbe licenziato adesso che rimanevano in due maschi soli, liberi e indipendenti come diceva una pubblicità. Ma' si ricompose all'istante. Mangiammo riso al formaggio filante, uova in camicia con gli asparagi e pisellini al prosciutto. Solita scena. Ma' piluccò. Pa' si abboffò. Io mi saziai. Poi me ne andai a letto.

«Allora, che ne facciamo di Filetto?», era arrivato il momento che temevo.

«Perché, non può restare qui?».

Tamoa sospirò. Me l'aveva spiegato almeno cento volte. Nicchiavo.

«Caga dappertutto, fa incazzare i cani, a parte Daruma e Yussuf che se ne fregano e se lo beccano qui ci blindano. Forse il signorino non se lo ricorda ma il cavallo non è nostro: l'abbiamo rubato».

«Liberato».

«Bene. E adesso lo libereremo definitivamente. Al macello clandestino mi danno quattrocentomila lire, duecento a testa».

«Non le voglio», l'idea mi faceva inorridire.

«Che palle, Lupo. Hai detto tu che voleva morire, no? Lo accontentiamo e siamo tutti felici». Non aggiunse che, se l'avesse immaginato, si sarebbe ben guardato dall'aiutarmi nell'operazione "Filetto Libero". Non ce n'era bisogno.

Stasi.

«Ehi, forse ho un'idea...», Tamoa dalle mille risorse: «andiamo a venderlo agli zingari. Quelli hanno sempre bisogno di cavalli».

«E che ci fanno?»

«Li torturano. Li scuoiano vivi e li mangiano crudi, poi...».

«Molto spiritoso».

«Andiamo?»

«Quando?»

«Domattina. Prima passa di qui a cambiarti. Se ti vedono vestito così pensano che, come minimo, sei un allievo carabiniere in abito simulato. Guarda che quelli non scherzano».

Capitolo 9
Rabbia

«**Ah Tamoa,** vecchio maniaco. E questo qui chi è?»

«Lupo. È un mio amico. Impara da me». Aggiunse una parola incomprensibile.

Moam annuì. Grasso. Sudato. Baffoni. L'oro che aveva in bocca era quasi pari a quello che portava al collo e alle dita. Un capo. Intorno, vecchie roulotte con le ruote sgonfie o poggiate su mattoni, donne con lunghe gonne a fiori, una moltitudine razzolante di bambini, uomini scarni o ciccioni (la via di mezzo non esisteva proprio) tutti con grossi baffi e sigarette accese. Gli zingari se ne stavano per conto loro e li avevo visti solo in strada, a chiedere l'elemosina. Una volta una vecchia mi aveva agguantato la mano e aveva cominciato a biascicare una litania su una vita lunga e fortunata, una moglie splendida e ricca e una ventina di figli, ma io mi ero divincolato, le avevo allungato millelire e me n'ero andato senza sapere se mi stava maledicendo o ringraziando. Mi facevano un po' paura.

«Rom korakanè», mi aveva spiegato Tamoa durante il tragitto verso il campo, «lo sai cosa vuol dire?». Ovviamente non ne avevo idea. «Significa amanti del Corano. Sono musulmani anche se mangiano maiale, bevono vino e pregano solo ai matrimoni o ai funerali. Una volta erano allevatori di cavalli, suonatori e artigiani, erano bravissimi col rame. Oggi, per lo più, rubano o chiedono l'elemosina. Ma amano ancora i cavalli, li vendono e li comprano alle fiere, li usano per qualche lavoro». Poi divenne più serio: «Attento, Lupo, è gente cordiale ma pericolosa. Mostra rispetto. Cercheranno di farti ubriacare e di rubarti i soldi. Evita di guardare le donne anche se loro ti fissano perché rischi una coltellata».

«Non ne ho di soldi... Bella accoglienza, comunque».

«Sono fatti così. Ma questo solo finché restiamo fuori, all'aperto. Se entri nella loro roulotte diventi un ospite e, quindi, sei sacro».

«Senti, perché non ce ne torniamo?»

«E Filetto?»

«A proposito, perché non l'abbiamo portato? Magari avremmo potuto cavalcarlo per un po', è un'ora che camminiamo».

«Sei scemo? Così sparisce subito...».

«Ma allora... Non capisco...».

«Sei proprio un pivello: il cavallo può essere rubato, come qualunque altra cosa, finché non è stato venduto. Poi, dopo la stretta di mano, gli zingari non tenteranno mai di fregarti. La parola è sacra, anche con un gagè».

«Gagè?»

«Non zingaro, straniero. Vagamente dispregiativo ma non è un insulto. Pensa, gli ebrei chiamano goym chi non è dei loro e in Tailandia...».

Temetti che ricominciasse con le sue lezioni e cambiai argomento.

«Il cavallo... Come fanno a comprarlo senza neanche vederlo?»

«Ottima domanda: questo è un incontro preliminare. Discutiamo un prezzo di massima e se ci va bene pranziamo gratis. Poi il capo verrà a prendersi Filetto con calma e, se corrisponde alla descrizione che gli ho fatto, mi darà i soldi. Ma non ci saranno problemi. Io non mento mai».

Andò proprio così. Un pranzo interminabile che mi fece bruciare lo stomaco per due giorni di fila. Una contrattazione degna di Wall Street con invocazioni al cielo, maledizioni, imprecazioni in almeno sei lingue diverse. Fiumi di vino e grappa. Tamoa e Moam si divertivano un mondo, tutti gli altri, me compreso, facevano da pubblico. Caffè alla turca che sapeva di sabbia. Altra grappa. Grandi rutti, molto festeggiati. Alla fine la rituale stretta di mano. Nessuno aveva detto la cifra, non a voce alta, almeno. Tornando indietro, barcollavo. Nonostante gli avvertimenti di Tamoa erano riusciti a farmi ubriacare, ma nessuno mi aveva infilato le mani in tasca, anche perché erano tutte vuote.

«Quanto ti hanno promesso?»

«Una miseria: 350 mila lire. Al macello me ne davano 50 mila di più».

«Grazie, Tamoa».

«Vaffanculo. Almeno smetterò di pestare stronzi di cavallo».

Il giorno dopo Moam arrivò alla baraccopoli tutto scintillante in sella a una vecchia moto guidata da uno dei suoi figli. Davanti alla casupola di Tamoa non nascose il suo disgusto.

«Ma perché non vieni a stare da noi? È molto meglio di 'sto cesso. Affitti una roulotte... Può venire anche Lupo».

«Sto bene qui. E Lupo non vive con me. È regolare, ha una bella casa».

Moam mi guardò con avidità. Tamoa lo smontò subito.

«Non ci pensare neanche».

«Vabbè, vediamo sto cavallo». Fu un esame rapido e professionale. Zoccoli. Zampe. Denti. Grugnito d'approvazione. Tre banconote grosse e una più piccola. Poi Moam saltò in groppa, a pelo, schioccò le labbra e si avviò guidando il cavallo per la cavezza. Il figlio lo seguì sulla moto scureggiante. *Salaam aleikum*, Filetto.

«Che voleva quello da me?»

«Moam? Niente...».

«Eddai, mica mi scandalizzo. È un pederasta?»

«Macché. Ha capito che sei impaccato e voleva farti fare il pischello».

«Il che?»

«Il pischello. Un ragazzo di buona famiglia che fa il basista. Quando i genitori dei suoi amici sono fuori casa, magari per il week end, lui avverte i ladri che arrivano e svuotano l'appartamento. Sapessi quanti ce ne sono. È sicuro e pulito. Il pischello prende il quindici per cento, ma viene pagato solo in contanti e non conosce i ricettatori. Sarebbe troppo rischioso se lo beccassero con la refurtiva. Deve solo dare la dritta giusta e fare una telefonata». Mi guardò di traverso: «Di' un po', ti piacerebbe? Potresti far svaligiare le case dei tuoi amici ricchi e guadagnare un bel po'».

«No».

«Perché?»
«Non ho amici».
«Ah no?»
«A parte te».

La baraccopoli si trasferì da un giorno all'altro. C'era, poi non c'era più. «Ce ne andiamo», aveva detto semplicemente Tamoa, «qui non si può più stare». Sloggiarono tutti in poche ore e, neanche due giorni dopo, arrivarono gli operai a recintare tutto.

«Come l'avete saputo?», ero esterrefatto.

«Che venivano a costruire? Semplice, me l'hanno detto». Tamoa aveva la solita aria serafica.

«A chi? A te?»

«E a chi sennò? Ai cani?»

«E perché vi fate cacciare così?»

«Perché mi hanno pagato». Mise una mano in tasca ed estrasse un grosso rotolo di banconote. Ero sempre più sbalordito.

«Ma... Hai preso i soldi, ti sei fatto comprare per mandare via tutti?»

«Naturale. Che male c'è?».

Avevo una gran confusione in testa, ma Tamoa non era semplicemente in vena di spiegazione. Rimise in tasca le banconote fischiettando e finì di fare i bagagli. Tutti i suoi averi in una vecchia sacca militare. Qualche vestito, due paia di scarpe, il fornelletto, utensili da cucina e una piccola pala multiuso con un bordo tagliente che fungeva anche da martello, ascia, sega e perfino chiave inglese grazie a una serie di fori quadrati di varia misura. Si piegava in due e si infilava in una custodia di tipo militare. Lui la usava per i lavori più dispa-

V

rati e la teneva con gran cura. Lo guardavo con un punto interrogativo stampato in faccia.

«Lupo, è inutile fare le barricate quando puoi prendere un po' di soldi e spostarti da qualche altra parte. Questa non è casa nostra. Noi non abbiamo una casa. Ci muoviamo. Anzi, ci siamo rimasti fin troppo, da queste parti. Funziona così, che ti piaccia o no».

«Ma.. E i soldi li tieni tutti tu?»

«No, li darò a Osso che così se li beve in due sere e crepa di cirrosi. O a Sugo, ammesso che riesca a rintracciarlo, per la chirurgia plastica del grugno che gli ho spaccato... Avanti, Lupo, piantala di cazzeggiare e dammi una mano con le pentole».

Il nuovo campo era una radura sulla riva del fiume, un bello spiazzo largo delimitato da un grande canneto che degradava fino all'argine. In alto, si vedevano le macchine sfrecciare. Terra di nessuno, a parte i topi. Li vidi la prima volta che andai a trovare Tamoa: correvano liberi dappertutto. Esserini avidi e paurosi che emanavano solo sensazioni di fame e aggressività. In genere erano piuttosto piccoli, perfino graziosi.

«Cresceranno», disse Tamoa accennando a due topolini in equilibrio su una canna, «questi sono i topi di campagna ma presto, attirati dai nostri rifiuti, arriveranno i ratti. Prima mangeranno i topolini, poi si insedieranno tra di noi. A volte sono capaci di rosicchiarti i piedi, per non parlare della roba da mangiare. Arrivano dappertutto. Aprono le scatolette. Hanno denti più duri dell'acciaio, gli aborigeni australiani li usano come punte per le mazze da guerra. Di', ti fanno schifo?»

«Gli aborigeni?»

«I topi, idiota».

Alzai le spalle. Nessun animale mi faceva schifo.

«Bravo. E comunque io e te possiamo stare tranquilli. Daruma e Yussuf vanno matti per la carne di ratto, li cacciano meglio dei gatti. E comunque i toponi belli grassi sono una riserva di cibo per i tempi duri». Non sapevo se stesse scherzando, ma non feci domande.

Tamoa, come al solito, aveva ragione. I ratti arrivarono, sempre più invadenti. Ma subito dopo arrivò qualcosa di molto più pericoloso: l'eroina.

Scheletri pencolanti, abiti ridotti a stracci, interminabili conciliaboli, un vai e vieni continuo e insensato. Ansia e dolore. Il gruppo dei tossici era cresciuto di giorno in giorno. Erano tutti tra i venti e i trenta anni ma ne dimostravano molti di più. Denti marci. Pelle grigiastra. Occhi gialli di epatite.

«Quella roba li ammazza giorno dopo giorno», diceva Tamoa senza nascondere il suo disprezzo, «finiscono all'ospedale col fegato in pappa, ma non smettono di bucarsi neanche lì. Escono e la prima cosa che fanno è andare a cercare uno spacciatore. Non ti fidare mai di un tossico, Lupo, stanne alla larga. Per mille lire vendono la madre».

I tossici e i clochard facevano vita separata. Ogni tanto scoppiava qualche litigio, ma, sostanzialmente, i due gruppi si ignoravano.

«Perché non li cacci via se ti stanno così tanto sul cazzo?»

«Io? E chi sono il sindaco? Qui chiunque è libero di andare e venire...».

Due giorni dopo Tamoa smentì le sue parole in un modo che non dimenticai più in vita mia.

V

Sul lungofiume si fermò un vecchio motorino e ne scese un tizio coi pantaloni a zampa d'elefante, il minipull e i capelli alla "porcocazzo" come andavano allora: corti sul davanti e lunghi fino alle spalle, il taglio di moda che i barbieri chiamavano "a penna" o a "becco d'anatra". Un tossico che sembrava il testimonial delle pompe funebri e una ragazza che avrebbe avuto bisogno di una flebo gli si avvicinarono subito, ma la conversazione fu interrotta bruscamente da Tamoa, il viso bianco di rabbia. Senza complimenti spinse via i due peromani che lo guardarono in faccia e capirono che non era il caso di protestare. Lo spacciatore lo squadrò da capo a piedi, con un misto di insolenza e di paura.

«Che cazzo vuoi?»

«Che ti levi dai coglioni. Se ti rivedo ti faccio a pezzi».

«E tu chi sei?»

«Uno che ti spacca il culo. Vuoi provare?».

Lo spacciatore infilò una mano in tasca. Fu un errore. Il coltello di Tamoa gli era già alla gola, un fulmine d'acciaio. Con una mano Tamoa teneva fermo il tizio per il bavero, con l'altra impugnava l'arma e lo costringeva a restare sbilanciato, con la testa all'indietro e gli occhi gonfi di terrore. Al primo movimento l'avrebbe scannato come un pollo. Bucò leggermente la pelle, un rivolo di sangue sul collo. Lo spacciatore farfugliò qualcosa, Tamoa lo abbatté a terra con uno sgambetto, gli piazzò un ginocchio sulla pancia con violenza e, sempre tenendogli il coltello appoggiato alla gola, lo perquisì rapidamente. Da una tasca uscì una molletta chiusa, una lama di almeno quindici centimetri. Tamoa ghignò e se la infilò nella cintura.

«Sei troppo lento per giocare coi coltelli», lo sbeffeggiò. Poi, senza alcun preavviso, lo colpì in pieno viso col gomito, una delle sue tecniche preferite. Sangue e denti rotti.

«In piedi, pezzo di merda», la voce di Tamoa era dura come una pietra, «se torni ti ammazzo, se ti vedo ti ammazzo, se sento solo la tua puzza ti ammazzo. Sono stato chiaro?». L'altro annuì in silenzio.

Poi fece per avviarsi verso il motorino.

«Ho detto che te ne puoi andare?». Rabbrividii. La crudeltà di Tamoa poteva essere raccapricciante.

Denti Rotti lo guardò implorante. Aveva perso tutta la sua tracotanza. Il maglioncino era completamente inzaccherato di sangue. La bocca era come una ferita aperta, una grande macchia vermiglia sul bianco del suo viso.

«Cofa buoi?», balbettò a fatica. Aveva entrambe le labbra spaccate.

«La roba».

«Quae obba? No cell'ho».

Tamoa lo colpì allo stomaco con un pugno corto, poi fece un salto indietro per evitare lo schizzo di vomito. Non l'avevo mai visto così infuriato. Gli afferrò un orecchio e cominciò a tagliarlo col coltello. Lo spacciatore strideva e piangeva. Tamoa smise. La faccia dell'altro era una maschera di sangue. Due o tre tossici si godevano lo spettacolo da lontano, ma nessuno si avvicinava. Tamoa faceva paura a tutti.

«Prima di andartene da qui devi lasciarmi una cosa per il disturbo», spiegò lui: «la roba o l'orecchio. Scegli ma in fretta perché è ora di pranzo e io ho fame». Poi afferrò di nuovo l'orecchio dello spacciatore che urlò di dolore e di paura e cominciò a fare disperatamente segno di no.

«Allora la roba. Dov'è?».

Lo seguimmo lungo le scale. Pensai che l'eroina fosse nascosta nel motorino, ma non era così. Tamoa lo sapeva bene. «Qual è la macchina?».

Faccia Rotta accennò a una vecchia berlina di quelle a ferro da stiro, che si alzavano sulle sospensioni ogni volta che partivano.

«Tieni d'occhio 'sto tipo», mi ordinò Tamoa. Poi si chinò sotto l'auto e ne emerse trionfante, con una decina di bustine di stagnola in mano. Ma non aveva finito. Tagliò il tubicino della benzina del motorino, lo buttò a terra e strappò il cavo della candela, poi assestò un ultimo calcio nel sedere allo spacciatore e lo lasciò libero. «Camminare gli farà bene», commentò mentre lo guardava allontanarsi con le mani sulla faccia devastata.

Tornammo sull'argine e Tamoa gettò le bustine nel fiume, una dopo l'altra. I tossici lo guardavano famelici.

«Niente spacciatori qui», concluse con quel suo tono secco, imperioso, molto diverso dal modo in cui mi parlava di solito, «fatevi i cazzi vostri come volete, ma se ne vedo un altro da queste parti butto a fiume lui e voi. Sono stato chiaro?». Nessuno rispose. Non vedevo l'ora di andarmene.

«Quel tipo non tornerà per vendicarsi dopo quello che gli hai fatto?», domandai.

«Tornerò di sicuro. Ma non da solo. A proposito... Tieni, forse ti farà comodo». Mi porse la molletta. Feci scattare la lama. Era un'arma dozzinale, col manico di plastica, una specie di guardia di metallo a "S" e la lama di acciaio scadente, che non tagliava ma, se non altro, era acuminata come una punta di lancia. Aveva un pulsante per far lo scatto e una sicura per evitare aperture accidentali. «Cerca di non tagliartici le palle», fu il commiato di Tamoa. «Mi sa che ti dovrò insegnare a usarlo, un giorno o l'altro».

Feci scattare la lama del coltello mentre tentavo di concentrarmi su una traduzione di Orazio: «*Felice chi e felice soltanto, chi può chiamar sua l'ora che volge. Chi con fermezza può dire: che m'importa il domani se ho vissuto l'oggi?*». Pensai che quei versi si adattavano perfettamente alla vita di Tamoa e dei suoi compagni di bivacco. Li invidiavo. Io ero inchiodato sui libri: dopo il latino mi aspettavano *I cento anni* di Giuseppe Rovani (un mattone di romanzo storico che aveva il potere di provocarmi un effetto narcotico dopo i primi cinque minuti di lettura) e gli altri esponenti della scapigliatura milanese. Mancavano poco più di due mesi alla maturità, uno ai miei diciotto anni. Maggiorenne. Pa' aveva affrontato col solito sussiego l'argomento "cosa vuoi fare della tua vita?". Non potevo chiedere la domanda di riserva per cui avevo dato la prima risposta che mi era venuta in mente: «Penso di studiare Giurisprudenza, naturalmente se sei d'accordo».

«E dopo?»

«Dopo... Forse potrei tentare il concorso in magistratura e magari insegnare all'Università come te». Aveva gongolato e si era lanciato in una dotta disquisizione sulla vocazione dell'insegnamento, sull'importanza dell'educazione e la formazione delle generazioni future. Ormai mi parlava da uomo a uomo e la cosa lo faceva sentire molto progressista e democratico. Ma' viveva col suo nuovo tizio e si vedeva sempre meno. Sfoggiava abiti giovanili e le mèches.

La sola idea di me in toga accademica o seduto dietro una cattedra mi sembrava assolutamente grottesca ma che m'importa il domani se ho vissuto l'oggi? Intanto dovevo passare quel cazzo di esame. Poi le vacanze. Poi si vedrà.

Clac. La lama saettò nuovamente fuori dal manico. Appena arrivato a casa l'avevo disinfettata con gran cura, in fondo chissà che schifezze ci aveva combinato quello spacciatore... Sospirai e presi *I cento anni* sentendo già le prime avvisaglie di narcolessia. Era una vecchia edizione giallastra che avevo rimediato da un libraio e avevo deciso di svilupparci una tesina visto che mi toccavano in Italiano e Latino. Mi aspettavo una cosa tipo *Cent'anni di solitudine*, con un bel po' d'azione e di scopate e invece mi ero imbarcato in quella monumentale rottura di coglioni. Rimisi in tasca la molletta e iniziai a leggere e prendere appunti. Dopo dieci minuti cominciai a fantasticare su Parvati e quasi non mi accorsi che la mia mano era scivolata sulla patta.

Piombò tra noi all'improvviso, come al solito, proprio quando ormai avevo perso ogni speranza di rivederla. Ero passato a salutare Tamoa e a chiedere se la cagna che Daruma aveva messo incinta aveva finalmente partorito: mi ero fatto promettere un cucciolo perché non avevo ancora rimpiazzato Blu e il rapporto con un cane mi mancava atrocemente. Stavo pensando anche a un gattino ma era troppo legato all'idea di casa mia: un posto dove mi sentivo ogni giorno più estraneo. Daruma e Yussuf sembravano spariti da qualche giorno, la cagna restava. Anche i cani andavano e venivano come tutti in quel piccolo mondo disastrato. Ma io volevo un cucciolo.

«Pazienza, Lupo, il cucciolo è in arrivo», spiegò Tamoa. «Ci vuole ancora qualche giorno... E poi se vuoi un cane coraggioso ti conviene aspettare almeno un paio di mesi», aggiunse mentre si affaccendava attorno a una gigantesca insalata mista ottenuta con gli scarti del mercato. Passava spesso a fare la questua, all'ora di chiusura dei banchi e tornava regolarmente con un carico di verdure ancora perfettamente commestibili. A volte gliele regalavano, altre volte sganciava qualche spicciolo, ma tra zuppe, insalate e verdure lesse riusciva sempre a ricavare delle cene ottime. Sapeva anche cucinare splendide omelette ripiene di formaggio, prosciutto e funghi, una specialità che aveva perfezionato durante i suoi viaggi in mare. Stavolta stava spaccando in quattro un grosso finocchio con la solita concentrazione da cardiochirurgo.

«Perché due mesi?»

«Perché il cucciolo resta vicino alla madre che lo protegge e non si spaventa dei rumori, dei tuoni, degli altri cani... Se lo prendi troppo presto rischi di ritrovarti con un cane vigliacco o troppo aggressivo. Dammi retta, aspetta».

«Ok», non volevo un cane fifone. E proprio allora, cucù... Parvati.

«Bonjour, depravati. È un bel pezzo che non ci si vede». Baciò Tamoa sulla guancia e mi arruffò i capelli con un gesto materno che mi fece subito incazzare. Aveva un paio di jeans scoloriti e un golf leggero, nero, che metteva in risalto il suo seno arrogante. I capelli sale e pepe erano raccolti in una grossa treccia. Mi sembrò più sexy che mai.

«Ci facciamo un bombardone?». Senza aspettare risposta tirò fuori una stecca di fumo e le cartine e cominciò a rollare. Non avevo niente contro le canne se non che mi mettevano una fame mostruosa, ma tacqui. Tamoa continuò a tagliare, sbucciare e sminuzzare.

Parvati realizzò un joint fatto a regola d'arte, a forma di cono gelato, con tanto di cappuccetto e di punta arrotolata. Lo accese con cura, per evitare che bruciasse solo da un lato e tirò un paio di boccate, poi lo passò a Tamoa. Non l'avevo mai visto fumare, ma non si fece pregare e aspirò a fondo, trattenendo il fumo nei polmoni, da esperto. Al mio turno, sentii una botta immediata, prima in gola e poi al cervello. Tutte le canne che mi ero fatto fino ad allora erano acqua fresca in confronto a quella specie di mortaio.

«Ti piace? È Black Bombay, fumo indiano con un po' d'oppio, roba seria», annunciò Parvati con un tono da sommelier che arriva dalla cantina con una bottiglia piena di ragnatele e polvere. La testa cominciava a pulsarmi, strinsi le palpebre e mi sembrò di vedere la mia faccia riempirsi di rughe. Il cuore accelerò i battiti. Ci mancava solo un attacco di paranoia per fare una vera figura da idiota. Cercai di rilassarmi. Avevo le dita dei piedi e delle mani ghiacciate e la faccia calda.

Parvati mormorò qualcosa. Tamoa bofonchiò che andava alla fontana a lavare l'insalata e che, giacché c'era, sarebbe passato a dare un'occhiata alla cagna incinta, poi uscì. La mano di Parvati era di nuovo sui miei capelli, ma stavolta mi carezzava lenta, dolce, affettuosa. Mi abbandonai a quella sensazione di quiete e smisi di agitarmi. Un calore rigenerante si diffuse in tutto il mio corpo. Ci baciammo, ma senza l'urgenza della prima volta. Ci accarezzammo a lungo, ancora completamente vestiti e sentivo la mia pelle emanare vibrazioni concentriche di piacere. Ero sicuro di star facendo le fusa come Patè, buonanima. Aspirai il profumo dei suoi capelli, le sciolsi la treccia, le sfilai il golf e rabbrividii alla vista dei suoi capezzoli scuri, eretti e vibranti. Feci per strapparmi la camicia, ma lei mi fermò e cominciò a sbottonarla al rallentatore. A ogni bottone che saltava la mia eccitazione cresceva, ma era un desiderio senza fretta, che si appagava di se stesso. La testa andava a veniva, mi sembrava di essere ogni bottone sganciato, ogni asola che lo faceva passare, di avere terminazioni nervose sui capelli, sulle unghie, sui peli delle braccia e tutte urlavano di gioia. Mi spogliò con tutta calma, io feci altrettanto poi ci sdraiammo fianco a fianco baciandoci, guardandoci, toccandoci, leccandoci come cani. La mia erezione era qualcosa di sorprendente, gocce filamentose colavano dal glande, ma non sentivo alcun bisogno di accelerare i tempi. Finalmente le salii sopra, lei aprì le cosce e ci fondemmo in un'unica ondata liquida. Non so se durò pochi istanti o mezz'ora, ricordo solo le sue urla, le unghie che mi artigliavano la schiena, il mio schizzo selvaggio dentro di lei e poi i muscoli che si rilassavano uno per uno, in una tranquillità assoluta, un appagamento senza limiti.

«Ti amo, Parvati», le sussurrai all'orecchio. Lei si limitò a darmi un morsetto al lobo. Dormii. Quando mi svegliai ero solo e infreddolito. Lei non c'era più, Tamoa non era tornato. Guardai l'orologio, imprecai, mi rivestii alla Ridolini e mi avviai a grandi passi verso casa.

Tornarono in cinque. Ormai passavo quasi tutte le mattine da Tamoa, visto che non c'era scuola e tornavo a casa per pranzo e per studiare tutto il pomeriggio. Li vidi quando erano già troppo vicini. Faccia Rotta li guidava impugnando una grossa catena e si dirigeva veloce, ma senza correre, verso Tamoa. Gli altri quattro si aprirono a ventaglio per tagliargli la strada. Erano massicci, brutali, determinati. Uno brandiva una mazza da baseball, un altro un grosso bastone, il terzo l'arma più terribile: una tanica mezza piena di un liquido arancione che doveva essere benzina. Il quarto, alto e magro, non aveva armi, almeno all'apparenza. Niente insulti o minacce. Facce bianche, contratte, concentrate. Professionisti. Sentii una stretta allo stomaco e mi guardai attorno alla ricerca di un nascondiglio. Mi passarono a poca distanza: per loro non ero niente, Tamoa doveva pagare, col sangue e col fuoco.

Lui si girò e scappò a gambe levate verso la baracchetta. Per una frazione di secondo, pensai che fosse una mossa stupida: che rifugio gli potevano offrire quelle quattro pareti di legno e cartone? Ma fu un attimo. Spuntò fuori con un urlo selvaggio impugnando la sua piccola pala multiuso come un'ascia. Faccia Rotta fece roteare la catena sulla testa, con un sibilo sinistro e poi vibrò un colpo di frusta in diagonale. Tamoa lo bloccò con l'avambraccio, lasciò che la catena gli si attorcigliasse attorno e sferrò un fendente con la pala sulla spalla dell'avversario. Sentii il rumore della clavicola che si spezzava. Faccia Rotta crollò come fulminato e Tamoa doppiò con una stoccata allo stomaco. Mazza da baseball alzò la sua arma, Tamoa schivò, si accucciò su se stesso e lo colpì dal basso con la lama della pala, frantumandogli il ginocchio. Mentre cadeva imprecando Tamoa lo centrò con uno dei suoi terribili calci in faccia. Quello alto e magro si mosse come un serpente. Nella sinistra aveva un rasoio aperto, lo usò dal basso in alto e il braccio sinistro di Tamoa si coprì di sangue. Mi ricordai del mio coltello a scatto, feci saettare la lama e mi avventai alle spalle di Rasoio, che non se l'aspettava. Vibrai un colpo goffo, usando la molletta come un punteruolo e gli conficcai profondamente la lama nella spalla. Fu come bucare un pallone. Estrassi la lama insanguinata senza sapere bene cosa fare. Lui grugnì, si girò e sventolò il rasoio davanti al mio viso: solo per miracolo non mi amputò il naso alla radice. Non gli lasciai una seconda possibilità: tutto il mio corpo saettò verso di lui e lo abbattei con una delle mie migliori testate spaccadenti. Rimase a terra, immobile. Ne restavano due.

Tamoa si rotolava a terra, avvinghiato a uno dei picchiatori, in una lotta feroce tutta gemiti e imprecazioni. Tentavano di artigliarsi la faccia, di mordersi e di strangolarsi a vicenda, non c'era spazio per i pugni. Tanica restava a guardare indeciso: sicuramente era un vigliacco e non poteva cospargere entrambi di benzina a rischio di farli bruciare assieme. Raccolsi la mazza da baseball e gli corsi incontro, lui mi vide, mollò la tanica, si girò su se stesso e scappò verso la scalinata e la strada, la salvezza. Lo raggiunsi in pochi istanti, lo colpii al fianco con la mazza e lo feci ruzzolare a terra. Poi lo centrai ancora alla spalla per non ucciderlo sul colpo con una randellata in testa. Restò bocconi, singhiozzando. Aggiunsi un calcio allo stomaco e corsi in aiuto di Tamoa, ma non aveva bisogno di me. Era in ginocchio sull'avversario e gli stava cancellando i lineamenti del viso nel suo modo crudele e metodico, con una grossa pietra che colava sangue. Quando gli afferrai il braccio si voltò verso di me con un'espressione di assoluta ferocia, di pura voglia di uccidere che mi fece indietreggiare spaventato. La lotta era durata in tutto cinque minuti scarsi. Tossici e barboni guardavano. Nessuno ci aveva aiutati. Nessuno aveva chiamato aiuto. Guardavano e basta.

Feci rialzare Tamoa che imprecava a borbottava e mi accorsi che tutto il suo braccio sinistro era viscido di sangue. Bestemmiò selvaggiamente, la prima e l'ultima volta che glielo sentii fare. Mi fece cenno di seguirlo nella baracchetta, strappò via quello che restava della manica (quel giorno, sotto il giubbotto, aveva un maglione che, forse, aveva bloccato in parte la rasoiata) e mi fece cenno di prendere una bottiglia d'alcol che teneva sempre a portata di mano.

«Buttalo sul taglio», mi ordinò. Obbedii e contrasse il viso per il dolore. La ferita era netta e profonda, lunga almeno dieci centimetri, sulla parte superiore del braccio, vicino al gomito. Fuori, sentivamo i gemiti dei cinque tizi che ci avevano assalito.

«Dai un'occhiata fuori», disse Tamoa. Uscii. Faccia

Rotta e gli altri si erano rialzati. Quello col ginocchio spezzato tentava di mettersi in piedi, ma ricadeva subito urlando di dolore. La spalla del tizio che avevo ferito col coltello era una piccola fontana rossa, ma lui restava eretto, stoicamente, sicuramente era il più feroce e pericoloso. Sorreggendosi l'uno all'altro cercavano di guadagnare la scalinata e si giravano indietro di continuo, temendo di essere raggiunti e finiti a bastonate.

«Che fanno?»

«Se ne vanno... Li abbiamo fatti a pezzi».

«Bravo Lupo, veloce e coraggioso. Senza di te mi avrebbero pestato come una zampogna e poi, probabilmente, mi avrebbero arrostito con la benzina. Dovevano essere incazzati neri. E adesso aiutami a cucire questo taglio o morirò dissanguato». Aveva in mano un grosso ago e un rocchetto di filo nero.

«Cosa? Sei impazzito? Andiamo in ospedale...».

«Non ci penso per niente... Tranquillo, non è la prima volta che mi ricucio. Tu devi solo tenere accostati i lembi e togliere il sangue con questo». Mi passò uno straccio pulito impregnato d'alcol. Mi girava la testa, l'eccitazione e la paura del combattimento mi avevano lasciato esausto e mi sentivo svenire. Feci cenno di no con la testa.

«Tamoa... io non ce la faccio».

«Su che non è niente. Fai un bel paio di respiri profondi e datti da fare».

Obbedii. Durò poco, ma fu terribile. L'ago bucava la pelle e la carne a fatica, Tamoa stringeva le labbra, esangui e tirava il filo, poi ricominciava, assorto come una ricamatrice. Lacrime silenziose di dolore gli solcavano le guance scavate. Ne venne fuori un'orrenda cu-

V

citura a zig zag che gli avrebbe lasciato una cicatrice spaventosa, ma il sangue, almeno, si era fermato. Mi sentivo esausto.

«Posso sdraiarmi un attimo?», supplicai.

«Accomodati», concesse Tamoa. «Purtroppo non ho niente da offrirti, qualcosa di forte ci vorrebbe proprio. Se vuoi dormire un po' non ti preoccupare, io...». Ma ormai non lo sentivo più.

Mi svegliò due ore dopo. Erano le tre del pomeriggio.

«Sveglia, Lupo combattente, è ora di andare a casa a studiare». La ferocia del combattimento era scomparsa, era il solito Tamoa, allegro e ironico. Le immagini della lotta mi si affollarono nella mente. Mi sentivo un guerriero, pronto a tutto.

«Ok, vado. E tu?»

«Io devo scomparire per un po'».

«Cosa?»

«Cos'è, ti hanno rotto un timpano? Scomparire, diventare invisibile. Se resto qui sono in pericolo e una minaccia per tutti. Cosa credi, che adesso mi lasceranno in pace? Non se lo possono permettere, devono farmela pagare a tutti i costi. Magari cercheranno di darmi fuoco la notte o qualcosa del genere», scosse la testa. «Devo squagliarmela».

«E dove pensi di andare?»

«Un po' qui un po' là. Non molto lontano».

Decisi all'istante: «Vengo con te».

Rise, offendendomi a morte.

«Che cazzo dici, Lupo? Non è un picnic con gli scout. Se quelli ci prendono ci massacrano sul serio. A te non arriveranno mai: non sanno dove abiti, non hanno idea di chi sei e al massimo ti cercheranno da queste parti. E poi tu hai la maturità, mi sembra, è una cosa importante, ne va del tuo futuro». Imitava il tono di mio padre che io avevo imitato tante volte per farlo ridere. Ma stavolta non ero in vena.

«Senti, per favore, non mi dire di no. Posso raccontare a mio padre che vado qualche giorno a studiare da un amico, lo fanno in molti prima dell'esame».

«E come pensi di studiare?»

«Ormai ho quasi finito... Porterò qualche libro».

Rifletté qualche istante. «Lupo, ma ti rendi conto? Si tratta di vivere sulla strada, di arrangiarci con quello che troviamo, di mangiare come capita io non capisco proprio...».

«Tamoa, ho rischiato la pelle per te. Siamo nella stessa barca. Non mi puoi scaricare».

Sorrise. «L'hai voluto. Sappi che forse cambierà la tua vita per sempre, ma se questo è il tuo karma lo devi accettare. Ascoltami: non credo che torneranno stanotte, ma è bene che io me la fili subito. Ci vediamo domani a mezzogiorno alla stazione dei pullman, lo sai dov'è? Quella dove siamo stati una volta...».

«Vuoi andare fuori città?»

«Non credo. In una città grande nascondersi è più facile. Saliremo su un autobus e torneremo indietro subito, casomai qualcuno ci veda. Ma quella gente non sembra veramente pericolosa. Saranno stati spacciatori di strada come quell'imbecille del motorino. Altrimenti saremmo già morti. I malavitosi seri non menano, sparano».

«E dietro di loro chi c'è?»

«Gente più grossa. E dietro più grossa ancora... E così via fino alla mala seria, quella vera che sicuramente viene da fuori... Ma è un discorso che non ci interessa.

Non ci siamo messi contro i cartelli della cocaina, ma contro un gruppo di stracciaculi. Pericolosi quanto vuoi, ma stracciaculi. Tra un paio di mesi potremo tornarcene tranquillamente qui. Tu potresti semplicemente aspettare, prima o poi mi rivedrai qui o altrove».

Scossi la testa. La vita senza di lui mi sembrava inconcepibile, solo una noia abissale. «Te l'ho detto, vengo con te. Porto qualcosa?»

«Il minimo indispensabile. Qualche soldo, se ci riesci. E magari qualcosa da mangiare. Adesso levati dalle palle».

Mi avviai, ma dopo pochi passi fui preso da un dubbio e tornai indietro.

«Tamoa, non è che mi dai buca, eh? Non è che mi ritrovo come uno stronzo da solo alla stazione mentre tu...».

Mi interruppe col gesto di chi scaccia una mosca.

«Ho deciso e ho promesso. Il vento cambia. La mia parola non cambia».

Capitolo 10
Fuga

«**Qui va bene?**». Era la rientranza di un grosso palazzo pieno di uffici, a poca distanza dalla stazione. Una specie di quadrato vuoto, coperto, con una pavimentazione lurida di linoleum nero pieno di cicche e di scaracchi. Il segreto era arrivarci presto perché, all'imbrunire, i senzatetto e i barboni lo prendevano d'assalto. Quando faceva freddo, scoppiavano guerre di posizione con insulti, risse e perfino qualche lama che brillava alla luce dei lampioni, qualche taglio, qualche schizzo di sangue. Ma era primavera inoltrata e molti preferivano le panchine o i giardinetti.

«Ok, sistemiamoci». Tamoa dispose i cartoni a terra e ci mise sopra le coperte che ci facevano da materasso. Eravamo in fuga da quattro giorni, ma mi sembravano più o meno cinquant'anni. Avevo perfino smesso di puzzare o forse non sentivo più neanche il mio stesso odore. Avevo il viso ombrato di barba e i capelli aggrovigliati come quelli di Tamoa anche se, tutte le mattine, cercavamo di lavarci a una fontanella. Niente mense di carità o ostelli dei poveri: «Dove lo cercheresti uno come me?», aveva spiegato Tamoa il primo giorno, «per stare sicuri dobbiamo spostarci di continuo. Massimo due giorni nello stesso posto».

Camminavamo gran parte della giornata, le gambe mi erano diventate due tronchi d'albero, i piedi grossi come bambini e avevo già stretto un buco della cintura. Le ventimila lire che avevo portato con me erano quasi finite così come le mie misere provviste. Del resto come avrei potuto spiegare a Pa' che andavo da un amico a studiare a Capalbio se mi portavo dietro mezza dispensa? Pensai ai miei genitori, alla mia casa, agli esami. Mi sembrava tutto vago, nebuloso. Nessuna nostalgia, neanche quando mi schiacciavo i primi pidocchi annidati nel colletto della camicia. Yussuf guaiolò accucciandosi ai piedi di Tamoa. I cani ci avevano seguito, ma spesso si allontanavano per conto loro, in cerca di cibo. Daruma aveva un'aria più famelica e feroce che mai. Lontano dai prati e dai topi, avevano meno risorse e ogni tanto dovevamo nutrirli con qualche avanzo. Emanavano fierezza e fedeltà assoluta a Tamoa. Il loro legame era straordinario. Yussuf accettava da me qualche carezza ma senza affetto o riconoscenza, Daruma non mi lasciava neanche avvicinare. Ma dormire vicino a loro dava una meravigliosa sensazione di sicurezza.

«Vediamo cosa c'è rimasto...». Tamoa frugò nella sua sacca e ne tirò fuori un involucro fatto con una busta di plastica. La aprì e tirò fuori un paio di pezzi di pizza bianca, mezzo salame ormai nerastro che cominciava a emanare un odore inquietante, un pomodoro ammaccato e due mele. Da bere avevamo una bottiglia d'acqua di fontanella allungata con un po' di vino. Aprì il suo splendido coltello, io feci scattare la lama della mia molletta. Ci dividemmo religiosamente quel pasto raffazzonato e mangiammo silenzio, assaporando ogni boccone. Poi ci sdraiammo per dormire. Come al solito, io stavo vicino alla parete, nel posto più protetto. Tamoa mi copriva le spalle.

Arrivarono gli altri. Gente di strada, le solite facce che incontravamo nei ricoveri di fortuna, alle mense di carità (quando ancora potevamo andarci) o semplicemente in giro. Un ciccione orbo che avevo ribattezzato Polifemo e aveva un occhio tutto bianco e un alito micidiale. Tamoa diceva che, se non altro, teneva lontane le zanzare. Girandola, un pazzoide che tutte le mattine si addobbava come un albero di Natale, con festoni, nastri colorati e piccole girandole a vento, si piazzava al centro di una piazza piena di traffico e di macchine e danzava fino allo sfinimento per ore e ore. Poi scompariva. Qualcuno diceva che in passato era stato un ingegnere molto noto e che era finito così per una storia d'amore andata storta. Qualche anno prima era stato fotografato e intervistato da un giornale e si portava sempre il ritaglio con sé, ormai ridotto a un frammento illeggibile, pronto a declamarlo a chiunque avesse voglia di starlo a sentire, cioè nessuno.

Arrivarono, sottobraccio, due luridi ragazzi tedeschi, magri e altissimi, coi capelli biondi e cespugliosi, che facevano coppia tra loro e la notte, spesso, si baciavano o facevano sesso a branciconi nei sacchi a pelo. Uno se ne veniva, ogni volta, mugolando: «Ya, ya mein lieben». Ricordavo una vecchia storia che mi avevano raccontato da bambino e li chiamavo Max e Moritz. Era la prima volta che vedevo due gay in azione (a parte lo sventurato incontro con Sugo) e la cosa mi era totalmente indifferente. Quei due erano abbastanza simpatici, il problema era che non capivano un cazzo. Parlavano solo qualche parola di italiano anche se, a quanto avevo capito, erano in viaggio da almeno sei mesi.

«Come fanno a campare?», avevo chiesto a Tamoa.

«Vendono il culo».

«Cioè... Con gli altri uomini?»

«No, con Biancaneve, i sette nani e Pollicino».

Quando faceva il saccente non lo sopportavo. Ma la curiosità fu più forte e uscii subito dal mio imbronciato silenzio.

«Come le puttane insomma... Ma io non li ho mai visti, i froci, per la strada».

«Perché non ti interessa e non conosci i codici... E poi non sono vistosi come le mignotte. Lavorano nei bagni pubblici, nei cinema porno, in qualche giardinetto, ma al contrario delle puttane, che devono essere ben visibili per acchiappare i clienti, loro si tengono nell'ombra, sanno benissimo come farsi trovare da chi li cerca...». Mi guardò in tralice: «Sai una cosa, Lu? Tu sei bellino, potresti fare un po' di soldi e...».

«Vaffanculo».

Ghignò. Gli avrei mollato una cuscinata, ma non avevo il cuscino.

Il ricovero di fortuna era quasi pieno. Io, Tamoa e i due cani eravamo mischiati agli altri ma formavamo un gruppo a parte, intoccabile e inviolabile. A volte, mentre dormivo, Tamoa mi passava un braccio attorno alle spalle, per far capire a tutti che ero roba sua e nessuno mi poteva toccare. Era un messaggio chiarissimo, un gesto d'affetto senza equivoci che mi faceva sentire tranquillo e protetto. La prima notte l'osso dell'anca contro l'asfalto mi aveva tormentato, poi mi ero abituato. Dormivo come un angelo.

La mattina dopo contammo i soldi: settecento lire. «Bene, è il momento che ci inventiamo qualcosa», constatò Tamoa.

«I soldi non crescono sugli alberi». Sentenziai. Ripetere le parole di Pa' mi dava una grande soddisfazione. Se solo mi avesse visto in quel momento...

«Sugli alberi no... Ma sulle statue sì. Direi di cominciare da quelle, poi vedremo».

«Da cosa? Le statue? E come facciamo a portarle via? Pesano...». Non avevo nessuna voglia di farmi uscire l'ernia mentre tentavo di rubare il monumento equestre a Garibaldi. «E poi a chi le rivendiamo?»

«Per quello non ti preoccupare, ho qualche amico... E non sto parlando di statue intere. Basta qualche pezzo. Stanotte si comincia quindi cerca di dormire un altro po'».

Diventammo spicconatori. Topi d'arte. Era un lavoro facilissimo. Nella zona del centro, vicino a uno degli ospedali più vecchi della città, c'era stato lo studio di qualche scultore antico e un muro era tutto disseminato di frammenti di statue di marmo incastonate nella parete come gemme. Cominciammo da lì. Io facevo il palo, Tamoa lavorava di fino con la sua infernale paletta multiuso: staccava, scalzava, spaccava, estirpava cercando di ricavare frammenti netti, ben definiti. Poi li portavamo da un tizio che aveva un negozio di antiquario in una strada piena di studi di pittori. Lui esaminava il bottino e pagava senza batter ciglio. La prima sera ci sganciò ventimila lire. Mi sembrò una follia.

«Ma che ci fa con quei serci? Non valgono niente»,

obiettai mentre Tamoa infilava in tasca le banconote. Il cassiere era lui.

«Lo dici tu... Questa roba la vende ad altri negozi o direttamente ai turisti o a gente che si costruisce una villa e la vuole abbellire con qualche antichità. Le fanno inglobare nelle pareti, le mostrano agli amici e si danno un sacco di arie...».

«Farebbero prima a farsi fare delle statue tutte intere da qualche marmista...».

«Non è la stessa cosa. Quella gente vuole gli originali e li sa riconoscere... Ma che ti frega? Rimorsi di coscienza?»

«No è che... Mi sembra troppo facile».

«Lascia che ci prendano e vedrai com'è facile».

«Dì un po', ma tu come le sai tutte 'ste cose? Non dirmi che ci sei stato, in una di quelle ville...».

Ghignò. Non rispose.

Ormai eravamo una squadra: due uomini e due cani. Una volta, in pieno giorno, entrammo nel cimitero più grande della città e facemmo razzia di lumini di ferro battuto, sculture di marmo e perfino certi ritratti di gente morta da cent'anni e passa, immortalata in espressioni fisse e solenni, tra baffoni, basettone e acconciature a torre per le signore, impressi su lastre di pietra. Nessuno ci vide. Tamoa si inginocchiava sulle tombe, faceva finta di rinchiudersi in preghiera e rubava a man salva. Ne realizzammo una piccola fortuna. Portammo via anche un paio di piccoli quadri da una chiesa. Nessuno ci vide. Ma i monumenti erano il nostro campo d'azione preferito.

Una notte sentii scoppiettare la moto di un metronotte mentre Tamoa stava facendo saltare il muso di delfino da una fontana storica. Fischiai. La moto accelerò. La guardia giurata era massiccia, aggressiva, infagottata in un grosso giubbone di pelle nera. Comparve all'improvviso, dal buio.

«Che cazzo fate?», urlò mentre metteva un piede a terra e cercava di sfilare la pistola dalla fondina, «fermi, siete in arrest...». Non c'era tempo per scappare, ci avrebbe raggiunti subito o magari ci avrebbe sparato addosso. Balzai su di lui, lo rovesciai a terra con tutta la moto e gli schiacciai crudelmente, col piede, il braccio che reggeva la pistola. La lasciò andare mugolando. Senza sapere perché, la raccolsi. Il metronotte iniziò a singhiozzare.

«Ti prego, non mi ammazzare...». Si era pisciato addosso. Mi faceva una pena terribile. Torreggiavo su di lui e restavo lì come un idiota, con la pistola in pugno. Tamoa alle mie spalle. «Via», sussurrò. Prima di fuggire, strappò la pippetta della candela della moto. Corremmo nel buio.

«Perché l'hai presa?». Ci eravamo fermati a riprendere fiato in un piccolo parco deserto dove, ogni tanto, passavamo la notte. Avevo ancora la pistola in pugno.

«Io... Boh».

«La vuoi tenere?»

«Perché? A che ci serve?»

«Appunto, a niente. E oltre tutto hai corso un bel rischio. Pensa se ci beccava la polizia». Era un periodo tosto, per le armi da fuoco. Brigate Rosse, Nar, attentati, sparatorie, gambizzazioni, posti di blocco, leggi speciali. Tutte cose che non ci riguardavano, che sentivamo in qualche telegiornale acceso in un bar o leggevamo sui pezzi di giornale che rimediavamo in strada. Ogni tanto, durante un controllo di polizia o carabinieri, qualcuno faceva un movimento sbagliato nel prendere i documenti e ci lasciava la pelle. «Non sono cazzi nostri». La filosofia di Tamoa, in merito, era condensata in queste quattro, sublimi, parole.

«Una pistola vale un sacco di soldi… E un domani potrebbe anche tornarci utile», Tamoa rifletteva a voce alta. «Sai che facciamo? La sotterriamo».

«Qui?»

«Perché no? Ma prima bisogna prepararla bene, altrimenti fra un mese sarà un ferrovecchio buono solo a esploderci in faccia. Ci pensiamo domani, per adesso dalla a me».

L'arma scomparve nella sua sacca. Era un grosso revolver brunito, col calcio di plastica chiara che doveva simulare un'impugnatura in legno. Tamoa estrasse i proiettili e se li mise in tasca. Il giorno dopo rimediammo un residuo d'olio da una vecchia latta abbandonata vicino a un distributore di benzina poi, la sera, tornammo al parco, lubrificammo meticolosamente la pistola annegandola quasi nell'olio, la avvolgemmo in uno straccio e in diversi strati di buste di plastica e legammo il tutto con un cordino. Tamoa scelse un'aiuola facile da ritrovare, a pochi passi dall'ingresso del giardinetto. Scalzò un quadrato d'erba, scavò una bella buca con la pala, ci depose l'involucro, rimise a posto terra ed erba. Era visibilmente soddisfatto.

«Potrà restare qui per sempre… Preghiamo che sia così». Poi, prima di dormire, si immerse in una delle sue meditazioni. A volte biascicava qualcosa tra sé, a volte restava come in trance, con gli occhi semichiusi, a volte sgranava perfino un rosario. Ormai ci avevo fatto l'abitudine. Ma non sentivo alcun bisogno spirituale, niente mi spingeva a unirmi alle sue orazioni.

Telefonai a Pa' da una cabina, sperando di non trovarlo. Mi andò bene. Rispose Roversi.

«Come sta, signorino Lapo, tutto bene?». Convincerlo a darmi del tu era un'impresa disperata. Ci riusciva per un paio di minuti e poi tornava al suo tono deferente e al "lei". Alla fine mi ero rassegnato. Ghignai al pensiero di cosa avrebbe fatto se avesse saputo come vivevo.

«Benissimo grazie, Roversi... Studio molto».

«Fa bene, deve pensare al suo avvenire... La maturità è una prova importante...».

«Sì, grazie, Roversi, lo so... Scusi ma ho pochi gettoni... Vuol dire a mio padre che sto bene, resto ancora qualche giorno qui a Capalbio e che lo richiamerò?»

«Certo, signorino, ma il professore voleva un suo numero di telefono...».

«Mi spiace, non c'è. Abbiamo solo la cabina pubblica. Arrivederci».

«Arrivederla signorino Lapo. E, se permette, cerchi di distrarsi un po' oltre che studiare sempre. Buone cose».

Sospirai. Feci cadere i gettoni che avanzavano. La macchina ne sputò dieci. Alzai gli occhi al cielo. Uscii dalla cabina, rientrai e chiamai Ma' allo studio. Come temevo, rispose lui. Voce roca, sicura, leggermente condiscendente. Molto maschile. Sigaro e bourbon. Un filo di accento che fa blasé. Lo detestavo.

«Oh il nostro caro Lapo... Come stai?». Odiavo che mi desse del tu.

«Bene, grazie e lei?»

«No problem. Ma tua madre mi fa impazzire col fatto che non ti si vede mai. Quand'è che ci onori della tua presenza e vieni a pranzo?». Repressi la voglia di mandarlo affanculo o sbattergli il telefono in faccia. Quel tono ironico mi faceva salire il sangue agli occhi. Mi dominai.

«Be', sono molto impegnato con lo studio, sa, la maturità...».

«Ma certo, il nostro maturando...».

«Potrei parlare con mia madre?». Sottolineai le ultime due parole con stizza.

«Mi spiace è fuori per il suo sport preferito, spendere soldi». Avrebbe potuto precisare «i miei soldi», ma non ce n'era bisogno.

«Bene, allora me la saluti e le dica che sto bene, per favore. Arrivederla». Riagganciai furente e uscii dalla cabina, maledicendo le pastoie della mia buona educazione. Tamoa mi guardò con aria interrogativa, non chiese niente e non commentò.

«Guarda quanti soldi». Eravamo seduti sul bordo di una grande fontana circondata da statue e sbocconcellavamo lenzuola di pizza al taglio. I turisti scagliavano monetine nell'acqua celeste, facendo casino con le macchine fotografiche e il fondo della vasca era tappezzato di dischetti d'argento. Sembravano pesciolini atarassici.

«Già. Mi passi la birra per favore?». Buttai giù una lunga sorsata. L'alcol, quando vivi all'addiaccio, non è un vizio né un piacere. È carburante, medicina, vita. Basta evitare di superare quel filo sottile che lo trasforma in una catena.

«Secondo te quanti saranno?»

«Che cosa?»

«I soldi, no?». Tamoa il Venale. Eppure avevamo ancora un bel gruzzoletto. Alzai le spalle.

«Cazzo ne so? Che ti frega?»

«Dico, è un peccato lasciarli lì a fare la ruggine, no?»

«Non arrugginiscono mica. Le monete sono fatte di una lega speciale, tutt'al più gli viene il verderame», replicai saccente. Quel discorso mi annoiava. Volevo solo starmene con la faccia al sole a godermi pizza e birra. Ma Tamoa la vedeva diversamente.

«Ogni tanto il comune le raccoglie e dicono che le danno alla Croce Rossa ma secondo me sono tutte stronzate», mugugnava tra sé, «chi le conta? Quelli che le prendono se ne tengono almeno la metà, te lo dico io... E poi è roba di nessuno, quindi di tutti».

«*Res nullius*», declamai professorale.

«Già... Pensa, una volta ho conosciuto una tizia che le pescava con la calamita. Si era fabbricata una specie di canna da pesca con un grosso magnete al posto dell'amo. Era una ex ballerina piuttosto brava, era stata anche in televisione ma poi s'era ammalata, era finita in strada e campava così. La chiamavano la Rana Pescatrice».

«Doveva essere una bella cozza...».

«Perché?»

«Be'... Rana... Bella non doveva essere».

«In effetti c'è di meglio in giro... Ma non divaghiamo. Sai che ti dico? Noi siamo in due, non abbiamo bisogno di calamite. Stanotte veniamo qui e facciamo una bella pesca. Tu ti immergi e prendi le monete, io, Daruma e Yussuf ti guardiamo le spalle. Se arrivano i vigili o la polizia facciamo un po' di casino e tu te la squagli».

L'idea di un bagno notturno non mi sorrideva affatto. La giornata era piuttosto fresca.

«Ma perché? Soldi ne abbiamo».

«Meglio avere una bella riserva visto che stiamo sempre in giro. E poi ormai mi è venuta voglia. Non l'ho mai fatto prima, ci stai?».

Che potevo dire?

L'acqua mi aveva già inzuppato i calzoni rimboccati fino al ginocchio. Il fondo della vasca era scivoloso e rischiavo ogni istante di cadere e infradiciarmi completamente. Rabbrividivo nel buio mentre cercavo di ammucchiare le monetine con una scopa di ferro, un investimento che avevamo fatto in un negozio di ferramenta contando sui guadagni della nottata di pesca. Quando il mucchietto di soldi era abbastanza alto, mi chinavo, bagnandomi completamente le braccia, lo raccoglievo a manate e buttavo le monete in un sacchetto di plastica. All'inizio si era riempito d'acqua ed era diventato pesantissimo, poi l'avevo forato con la punta del coltello a scatto e ora gocciolava come un annaffiatoio. Dopo venti minuti avevo già tre sacchetti mezzo pieni annodati alla cintura e i pantaloni zuppi ma quei dannati spiccioli sembravano inesauribili. Non ne potevo più.

«Che cazzo stai facendo?».

Sobbalzai così violentemente che rischiai di finire a mollo. Dalla parte opposta della vasca era sbucato un tizio alto, grosso, imponente, a torso nudo e con un gran pancione debordante. Era calvo come una palla da biliardo, con dei bei rotolini di lardo sul collo e sulla nuca. Tutta quella ciccia, evidentemente, lo proteggeva dal freddo. Impugnava un lungo rastrello a denti fitti che, in quel momento, mi sembrò più un'arma che un utensile. Per un attimo mi balenò in mente il ricordo di una storia fantastica cinese, il viaggio in Occidente, dove uno scimmiotto che gira il mondo assieme a un porcello magico armato di rastrello si batte con una serie infinita di mostri ma non era il momento delle reminiscenze letterarie.

«Che cazzo fai?», ripeté Rastrello, come se ci fosse stato bisogno di chiederlo.

Allargai le braccia: «Pesco i soldi...».

«Sei scemo? Non lo sai che questo è il mio lavoro? Sono anni che sto qui e credi di arrivare frillo frillo e prenderti le monete?», si girò come a chiamare a testimone i passanti. La piazza era deserta. Che cazzo faceva Tamoa? E quegli sfaticati di Daruma e Yussuf? Neanche un guaito. Li maledissi tutti e tre.

«Alla fontana lavora D'Artagnan, lo sanno tutti», proseguì Rastrello, «i turisti mi fanno anche le foto, sono conosciuto in tutto il mondo. Vabbè, ti perdono perché non lo sapevi. Adesso dammi i soldi». Tese la mano, entrò in acqua (notai che, molto più previdente di me, indossava delle brachette corte) e avanzò verso di me come un tricheco. Arretrai.

«I soldi, non farmi incazzare», il rastrello era puntato come una lancia.

«Senti, prenditi gli altri», biascicai senza troppa convinzione. «Questi li ho già raccolti, mi sono fatto il culo... Sono miei». Evitai di soffermarmi sulla questione della *res nullius:* non mi sembrava l'interlocutore adatto .

«Dammi quei cazzo di soldi o ti rompo la testa...».

Un altro passo sciaguattante verso di me. Persi l'equilibrio e finii sommerso. Ingoiai acqua e restai soffocato. Quando emersi per respirare D'Artagnan era a meno di due metri e continuava ad avanzare. Forse aveva i piedi palmati come le papere. Il panico mi attanagliò la gola. Un po' camminando e un po' annaspando raggiunsi il bordo, lo scavalcai coi sacchetti di soldi tintinnanti che mi impacciavano i movimenti. D'Artagnan stava per agguantarmi. E proprio in quel momento arrivarono i vigili urbani.

Erano tre, tutti piuttosto anzianotti e si misero subito a strillare. «Ancora tu, brutto stronzo, oggi finisci in galera». Evidentemente ce l'avevano con D'Artagnan che, in un attimo, si eclissò nel buio col rastrello in pugno. Due vigili tentarono uno svogliato inseguimento, ma rinunciarono subito, ansimanti, dopo neanche cinquanta metri. Poi mi videro.

«E tu chi sei? Il socio di D'Artagnan?». Erano vicinissimi. Uno aveva la fondina della pistola che risaltava, bianca, sulla divisa scura. Grondavo acqua, avevo le gambe e le braccia rigide di freddo e non mi sentivo neanche le forze per tentare la fuga. Mi rassegnai ma, mentre stavano per prendermi, arrivarono i rinforzi.

Yussuf e Daruma erano lì, le zanne scoperte, un ringhio di gola che gelava il sangue e fronteggiavano i vigili, pronti all'attacco. I tre si immobilizzarono. Vidi Tamoa che mi faceva cenno di scappare. Le energie mi tornarono all'istante. Corsi. Fuggimmo. Persi due sacchetti che si spappolarono a terra tintinnando. Sorressi il terzo. Avevo i polmoni in fiamme, ma continuavo a seguire il codino ondeggiante di Tamoa. Svoltammo in un vicolo, attraversammo una piazzetta, scalammo una piccola scalinata e ci ritrovammo, ansanti e spompati, in un angolo buio. Nessuno ci inseguiva. I cani ci raggiunsero poco più tardi. Notai con sollievo che non avevano il muso insanguinato.

«Non ce la faccio più Tamoa. Un altro passo e muoio». Rabbrividivo violentemente e mi sembrava di svenire. Lui mi sorresse ma mi costrinse a camminare, fradicio com'ero, per un'altra mezz'ora buona. Non mi ero neanche reso conto di non avere le scarpe e i miei piedi, bianchi e freddi come il marmo, erano pieni di piaghe. Mi sentivo morire.

«Ancora uno sforzo Lupo, dobbiamo trovare un posto al caldo per riposare».

Fu un incubo. Non so quanto tempo dopo ci ritrovammo sul linoleum della stazione, in uno dei posti più schifosi e meno riparati della città dove passare la notte. Tutti gli altri erano già occupati e Tamoa, evidentemente, non se la sentiva di battersi, con me sul punto di svenire, per sloggiare qualcuno. Ci accoccolammo a terra, Tamoa mi costrinse a spogliarmi e mi frizionò con i suoi vestiti. Poi si tolse il giubbotto e mi costrinse a indossarlo. Non avevamo, praticamente, nient'altro: la sua sacca era rimasta in un anfratto ai giardinetti, dove la lasciavamo spesso durante il giorno. Ma per andare in centro avevamo preso un autobus e, di notte, avremmo potuto aspettare anche un'ora prima di trovarne uno. Soppesai tristemente il sacchetto pieno di spiccioli.

Passai una notte d'agonia, scosso da brividi inarrestabili che si alternavano a vampate di febbre. Tamoa mi stringeva forte con le braccia e con le gambe, cercando di scaldarmi col suo corpo ma, a intervalli, sudavo come una fontana e lo respingevo. Fino all'alba mi rivoltai in un dormiveglia straziante, poi mi addormentai e sognai Pa' che mi cercava angosciato assieme all'uomo di Ma' e io che tentavo di sfuggirgli buttandomi nella fontana. La mattina dopo non riuscivo neanche ad aprire gli occhi, sigillati di cispe. Dovevo avere almeno quaranta di febbre.

«Senti, facciamo così: mi dai il numero di tuo padre, lo chiamo e gli dico di venirti a prendere», propose Tamoa. Per un istante recuperai le forze.

«Se lo fai giuro che ti ammazzo», ringhiai. Preferivo morire.

«Potrei portarti in ospedale... Stai malissimo».

«Lascia perdere tra un po' mi passa...».

Tamoa si allontanò e tornò poco dopo con un bicchierone fumante. «Tè al cognac», annunciò, «fa miracoli». Mandai giù una sorsata e mi ustionai la lingua e la gola. Trangugiai il resto con più calma. Mi fece sudare, ma, effettivamente, dopo mi sentii un po' meglio.

«Te la senti di camminare un po'? Ci serve una macchina».

«E dove la troviamo?»

«Tu cerca di alzarti».

Lo seguii barcollando. Si fermò in un negozio e comprò una scatoletta di carne in scatola. Poi ne staccò la chiavetta che serviva ad aprirla e si mise la scatola in tasca. Raccolse un ciottolo, si sedette sul marciapiede e appiattì la punta della chiave con pochi colpi bene assestati.

«E adesso viene la parte più difficile», commentò. Mi

indicò una fermata. «Aspetta qui. Giura che se non torno tra mezz'ora vai a casa da tuo padre».

«Ma...».

«Giura, cazzo, o ti pianto qui».

«Giuro».

Aspettai. La testa mi girava e i brividi continuavano ad alternarsi alle vampate di calore, ma tutto sommato il peggio sembrava passato. Dopo una ventina di minuti, un'utilitaria bianca mi si fermò accanto. Tamoa al volante, un sorriso infantile sul viso.

«Il signore ha chiamato il servizio limousine?». Mi aprì cerimoniosamente la porta. Salii. Ebbi il tempo di notare i fili dell'accensione strappati e annodati che sbucavano da sotto il cruscotto, i due cani accovacciati come sfingi sui sedili posteriori. Poi mi addormentai.

Quando rinvenni Tamoa stava parcheggiando o meglio nascondendo la macchina rubata in una specie di piazzola nascosta dalle fronde di due grandi alberi. Avevo la testa pesante e la pelle del viso in fiamme ma mi guardai attorno con curiosità. Eravamo in un grande pianoro che doveva essere in montagna visto che l'aria era fredda e pungente.

Era pomeriggio inoltrato e, evidentemente, avevamo viaggiato per qualche ora. Rabbrividii. Tutt'intorno, querce, castagni, qualche mucca e qualche grosso cavallo in libertà che brucavano pigramente. Pensai a Filetto, chissà che fine aveva fatto... Daruma e Yussuf balzarono a terra e si allontanarono di corsa, felici. Tamoa non li richiamò.

«Dove siamo?»

V

«In un posto sicuro. Aspettami che vado a cercare una casa...».

«Cosa?»

«Cos'hai, la meningite? Una casa: sai quei posti con quattro pareti, la porta, le finestre, il bagno, la cuci...».

«E piantala, Tamoa. Ma dove la trovi una casa per noi due?»

«Lì». Indicò un punto dal parabrezza e, solo allora, vidi due grandi edifici che spiccavano, orrendi, in quel panorama di pace. Erano condomini costruiti in stile chalet di montagna, legno e pietre grezze, enormi alveari di casette per le vacanze dall'aria desolante. Sembravano disabitati da secoli.

«Una grossa speculazione fallita», spiegò Tamoa mentre apriva il cofano, «dovevano diventare l'inizio di una stazione sciistica a poca distanza dalla città e vendevano gli appartamenti a cifre ridicole. Poi c'è stata una grana con i permessi ambientali e hanno bloccato quasi tutto. Qualcuno, che aveva già comprato, c'è rimasto fottuto. La maggior parte delle case sono vuote da sempre, ma c'è gente che il fine settimana ci viene ancora, se non altro per disperazione. Dobbiamo fare attenzione a non farci scoprire».

Dal portabagagli dell'auto saltarono fuori gli attrezzi: cric, girabulloni e un grosso cacciavite. Tamoa lo soppesò, soddisfatto.

«Aspettami. Se torno di corsa metti in moto e fammi salire. Sai guidare?»

«Sì... No, cioè, solo il motorino...».

«Che imbranato, ti dovrò insegnare. Vabbè, ma vedrai che andrà tutto bene».

Rimasi ad aspettare, scosso da brividi di freddo e di febbre. Mi ero appena appisolato quando Tamoa tornò, trionfante.

«Si accomodi, signor Lupo, la sua camera è pronta».

La camminata di trecento metri mi lasciò in un bagno di sudore. Salimmo al secondo piano e Tamoa aprì la porta che aveva scassinato col cacciavite. L'ambiente era umido, freddo, spoglio e odorava di legno bagnato. Tamoa fece un gesto da albergatore.

«Tu buttati a letto, ho trovato delle coperte. Purtroppo, fino a stanotte, è meglio non accendere il fuoco perché so che c'è un custode pagato per sorvegliare 'sto posto, anche se passa le giornate al bar del paese. Non vorrei che venisse a controllare. Io vado a prendere qualcosa da mangiare con la macchina».

Mi raggomitolai in un bozzolo di coperte e mi addormentai quasi subito. Mi sembrava di aver dormito cinque minuti quando Tamoa mi svegliò con delicatezza. Mi sentivo fresco e riposato e la febbre era scesa. Un piccolo fuoco scoppiettava nel camino e diffondeva un tepore gradevole.

«È ora di cenare», annunciò Tamoa.

«Che ore sono?»

«Quasi mezzanotte. Ma devi mangiare qualcosa. Ti ho lasciato dormire per parecchie ore. Ho anche comprato qualche provvista in paese, dovevi vedere la faccia del negoziante quando ho tirato fuori tutte quelle monetine... Comunque non ha fatto storie». Ricordai la pesca nella fontana, l'incontro con Rastrello, la fuga. Sembravano passati mesi.

In cucina, Tamoa scodellò un buon minestrone bollente irrobustito da due uova sciolte nel brodo e da molto formaggio grattuggiato, poi mi servì una frittata alle cipolle con contorno di fagiolini lessi e mi costrinse a mangiare due arance. Bevemmo una bottiglia di rosso aspro ma decente e, per finire, scolammo due bicchierini di grappa. A ogni boccone e ogni sorsata sentivo le forze tornare. Ma ciondolavo dal sonno.

«Vado a dormire», annunciai mentre barcollavo verso la camera. Mi svegliai a mezzogiorno, quasi guarito.

«Il momento più pericoloso è quando entri o esci», spiegò Tamoa mentre passeggiavamo pigramente lungo il sentiero che tagliava in due l'altipiano e si inoltrava in un bosco. Il panorama era stupendo. Qualche cavallo aveva un grosso campanaccio al collo e gli sporadici rintocchi erano l'unico rumore. Percepivo la tranquillità degli animali, la loro fiducia nel mondo, la soddisfazione per tutta quella buona erba a disposizione senza nessuno che li costringesse a lavorare. Daruma e Yussuf si adeguarono subito: andavano e venivano, si procuravano il cibo cacciando chissà cosa o ravanando tra i rifiuti e dormivano fuori, molto lontani dall'edificio. Tamoa li ignorava.

«Se il custode ti vede quando entri e cerca di bloccarti scappa», proseguì, «idem all'uscita, ma vedrai che staremo tranquilli».

«Non è che ha un fucile?»

«Non credo. E comunque, anche se ce l'ha, è quasi sempre troppo sbronzo per distinguere la canna dal calcio».

«Com'è che conosci 'sto posto così bene?».

Fece un gesto vago. «Ci sono stato parecchie volte. I

luoghi isolati sono un punto di riunione per parecchia gente, gruppi di svitati o di mezzi pazzi in cerca di tranquillità e silenzio... Magari, prima di andarcene da qui ti farò vedere uno spettacolo interessante. Dopodomani c'è la luna piena...».

«Di che si tratta?»

«Pensa a guarire del tutto. Dai torniamo a preparare la cena».

Capitolo **11**
Acciaio

La lama della mia molletta aveva perso il filo e Tamoa mi porse una cote e mi insegnò ad affilarla con movimenti sempre uguali e un angolo di venti gradi tra l'acciaio e la pietra. Quando me la restituì potevo farmici la barba anche se ancora, per me, non era un'operazione quotidiana. Avevo solo una peluria che cresceva in ordine sparso, soprattutto sopra il labbro superiore.

«Di' un po', mi insegni a usarlo?», chiesi mostrando il coltello.

«Prendilo per il manico e taglia la patata con la parte affilata».

Quando voleva sapeva essere un vero stronzo.

«Non intendevo in quel senso... Mi hai detto che m'avresti insegnato a fare a coltellate...».

«Apri il coltello, infilaglielo nelle trippe più veloce che puoi e scappa. Ora sai come si fa. Se non ti dispiace, magari adesso mi puoi dare una mano con 'ste patate del cazzo».

«Eddai Tamoa», lagnai, «voglio imparare sul serio. Se mi dovesse capitare di battermi con un coltello finirei squartato».

Divenne subito serio. Ricordai la prima lezione di lotta, i due terribili schiaffi che m'avevano fatto ruzzolare a terra. Mio malgrado sentii un brivido lungo la schiena.

«A proposito, Tamoa, se non ti dispiace potresti evitare di sgozzarmi mentre mi spieghi come si fa? Sempre che non ti sia di troppo disturbo, eh...». Ma non era più in vena di umorismo. Posò la patata che stava sbucciando e mi mostrò il suo serramanico. La lama, di forma appena incurvata, era leggermente opaca ma acuminata e affilatissima, micidiale.

«Ascolta Lupo, la faccenda in realtà è semplice. Non tirare mai fuori un coltello se non sei pronto a usarlo, quindi a ferire o uccidere. Non credere a quelle stronzate del cinema: uno scontro dura pochi secondi e finisce sempre con qualcuno a terra. Anche se sei il migliore, lama contro lama, non ne uscirai senza sanguinare. Tu tagli lui e lui taglia te. La cosa migliore è colpire all'improvviso, a tradimento, e fuggire subito. Colpisci solo di punta, lascia perdere le sciabolate. Devi risolvere la cosa subito. Non mirare al cuore perché è protetto dalle costole e la lama si può incastrare o si può addirittura rompere. I bersagli migliori sono lo stomaco, la gola, i genitali, ma se vuoi solo far male puoi tagliare le cosce o le chiappe. Magari poi quello muore lo stesso, se prendi l'arteria. Se tagli la faccia a qualcuno mira alla fronte», continuò, «il sangue gli cola sugli occhi e lo acceca ed è il momento migliore per sbudellarlo. Ah, altra cosa. Se uno ha il coltello e tu no e quello ti vuole infilzare scappa, cerca una pietra e tiragliela ma non cercare di disarmarlo a mani nude: riesce solo nei film».

«Ma, come la racconti tu, è una cosa sporca, da vigliacchi».

«Che ti aspettavi, la singolar tenzone? La Cavalleria rusticana... Hanno ammazzato compare Turiddu...». Il suo tono ironico tagliava più della mia molletta.

«No ma...».

«Niente ma. Dare una coltellata a qualcuno non ha niente di poetico. Si fa quasi sempre alle spalle o alla traditora. Non ci si batte alla pari. Una volta, un secolo fa, c'erano i duelli alla caprara. Sai che voleva dire?»

«...?»

«Due tizi si legavano la mano sinistra una con l'altra. Con la destra si pugnalavano a volontà e lo sai come finiva, nove volte su dieci?»

«...?»

«Morti tutti e due. Belle teste di cazzo. Ma domani se vuoi ti insegno anche un po' di scherma, tanto per giocare... Non abbiamo niente da fare fino a dopodomani notte, così mi tengo in esercizio...».

Dopo tutta quella storia di sangue e budella, in realtà, non ero più tanto sicuro di voler imparare. Ma quando Tamoa iniziava una cosa andava fino in fondo.

«Dammi il tuo».

Guardai la lama del suo serramanico, completamente avvolta in una cordicella che lasciava scoperto un piccolo pezzo di punta, non più lungo di un centimetro. Con un fremito nelle viscere consegnai la molletta a Tamoa che, con la sua solita, totale, concentrazione, iniziò a ripetere l'operazione anche sul mio coltello. Alla fine avevamo due pungiglioni, ancora in grado di fare molto male.

«Pensavo che avremmo usato dei pezzi di legno...», esitai.

«Niente legno. Devi abituarti a combattere con un'arma vera. Devi avere paura e rispetto dell'avversario: non è un gioco. Con un legno o una lama di gomma cambierebbe tutto. Devi sanguinare un po'. Ma non ti preoccupare, non ti accoppo, mi è costato troppa fatica portarti fin qui».

Presi il coltello senza alcun entusiasmo. E Tamoa partì all'attacco come un fulmine. Vidi il sangue sull'avambraccio e la molletta caduta per terra. Mi maledissi di cuore per essermi cacciato in quel pasticcio.

«Mi sa che è meglio rimandare, forse mi sta tornando la febbre», era una scusa patetica. Tamoa neanche rispose.

Ma dopo i primi minuti cominciai ad appassionarmi a quel gioco letale. Tamoa danzava e volteggiava saettando la lama contro di me e io tentavo di reagire e restituire le stoccate. Al primo graffio ne seguirono solo due, uno allo stomaco e uno, molto doloroso, sulla fronte. Mi insegnò a non protendere in avanti la lama, durante le schermaglie, ma a coprirmi col braccio sinistro disarmato, mascherando i movimenti dell'arma: «Ti serve anche per parare, meglio un taglio sul braccio che nella trippa».

In due o tre ore di fatica imparai il gioco di gambe, Tamoa mi spiegò come attaccare e ritirarmi subito dopo per evitare un allungo che avrebbe potuto infilzarmi. «La rapidità è tutto», mi disse ansimando, «non conta la forza con cui affondi il colpo ma la velocità. Il rischio più grosso è quello di fare uno pari: tu ferisci lui e l'altro, mentre schiatta, ti intorta. Devi colpire e scappare».

La lezione finì con una specie di gioco. A distanza di un passo, uno dei due, a turno, cercava di colpire l'altro e di ritrarsi subito dopo mentre l'avversario tentava di toccarlo con la sua lama, alla coscia o allo stomaco. Poi cambiavamo ruolo. Ero entusiasta. In fondo, era molto meno doloroso di quando mi aveva insegnato a fare a botte.

«Domani continueremo e lasceremo scoperto un pezzetto di punta più lungo», annunciò Tamoa mentre tornavamo verso l'appartamento che avevamo requisito. «Ma voglio approfittare della luce per insegnarti una cosa molto più utile».

I primi tentativi furono disastrosi. Ogni volta che ingranavo la prima gli ingranaggi lanciavano uno straziante lamento meccanico e il motore si spegneva regolarmente quando tentavo di lasciare la frizione. Indispettito spinsi a fondo l'acceleratore, misi la marcia e partii a razzo: l'auto balzò in avanti e si fermò con un gorgoglio strozzato poco prima di schiantarsi contro un tronco. Tamoa evitò per un pelo di sfracellarsi la faccia contro il parabrezza e mi guardò terrorizzato.

«Cazzo Lupo, sei un pericolo pubblico. Mai visto uno negato come te».

«Ma che mi frega? I motori non mi piacciono, preferisco camminare», replicai stizzito, «forse ti ricorderai che ti ho perfino regalato un motorino nuovo», aggiunsi con una punta di acidità. Sorrise con aria indulgente.

«Ricordare i regali a chi li ha ricevuti è molto meschino», pontificò, «nel momento stesso che doni qualcosa a qualcuno quello non è più tuo ed è come se non lo fosse mai stato...».

«Sì, scusa, hai ragione... È che proprio non ci riesco e mi fa incazzare. Ma perché devo imparare a guidare?»

«Perché vivi in un mondo pieno di macchine, camion, motociclette. Non saper guidare vuol dire essere menomato. Puoi andare a piedi per tutta la vita, se ti piace ma, se non puoi farne a meno, devi essere in grado di metterti al volante e andartene. Dai, riproviamo. E ricorda: la frizione va lasciata dolcemente...».

Il giorno dopo, fierissimo, riuscii finalmente a partire e a percorrere a passo d'uomo qualche centinaio di metri cambiando le marce. Nel pomeriggio ci esercitammo ancora coi coltelli e mi sembrò di essere migliorato anche in quello. Eravamo come sospesi in un mondo senza tempo, in un posto fatato che, nella realtà di ogni giorno, non esisteva, ma c'era un pensiero insistente che mi pungeva più del serramanico di Tamoa ma a cui non riuscivo a dare una forma precisa, come un impegno dimenticato. Andammo al mercato di un paese vicino e, per poche banconote da millelire, ci comprammo un guardaroba completo: jeans usati ma ancora in ottimo stato, maglioni pesanti, due giacconi da cacciatore in velluto, calzini, biancheria intima e perfino un paio di solide scarpe campagnole a testa. Eravamo completamente rimessi a nuovo e buttammo via quasi tutti i nostri stracci. Tamoa, ovviamente, tenne il suo inseparabile giubbotto senza maniche. Avevamo ancora una piccola riserva di denaro per mangiare. La benzina, al momento di andarcene, l'avremmo succhiata dal serbatoio di qualche auto parcheggiata: Tamoa aveva comprato anche una tanica e un tubo che costavano molto meno di un pieno. Poi venne la notte della luna piena.

«Sei sicuro di non avere freddo? Non vorrei che ti ammalassi di nuovo, non mi va di giocare alla crocerossina un'altra volta».

«Non ti preoccupare, sto benissimo, mamma».

Tamoa alzò le spalle e non replicò. Mi pentii subito della mia acidità.

V

«Scusa, è che...».

«Lascia stare. Speriamo solo che vengano. Che ore sono?».

Guardai l'orologio (Tamoa li detestava ma non disdegnava di chiedermi continuamente l'ora): era quasi mezzanotte. Eravamo appostati in una forra che dominava una piccola radura, uno spiazzo libero con tracce di vecchi falò che si raggiungeva dopo una mezz'ora di camminata nel bosco. Eravamo entrambi infagottati di coperte e indumenti pesanti e ci eravamo appostati tra le fratte per tempo. Invisibili. Tamoa mi aveva raccomandato mille volte di non fare il minimo rumore.

«Ma mi vuoi almeno spiegare chi aspettiamo?»

«È una sorpresa... La verità è che non lo so».

«Non lo sai? E noi stiamo qui a gelarci il culo senza neanche sapere perché?».

Tamoa sospirò pazientemente.

«Questo posto, di notte, attira un sacco di pazzoidi. Gente che gioca con la magia, satanisti, spiritisti, o gruppi che cercano di rispolverare vecchie tradizioni morte e sepolte. A volte c'è veramente da divertirsi... Alcuni possono essere peric...». Si immobilizzò all'improvviso, teso come un setter che ha fiutato un fagiano e si mise imperiosamente un dito sulla bocca. Non sentivo un accidente. Tacqui.

Aspettammo ancora. Stavo per dire a Tamoa che sicuramente si era sbagliato e che me ne volevo andare a dormire quando lo sentii. Scalpiccio di passi, sempre più vicini. Gente che camminava goffamente nel buio. Poi le sciabolate di luce di alcune torce elettriche puntate in avanti per illuminare il sentiero. Avevo il cuore a mille.

Erano una ventina, tutti piuttosto giovani. Avanzavano chiacchierando e, se non fosse stato per l'ora, sarebbe sembrata un'allegra scampagnata. E in effetti mentre due di loro cominciavano ad accendere un falò servendosi generosamente di diavolina a quadretti, gli altri cominciarono a tirare fuori le provviste: dagli zaini emersero polli, panini, arrosti, formaggi e una quantità impressionante di bottiglie di vino, birra e liquori vari. Mio malgrado, sentii l'acquolina. Entro una mezz'ora, erano tutti stravaccati in cerchio davanti a un bel fuoco scoppiettante e mangiavano e trincavano di buona lena. Lo spettacolo non era niente di eccitante e repressi uno sbadiglio. Poi cominciarono a cantare.

Gaudeamus igitur
iuvenes dum sumus
post iucundam iuventutem
post molestam senectutem
non habebit humus!

Il liceale che era in me si risvegliò di colpo e mi ritrovai a tradurre mentalmente con qualche incertezza:

Spassiamocela dunque, finché siamo giovani
dopo l'allegra gioventù
dopo la scomoda vecchiaia
ci riceverà la terra!

Vita nostra brevis est, brevi finietur
venit mors velociter
rapit nos atrociter
nemini parcetur.

La nostra vita è breve, in breve finirà
arriva la morte in un lampo
ci strappa crudelmente
non risparmierà nessuno.

Ubi sunt qui ante nos in mundo fuere?
Vadite ad superos
transite ad inferos
hos si vis videre.

Ormai ero lanciato. In classe non sarei mai stato capace di un numero simile.

Dove sono quelli che prima di noi furono nel mondo?
Andate verso i cieli
passate per gli inferi
se volete vederli.

La canzone andò avanti a lungo, tra sghignazzate (che cazzo c'era da ridere?) e grandi bevute. Alla fine smisi di tradurre. Tamoa, al mio fianco, sembrava di pietra. Poi si fece silenzio. Un tizio si alzò e si piazzò tanto vicino al fuoco da bruciarsi le palle. Indossava solo un paio di jeans e una camicia bianca svolazzante.

«Marco e Valerio, siete pronti?».

Due ragazzi si alzarono all'istante come misirizzi. Erano pallidissimi, la tensione stampata in faccia. Nessuno dei due doveva aver superato i diciotto anni.

«Siamo pronti, magister», replicarono all'unisono.

«Siete disposti a battervi per dimostrare il vostro coraggio ed essere accolti nella Confraternita?»

«Sì, magister».

«E allora preparatevi. Chi arretra il piede sarà cacciato con vergogna».

La faccenda cominciava a diventare interessante.

Ciascuno dei ragazzi aveva un assistente o un padrino che, con gran cura, lo aiutò a calzare un grosso guanto di cuoio sulla mano destra. Seguì uno strano copricapo triangolare, di cuoio anche quello, che ricordava vagamente il cappello degli studenti universitari e, sotto, una curiosa maschera di ferro che sembrava un paio di occhiali senza lenti, ma proteggeva tutta la parte superiore del viso e il setto nasale. Poi a entrambi fu legata la mano sinistra dietro la schiena. Pensai immediatamente al duello alla caprara di cui mi aveva parlato Tamoa il giorno prima, ma questa sembrava una storia molto più complicata. Marco e Valerio presero posizione uno di fronte all'altro e il magister segnò una riga sul terreno in corrispondenza al tallone del piede arretrato di entrambi. Evidentemente, era il limite che non potevano oltrepassare. Poi comparvero le spade.

In realtà, almeno da lontano, sembravano due grosse spatole anche se erano inequivocabilmente d'acciaio a giudicare dal riverbero delle fiamme sulle lame tozze e stondate. L'impugnatura era una specie di grosso canestro di metallo che proteggeva tutta la mano e buona parte dell'avambraccio. I ragazzi le impugnarono, le soppesarono e le alzarono in aria. Poi rimasero in attesa. Il maestro fece un cenno e il duello incominciò. Vicinissimi, impossibilitati a muoversi, i due si scambiavano fendenti piuttosto goffi, dall'alto in basso, mirando sempre al viso, alla mano armata o alle spalle. I primi colpi erano piuttosto esitanti, poi entrambi acquistarono sicurezza e velocità. Le spade fischiavano e cozzavano tra loro, producendo scintille e i ragazzi schivavano e paravano con destrezza, muovendo solo il piede avanzato, sempre inchiodati sul tallone posteriore. Era affascinante. Durò due minuti al massimo poi la faccia di uno dei due si coprì di sangue. Con un urlo di dolore, Valerio (o Marco?) crollò a terra tentando di strapparsi la mascherara dal viso. Tutti, il suo avversario per primo, gli furono attorno in un istante, lo sollevarono, lo rincuorarono con battute e pacche sulla spalla e lo misero a sedere. Poi gli fecero ingoiare una lunga sorsata di liquore. L'eroe della serata era lui, anche se aveva perso. Dal viso bianco come un cencio, il sangue zampillava copioso. Il magister si chinò a esaminare la ferita e fece un cenno.

«Veniat medicus».

Un ragazzo di neanche vent'anni si fece avanti, già pronto con ago e filo. Gli altri cominciarono a scandire una nenia di incoraggiamento che suonava più o meno come "Oooho oooho oooho" in crescendo mentre, senza alcuna anestesia, il medicastro ricuciva il taglio proprio come aveva fatto Tamoa con la sua ferita. Il ragazzo gemeva e scalciava ma, a suo onore, non emise un grido. Rabbrividii pensando allo sfregio che gli sarebbe rimasto dopo quel trattamento.

Alla fine i due avversari, ormai completamente sbronzi, si strinsero la mano e si abbracciarono tra gli applausi generali.

«Adesso siete veri goliardi. Siatene fieri. Rispettate l'onore, la confraternita e la facoltà. Non rifiutate mai una sfida. E adesso *edamus, bibamus, gaudeamus...*», come se, a parte quei due pazzoidi con le spade, il gruppo avesse fatto altro in tutta la sera. La crapula andò avanti per un paio d'ore almeno, tra canti sempre più stonati e un bel sottofondo di rutti e scuregge, particolarmente apprezzate dall'auditorio. Un ragazzo vomitò la cena. Un paio di imbecilli tentarono di cimentarsi in una gara di flatulenze, uno spilungone, molto applaudito, ruttò per intero: «Napoleone Bonaparte a Waterlooo», poi tutti si avvicinarono al fuoco e ci pisciarono sopra. Roba da boy scout, sciabolate a parte. Alla fine spensero le ultime braci e si avviarono barcollando sulla strada del ritorno verso il punto dove, presumibilmente, avevano lasciato le macchine o i motorini. Noi aspettammo una mezz'ora buona prima di muoverci. Guardai l'ora: erano le tre e venti.

Tamoa, silenzioso e circospetto come un cerbiatto, si avvicinò agli avanzi di cibo e recuperò una bottiglia di whisky e una di vodka, ancora mezze piene. Poi tornammo al nostro rifugio. Mio malgrado ero sconcertato e non avevo il minimo sonno. Aspettai che la porta si chiudesse per iniziare ad affliggere Tamoa con la mia curiosità.

«Ma chi erano quegli scemi?»

«Li hai visti no?»

«Sì, ma... Goliardi! È impossibile, siamo nel ventesimo secolo».

«E quelli non lo accettano. Cercano di mantenere le tradizioni di una volta, ci credono, si esaltano. Sicuramente sono tutti rampolli di buona famiglia» di nuovo il vecchio lampo ironico negli occhi. «Come te...».

«E quel duello?»

«Si chiama Mensur, misura in tedesco. Mi sembra strano che non ne abbia mai sentito parlare».

«Boh, forse... Roba da nazisti no?».

Sospirò: «Sai qual è il vostro problema? Dico, dei ragazzi come te? Siete intossicati di questa stronzissima politica, non pensate ad altro. La Mensur in realtà risale ai duelli studenteschi del 1500 e si è perfezionata nei secoli. Un certo Goethe, che dovresti conoscere, si cimentò nella Mensur, anche se per quello che ne so io, era una vera schiappa. Comunque, anche se molti ufficiali delle SS mostravano le cicatrici con fierezza, la Mensur e le confraternite studentesche non andarono affatto d'accordo col signor Adolf Hitler, che cercò di sopprimere le sfide. Forse perché lui, Hitler, sotto sotto era un poveraccio e gran parte degli studenti erano "von" con tanto di blasone». Tamoa il Dotto bevve un sorso di vodka a canna ma se credeva che lo lasciassi in pace si sbagliava di grosso.

«Ma perché quello che si è fatto affettare la faccia sembrava il vincitore?».

Posò la bottiglia.

«Ok, proseguiamo la lezione. La Mensur non è un duello d'onore ma una dimostrazione di coraggio. Quei due non avevano problemi tra loro, dovevano solo dimostrare di essere abbastanza forti e virili da far parte del gruppo. Chi indietreggia viene bandito per sempre ma chi viene ferito deve subire una prova doppia: dopo il duello, deve farsi ricucire senza anestesia e se grida è finita anche per lui. In compenso, se mostra coraggio come quel povero idiota, diventa un mito. In passato i ragazzi tedeschi erano fieri di andare in giro con la faccia rabberciata alla meglio, certi grugni sfondati da vomito, ma, oggi, dopo la prima medicazione, questi scemotti vanno a farsi rimettere a posto da un medico vero o magari da un chirurgo estetico. *Mutatis mutandis*».

«*O tempora o moras*», gli feci eco stupidamente.

«*Mala tempora currunt*», replicò all'istante.

«*Sursum corda*... Non c'entra un cazzo... Ma mi spieghi come sai tutte 'ste cose?»

«Un po' di latino, raffazzonato un po' qui un po' là... Non sei mica l'unico al mondo che ha studiato, dear Lupo».

«Ma no, voglio dire... I goliardi, la Mensur. Come sapevi che sarebbero venuti?»

«Te l'ho detto, conosco la zona. Ci vengono quasi ogni mese, con la luna piena. L'alternativa erano gruppi di esaltati che praticano magia nera, bianca o verde, idioti che abbracciano gli alberi e pregano la luna, cose così».

«Sì, ma... Perché conosci così bene il rituale? Hai combattuto anche tu?».

Avvicinò il viso al mio. Sentii il lieve odore di alcol nel suo alito. Sotto la barba, la pelle era un intrico di rughe ma nessuna cicatrice.

«Ti sembro così coglione da farmi tagliare la faccia? No, è che questa gente ha bisogno di qualcuno che ci sappia fare con ago e filo. Medici veri ne trovano raramente, a volte c'è qualche studente di medicina, altre volte qualcuno che conosce un po' di pronto soccorso. Come il sottoscritto. Una volta, per caso, ho dato una mano a uno studente che si era fatto male cadendo dalla moto, poi siamo diventati amici (mio malgrado sentii una piccola fitta di gelosia filiale) e alla fine mi ha parlato della Mensur e mi ha chiesto di fare da cucitagli. Pagavano bene e tra l'altro erano ottime occasioni per ingozzarmi come un maiale... E adesso che ne diresti di andarcene a nanna? Crollo dal sonno».

Andai a letto ma non riuscii a dormire. Le parole di quella canzone "*Gaudeamus igitur*" continuavano a tormentarmi come uno spiritello maligno e si mischiavano con il pensiero indefinito di quell'impegno dimenticato. Alla fine ebbi il mio personale satori ma non fu affatto piacevole. Balzai in piedi in un bagno di sudore e corsi a svegliare Tamoa. Irruppi nella sua camera e lo trovai seduto sul letto, in canottiera e mutandoni, col coltello aperto in pugno. Pessima idea. Fortuna che mi aveva sentito in anticipo.

«CHE GIORNO È OGGI?»

«Cazzo, Lupo, ma sei impazzito? E che ne so?». Richiuse il coltello con uno scatto secco e lo posò sul comodino.

«TI PREGO TAMOA AIUTAMI CHE GIORNO È? QUANTI NE ABBIAMO?»

«Ma che ti succede... Aspetta, forse venerdì? No, domenica. Sono sicuro: ho sentito le campane della chiesa del paese. Ma che ti succede? Sei stravolto».

Ma io non lo ascoltavo, stavo facendo calcoli frenetici sulle dita della mano: la data del mese, il giorno della settimana. Recuperai dal fondo della memoria l'ultima data certa, quando avevamo pescato quelle stramaledette monetine. Rifeci i conteggi cinque volte ma purtroppo non mi sbagliavo. Mi sentii morire.

«Tamoa, domani è il 3 luglio. Ho il tema d'italiano. Cominciano i miei esami di maturità».

Di quella corsa folle nella notte conservo ricordi nettissimi e confusi al tempo stesso. Sprazzi di memoria. Tamoa che recupera l'auto nascosta tra le fratte e, naturalmente, il motore si rifiuta di partire. Io che spingo sacramentando, lui che ingrana la seconda e lascia la frizione di colpo, la macchina che s'impunta come un somaro cocciuto. Riproviamo, spingo ancora, in un bagno di sudore, l'auto acquista un po' di velocità, di nuovo la seconda, qualche scoppiettio indeciso, una tromba d'aria di fumo nero dalla marmitta poi finalmente il motore si avvia. I cani che non si trovano: urla, fischi, richiami poi finalmente, Daruma e Yussuf arrivano trotterellando paciosi e tranquilli e si accomodano con tutta calma sui sedili mentre io, zuppo e terrorizzato dalle lancette dell'orologio, li mando affanculo mentalmente (Daruma è troppo incazzoso per farlo ad alta voce). Poi sfrecciamo, sobbalzando, sullo sterrato, ma, dopo pochi chilometri, la spia del carburante comincia a lampeggiare: i distributori sono tutti chiusi, non abbiamo banconote per i self-service e dobbiamo andare a succhio: sosta davanti a una macchina parcheggiata nel paese più vicino, Tamoa fa saltare il tappo della benzina col coltello, io infilo il tubo nel serbatoio, aspiro forte e quasi m'ammazzo ingollando una sorsata di super. Tossisco, ansimo, cado a terra mentre Tamoa si piscia sotto dalle risate, i cani abbaiano e in tutto quel casino rischiamo di svegliare il proprietario della macchina. Nuovo tentativo: il liquido arancione comincia a colare ma piano, troppo piano, sono quasi le cinque del mattino, tra tre ore comincia il tema, cerco freneticamente di ricordare qualcosa di quello che ho studiato ma i frammenti di citazioni si sganciano dal cervello, si mischiano, si accavallano, bastardi, assieme alle immagini della Mensur, dell'abboffata goliardica, delle lezioni di coltello. Corriamo, corriamo, Tamoa guida come un pilota ma si ferma di nuovo: «La macchina è rubata, se ci fermano siamo fottuti», spiega. Scende col cacciavite, stacca le targhe di un'utilitaria come la nostra, le svita, le rimonta al posto delle nostre, io sudo, sudo, ansimo, bestemmio, poi mi correggo e mi metto a pregare perché spero proprio che qualche santo disoccupato, cattolico, musulmano o buddista, si degni di darmi un aiuto, una piccola spinta. Sono vestito come un bracconiere, cerco di rassettarmi pensando alla cami-

V

cia bianca, alla cravatta blu e ai pantaloni grigi che avevo deciso di mettere alla maturità per rendermi presentabile, guardo i jeans sdruciti made in Pozzuoli, gli scarponi infangati e la maglietta lurida e mi viene da piangere. Penso al ritorno a casa, a mio padre che sbraita, Ma' che piange tra le braccia di Stronzone, tra uno shopping e l'altro, passo in rassegna cento possibili scuse e mi sembrano una più strampalata dell'altra: mi dispiace, il mio amico si è suicidato e sono dovuto andare alla morgue. Non ho telefonato perché c'era un black out totale, siamo stati derubati dai banditi, ho avuto la meningite, mi hanno rapito gli alieni, sono stato in casa di chissachì, su un altopiano, con un barbone, ma ho imparato a fare a coltellate e ho visto due pazzi che si tagliavano la faccia a colpi di spada. Questa era decisamente la più assurda.

«Tamoa che succede se ci fermano?»

«Andiamo in galera».

«Ma... E gli esami?»

«Tranquillo, li fanno fare anche ai detenuti, c'è una sessione speciale per le carceri».

«Ma che mi succede, in galera?»

«Di solito per un fringuellino come te c'è sempre un tizio grosso e sudato che cerca di incularlo a sangue».

Sentii il buco del culo che mi si contraeva dalla paura.

«Piantala di scherzare».

«E chi scherza? I carcerati lo fanno sempre... Quasi sempre almeno. Bisogna capirli, sono a secco da anni e in mancanza di meglio...».

«Tamoa piantala, porcocazzo, tra due... un'ora devo fare il tema di italiano...».

«Sei stato tu a chiedere no? Comunque ascolta, se finisci dentro non è un problema. Non far vedere che hai paura. Resta chiuso e riservato. Se qualcuno ci prova tu di' di no con fermezza e se insiste e si avvicina troppo mollagli una bella ginocchiata nelle palle come ti ho insegnato io. Ma non ti fermare. Lo devi fare a pezzi, lo devi massacrare davanti a tutti: devi sembrare un pazzo criminale e magari ti lasceranno in pace e si dedicheranno al culo di qualcun altro... O forse si incazzeranno di brutto e ti faranno il sedere come il pozzo di San Patrizio».

«Grazie, sei molto incoraggiante».

«Be', siamo ancora a piede libero no? Pensa al tema che devi fare, piuttosto».

Piombammo davanti al liceo alle 8.40, cinque minuti prima che chiudessero i cancelli e chi c'è c'è. Tamoa inchiodò in uno stridere di gomme, io balzai a terra borbottando un saluto e la macchina si allontanò a tutto gas. L'ultima immagine che ho è quella dei due cani che mi guardano, perplessi, dal lunotto posteriore: ma dove va di corsa 'sto cretino?

Feci i gradini a quattro a quattro, sbrigai le formalità, mi sedetti al banco completamente intriso di sudore maleodorante e cercai di ignorare gli sguardi derisori dei miei compagni e gli occhi della prof membro interno che sembravano due uova al tegamino. Lessi tre volte le tracce senza capire una sola parola e poi avvenne il miracolo. La mente mi si snebbiò all'improvviso, recuperai la lucidità, scelsi senza esitazione il tema più difficile, quello sull'evoluzione del romanzo storico da Manzoni in poi e, mentre iniziavo a scrivere, tutto quello che avevo passato e tutte le avventure che avevo vissuto scomparvero in dissolvenza. Scrissi, scrissi, cancellai e scrissi di nuovo attingendo da inaspettate riserve mnemoniche citazioni, brani, paragoni, riflessioni letterarie. Mi chiusi in un bozzolo di concentrazione totale come faceva Tamoa quando preparava la zuppa o pelava le carote: non vedevo e non sentivo nulla, la penna correva veloce sul foglio protocollo a righe e quando finalmente mi alzai per consegnare il compito mi resi conto che tutta la classe era ancora al lavoro. N'To, al secondo banco, mi lanciò un'occhiata malevola e gongolante. Intuii il suo pensiero: sei fuori di testa, hai consegnato in bianco, stronzo, gli mostrai i fogli pieni da cima a fondo e riabbassò subito gli occhi. Poi fuori, finalmente. Adesso veniva il peggio.

«Signorino Lapo... È tornato il signorino Lapo». Roversi fece un passo verso di me, come per abbracciarmi, con le lacrime agli occhi, poi si bloccò di colpo, si rese conto di quello che stava per fare, fece un passo indietro come se fossi radioattivo. «È che... Scusi, signorino, ma ci ha fatto stare così tanto in pensiero, credevamo che avesse avuto un incidente, il professore mi ha fatto perfino chiamare gli ospedali. Ma dove era finito? E perché è vestito così?». Dette un'occhiata piena di riprovazione ai miei cenci.

Gli passai davanti di malagrazia.

«Ho... avuto dei problemi. Mio padre?».

Eccolo. Gli occhi fuori dalle orbite, congestionato, ingrassato. Rabbia, ansia, sollievo. Prima paonazzo, poi pallidissimo, dal rosso al bianco più veloce di un semaforo. Restammo in piedi uno di fronte all'altro in silenzio come in un duello western. Incrociai le mani dietro la schiena per tenerle ferme. Se ti schiaffeggia non reagire. Te lo meriti. Non lo fece.

«Lapo, dobbiamo parlare».

Annuii. Lo seguii nello studio. Sedette rigido sulla poltrona Frau, io ancora più rigido di fronte sulla sedia da lavoro. Signori giudici, l'imputato si dichiara colpevole.

«Ho fatto il tema di italiano, Pa', ho scelto quello di letteratura. Credo sia andato beniss...».

Il pugno fece sobbalzare la scrivania e precipitare in caduta libera: a) penna d'argento con portapenne e tagliacarte pure in argento con cui da ragazzino giocavo ai pirati; b) portapenne pieno di matite spuntate e biro che non scrivevano; c) tampone di carta assorbente basculante con impugnatura in mogano; d) il mio patetico tentativo di *capta benevolentiae*.

«PORCO... MA CHI CAZZO CREDI DI PRENDERE PER IL CULO, STRONZO? SPARISCI NEL NULLA PER QUASI UN MESE, TUA MADRE RISCHIA UN INFARTO, IO NON DORMO LA NOTTE, NEANCHE TELEFONI, TORNI COME NIENTE FOSSE E MI PARLI DEL TEMA? MA IO TI SPACCO LA FACCIA, TI SPACCO, HAI CAPITO, BRUTTO DEFICIENTE?».

Rimasi sinceramente ammirato. Non l'avevo mai sentito imprecare a quel modo, evidentemente la mia assenza gli aveva fatto bene. Non lo dissi.

«Scusa Pa'. Sono mortificato».

«SCUSA PA'? È TUTTO QUELLO CHE SAI DIRE? SCUSA PA'?»

«Io... Sono stato a studiare da un amico. Lui ha avuto dei problemi. Insomma, storie sentimentali, la sua ragazza lo ha piantato. Voleva ammazzarsi. Gli sono stato accanto giorno e notte, dovevo impedire che facesse una cazzata, non potevo lasciarlo solo neanche un istante» improvvisavo ma, man mano che andavo avanti, quasi mi convincevo che fosse la verità, «insomma, eravamo vicino Capalbio in un posto isolato... Il telefono più vicino era in paese, mi dispiace, sono desolato però ti assicuro che ho studiato, passerò l'esame».

«Come si chiama?», tono tagliente ma un po' più pacato. Forse l'avevo sfangata.

«Chi?»

«Come chi? Il tuo amico».

«Tommaso, Tommaso Arletti... È in un'altra classe, ma prepara la maturità anche lui».

«Controlleremo. Ormai ci hai dimostrato che non meriti fiducia. Ma voglio darti un'ultima occasione per comportarti da uomo e non da quel ragazzino imbecille, sconsiderato e irresponsabile che sei».

Si alzò con gravità e prese un volume in pelle che posò sulla scrivania davanti a me come fosse il ceppo del boia.

«Metti la mano sul Vangelo e giura che non ti droghi. Tua madre vuole farti fare le analisi. ma a me basta il tuo giuramento sacro».

Sospirai di sollievo. Mi alzai in piedi e posai la mano sulla pelle verde, fresca e morbida.

«Giuro sul Vangelo e su quanto ho di più sacro, sulla mia vita e sulla mia anima immortale che non mi drogo». Mi era venuta veramente bene. Voce ferma ma commossa. Un uomo, un giuramento.

Pa' annuì gravemente. Poi emise la sentenza: «Non uscirai di casa fino alla fine degli esami».

Il sogno e la vita. La vita è un sogno. Un uomo sogna di sognare. È una farfalla che sogna di essere un uomo o un uomo che sogna di essere una farfalla? Dov'era la realtà? La mia stanza, i libri, i pasti quasi sempre da solo, Roversi sollevato, Pa' ingrugnito, Ma' commossa (un incontro zuppo di baci e di lacrime che, mio malgrado, m'aveva fatto venire i lucciconi), il tè coi pasticcini alle cinque in punto, le cinquanta flessioni ogni mattina, i brani dei *Cento anni*, la televisione fino alle ventitré ogni sera? O Tamoa, la strada, l'altipiano, Daruma e Yussuf, le fughe, le risate, le lezioni di coltello? Mi immergevo nei libri e temevo che l'altra vita si allontanasse per sempre, ma ritrovavo, giorno dopo giorno, il piacere della lettura, la gioia del ragionamento, la felicità di estrarre con precisione testi, citazioni e ragionamenti logici dagli scaffali della memoria. Studiavo. Leggevo. Un giorno sì e uno no mi sparavo una sega rilassante, ma anche il viso e il corpo di Parvati erano sfumati, lontani e tornavo alle solite fantasie su una grassa puttana di periferia che si faceva fottere da dietro, con la gonna alzata e la sigaretta in bocca o a quell'amica di mia madre, sottile e altezzosa, con pelliccia di leopardo e lo chignon, che mi faceva entrare in casa, si inginocchiava e me lo succhiava nel vestibolo (a questo punto venivo regolarmente prima ancora di passare alla fase della trombata).

Pochi giorni dopo il tema, opportunamente ripulito, affrontai la traduzione dal latino. Un brano del *De bello gallico*. Ancora una volta finii prima di tutti. Sozzo mi agguantò mentre cercavo di filarmela all'inglese.

«Ma dove cazzo sei stato? Tuo padre ha telefonato al mio, sembrava un pazzo».

«Ero in un bordello turco. Facevo il guardiano. Purtroppo, per avere il posto, mi sono fatto castrare. Ero il grande eunuco dell'harem».

Rimase perplesso, gli feci un cenno di saluto e me ne andai.

Tappato in casa per oltre quaranta giorni, isolato come Gesù nel deserto o il Buddha Sakyamuni sotto il sacro albero di Bodhi. Agli orali sciorinai la mia tesina su Rovani e la prof-membro mi ascoltò dondolando la testa e socchiudendo gli occhi come fosse l'ouverture delle *Nozze di Figaro*. Sbaragliai la commissione, la incantai, la sedussi. Il presidente si alzò e mi tese solennemente la mano. «Non dovrei dirglielo ma lei ha studiato veramente sodo. I suoi professori hanno ragione di essere contenti del suo lavoro».

Annuii senza sentirmi minimamente gratificato. Una pratica smaltita, un passaggio a livello superato. Tutto qui. Il giorno dei quadri, il sessanta non mi provocò alcuna emozione e neanche la facciadicazzo di N'To col suo quarantadue mi dette un po' di soddisfazione. Pa' gongolava, Ma', per un giorno perfetta nel ruolo di moglie, *sine Stronzone*, era commossa, trasudava materna fierezza. Lei e Pa' si guardavano perfino con affetto: vedi-che-figlio-secchione-che-abbiamo-sfornato? Volevano festeggiare, mi portarono in un bar e mi costrinsero a mangiare due tramezzini al succedaneo e a brindare con un prosecco che mi ricordava la sorsata di benzina di mille anni prima. Poi ci fu il pranzo di gala con le paste, i compiti complimenti di Roversi: «Congratulazioni, signorino Lapo, non poteva che prendere il massimo dei voti», le telefonate entusiaste degli zii che giocavano al toto-facoltà.

«Adesso puoi tornare a uscire coi tuoi amici, hai saputo riconquistare la nostra fiducia», concesse Pa', «e naturalmente devi decidere cosa fare durante le vacanze, pensavamo a un viaggio di studio».

«Ci stavo pensando anch'io Pa'». Ma era un tipo di viaggio molto diverso da quello che immaginava lui. Quella sera dissi che cenavo fuori con gli amici, ma me ne andai al cinema da solo a rivedere *Arancia Meccanica*. Avevo tempo.

SECONDA PARTE

Noi siamo i figli dei padri ammalati
aquile al tempo di mutar le penne
svolazziam muti, attoniti, affamati
nell'agonia di un nume

Emilio Praga, *Preludio*

Capitolo 1
Morte

L'accampamento non esisteva più.

Vagai sconcertato per la radura tra lattine vuote, mucchi di rifiuti, resti di bivacchi, baracche diroccate. C'era qualche vecchia coperta mangiata dai tarli e un paio di materassi che brulicavano di vita più della metropolitana di Tokyo. Nessuna presenza umana. Un grosso topo sbucò da una fratta e corse verso l'argine con la coda parallela al terreno, disorientato come me. Ristorante chiuso per ferie. Restai come un imbecille, impalato sotto il sole a martello, nei miei jeans di marca con la maglietta Lacoste blu nuova di zecca. Nessuna traccia di Tamoa. Mi avvicinai alla sua casupola nell'incongrua speranza che mi avesse lasciato un biglietto, ma erano solo quattro mura sbilenche di legno e cartone e un pavimento di terra battuta. Nemmeno una cartaccia. Come si fa a rintracciare uno che non ha casa, non ha telefono e non ha neanche un nome e cognome come si deve?

«Li hanno mandati via...».

Dalla spalletta del lungofiume, un tizio grasso guardava la scena divertito. Era in canottiera traforata e calzoni corti, il che non gli impediva di sudare come un cavallo. In mano aveva un enorme panino che traboccava di frittata e in testa, per ripararsi dal sole, un agghiacciante cappellino di paglia da donna. Capii che si trattava di uno degli operai che stavano sistemando il marciapiedi.

«Sono venuti quelli del Comune, tre giorni fa. Bonifica generale. Prima finiamo qui sopra, poi si comincia con gli argini del fiume. È successo un incidente», ghignò, «una signora di fuori città era scesa a farsi una passeggiatina sul fiume, almeno così ha raccontato alla polizia... Secondo me stava con qualcuno e cercava un posto per una bella sveltina... Insomma, sta di fatto che è scivolata su una buccia di mela, è caduta e si è rotta il gomito. Il ganzo, ovviamente, se l'è filata, forse era sposato pure lui e lei è rimasta sola a strillare come un'aquila con la zampa rotta. E il bello è che un paio di quegli zozzoni, anziché scoparsela di forza o portarle via i soldi, l'hanno pure soccorsa, hanno chiamato l'ambulanza e tutto il resto... Be', quella signora era la moglie del sindaco di un paese della Toscana o qualcosa del genere, un assessore, so un cazzo io... Appena è tornata a casa, col braccio buono, ha scritto ai giornali, ha rilasciato interviste e ha fatto un casino del diavolo dicendo che era uno schifo che in una città come questa ci fossero posti del genere, che neanche a Calcutta e bla bla bla. Insomma, alla fine hanno deciso di bonificare tutto e li hanno cacciati via». Mi guardò con sospetto e strafottenza. «Mi sa che ti toccherà andare a comprare la droga da qualche altra parte».

«Non sono un drogato».

«Ah no? Be', in effetti non sembri un drogato. Sei

troppo fighetto. E allora che cazzo cercavi in quella fogna?»

«Un amico».

Strinse gli occhi, sconcertato. Guardò i jeans, la Lacoste, le scarpe sportive, i Ray Ban a goccia.

«Magari la vendi, la droga...».

«No. Ti ho detto, cerco un amico. Un tizio magro, col codino, sui cinquanta. Si chiama Tamoa ma qualcuno lo chiama il Marinaio. L'hai visto?».

Alzò le spalle e sbranò mezzo panino con un morso. L'unto della frittata gli gocciolò sul mento. Non se ne curò.

«E che ne so? Per me quegli straccioni sono tutti uguali».

Cominciai a vagabondare.

Mense di carità. Un borghetto nascosto in una spianata accanto a un grande mercato del centro storico. Un accampamento all'estrema periferia, sorvegliato da una piccola muta di cani inselvatichiti che mi accolsero a ringhi e con volute orizzontali di rabbia ma, al mio passaggio imperturbabile, si calmarono immediatamente. Niente. Tamoa sembrava dissolto come la nebbia o meglio, sembrava non essere mai esistito. Nessuno se lo ricordava, nessuno l'aveva visto. Una notte mi spinsi al ricovero per senzatetto, ma era estate e ci andavano solo i più malati o disperati. Vicino all'ingresso incontrai Osso, il vecchio Osso scheletrico e indifferente, coperto di croste. Mi sembrò di rincontrare un parente perso di vista da anni. Quasi lo abbracciai.

«Osso, come stai? Mi riconosci? Sono Lupo».

Si scansò, spaventato.

«Non ho fatto niente. Non ti conosco. Lasciami, sono vecchio. Non ho niente da darti».

«Ma come non ti ricordi? Sono l'amico di Tamoa. Lo sto cercando. Sai dov'è?».

«Hai una sigaretta?»

«Non fumo. Sai dov'è Tamoa? Cazzo, Osso, Tamoa, quello col codino... Ti ha offerto la zuppa mille volte, non far finta di niente». Gli stavo stringendo un avambraccio che sembrava un legno secco. Un lampo di paura in quella vecchia faccia da uccello.

«Non lo so. Non c'entro. Lasciami in pace». Si strappò dalla mia stretta con forza insospettabile e si infilò nell'ostello.

Tradito. Abbandonato. Disorientato. Avevo programmato di passare quasi due mesi con Tamoa, di convincerlo ad andare in Grecia insieme, con la tenda o magari, visto che probabilmente non aveva il passaporto, in Sicilia o su qualche spiaggia isolata. Avremmo speso i soldi di mio padre, fatto il bagno, proseguito le lezioni di coltello, dormito sotto le stelle. Avevo ancora mille cose da imparare e lui mille da insegnarmi. Avevo raccontato a Pa' che sarei partito in traghetto con un amico tra una settimana e Sozzo, pensando che si trattasse di una fuga sentimentale (nella sua versione era un mese di scopate e pompini con qualche turista rimorchiata in Centro), mi aveva retto il gioco con doti insospettate da grande attore. Era venuto a casa e, per la modica somma di cinquantamila lire, aveva recitato a soggetto spiegando con sussiego che avremmo visitato il Partenone, (l'aveva detto con la "d", Pardenone, e l'avevo incenerito con un'occhiata ma Pa' non aveva rilevato lo strafalcione. Forse Sozzo si confondeva con Pordenone, non lo scoprii mai), la città vecchia di Atene, l'oracolo di Delfi: *idis, redibis non morieris in bello*, aveva perfino citato con aria ispirata. Quella, veramente, era la Sibilla Cumana ma Pa' aveva annuito gravemente lo stesso: «Bravi ragazzi, divertitevi, approfondite le vostre conoscenze, visitate i musei e, mi raccomando...». I puntini di sospensione rimasero, per l'appunto, sospesi nell'aria.

La data della partenza si avvicinava e Tamoa sembrava solo un lontano ricordo. Un sogno nel sogno. Non sapevo dove andare, come cercare. Sulla strada, senza di lui, ero solo una preda. Tornai a casa.

Passai una notte insonne, mancavano solo due giorni alla partenza e non avevo la minima traccia. Alle quattro di notte, sfinito dal rigirarmi tra le lenzuola zuppe, tentai perfino di mettermi in contatto telepatico con lui ma mi rispose solo il buio e il rumore di qualche auto in strada. Prima di addormentarmi, mi ricordai degli zingari. Perché no? Era una pista come un'altra.

Moam mi guardava strizzando gli occhi come se fosse abbagliato dal sole anche se, quel giorno, il cielo era pieno di nuvole estive. Eravamo fuori dalla sua baracca. Nessuno mi invitava ad entrare.

«Che cerchi?», come ospitalità gitana lasciava decisamente a desiderare.

«Sono Lupo... L'amico di Tamoa. Ti ricordi: abbiamo portato il cavallo...».

«Che cavallo?»

«Filetto, dai, sei venuto a prenderlo insieme a tuo fi-

V

glio, eravate in moto. L'hai pagato trecentocinquantamila lire». Disse qualcosa nella sua lingua e tutti sghignazzarono in coro. Stavo facendo una bella figura da idiota.

«Cos'è lo rivuoi indietro? Ho paura che sia un po' tardi...». Decisi di non soffermarmi sulle ultime parole. L'ostilità generale mi avviluppava come nebbia.

«No, cerco Tamoa... È scomparso. Forse l'hai visto da qualche parte».

«Tamoa? Sono secoli che non lo vedo... Ah, sì, adesso mi ricordo di te. Mi sono chiesto subito che cazzo facevate insieme voi due».

Mi strinsi nelle spalle. Ottima domanda.

Moam diventò più cordiale, ma continuò a tenermi fuori, all'aperto. Ricordai: se entri nella sua roulotte diventi un ospite, sei intoccabile. Io non lo ero.

«Senti, coso... Non è che ti serve un lavoro?». Abbaiò qualcosa e il gruppetto di zingari si dissolse all'istante. «Una cosa facile facile... Tu devi avere un sacco di amici...».

«Non ho amici. O meglio ne ho uno solo e lo sto cercando. Si chiama Tamoa... E non mi va di fare il pischello».

Allargò le grosse braccia in un gesto rassegnato.

«Allora ciao. Ma visto che sei venuto fino a qui ti voglio dare un consiglio gratis: lascia perdere Tamoa. Non cercarlo più».

Mi girò le spalle e rientrò. Un gruppo di ragazzini starnazzanti mi scortò fuori dal campo. Per tutto il tragitto tenni la mano in tasca sul portafogli, ma credo bastasse la mia faccia a scoraggiarli.

La sacca militare mi segava le spalle. Vestiti, biancheria, fornelletto da campo, documenti, un paio di libri. Tutto l'occorrente per un mese abbondante in Grecia. La tenda, avevo spiegato a Pa', la portava Sozzo. Eccoci sulla porta di casa, impalati, impacciati. Il Figlio Responsabile, il Padre Moderno e Democratico. Mi abbracciò con la solita goffaggine. Non sapeva che dire.

«Sei sicuro che non vuoi un passaggio? Magari ti può portare Roversi».

«No, grazie Pa', con l'autobus è un attimo. Ci vediamo alla stazione».

«Hai tutto? Il passaporto l'hai preso?»

«Certo, Pa', grazie... Adesso dovrei andare».

«Aspetta un attimo». Si frugò nelle tasche e ne estrasse due biglietti da cinquantamila. «Ho pensato che magari ti poteva essere utile qualcosina di più». Nel portafogli avevo già un milione in contanti per il viaggio, mai visti tanti soldi in vita mia.

«Grazie Pa', sei molto generoso».

Mi abbracciò ancora. Bacio umido sulle guance. Raspata di barba.

«Telefona appena arrivi ad Atene. Mi raccomando, non farmi stare in pensiero».

Fine dei lamentosi addii. E adesso dove cazzo andavo?

Provai ai giardinetti dove spesso qualcuno dei barboni dormiva sulle panchine anche in pieno giorno. In effetti ce n'era uno, un vecchio sdentato con un filo di moccio che gli colava dal naso adunco e si rapprendeva sul colletto di una camicia che, una volta, doveva essere stata a quadretti ma ormai era di un uniforme color antracite. Mai visto prima. Lo scossi con ribrezzo.

«Conosci Tamoa?».

Aprì un occhio a fatica, tanto per farmi vedere che non tutti hanno il bianco.

«Chi sei? Che cazzo vuoi?»

«Tamoa. Cerco Tamoa».

«'Fanculo».

Gli mostrai un biglietto da cinquantamila. Schizzò in posizione seduta, sbavando.

«Che vuoi? Una sega? Te la faccio subito. Magari te lo succhio anche».

Repressi un singulto. Chi poteva desiderare di farsi anche solo toccare da quel mostro?

«Cerco un amico. Si chiama Tamoa, un tizio magro, sui cinquanta, col codino...».

La delusione gli deformò il viso. «Non lo conosco...».

Pensai che si sarebbe messo a piangere. Intascai il biglietto e me ne andai. Fece per seguirmi.

«Sicuro che non vuoi una sega? Anche per venticinquemila va bene». Mi girai, lo guardai fisso negli occhi e lui tornò subito alla panchina.

Fu una giornata faticosa, desolante e inutile. Camminai per ore, col mio zaino da campeggiatore estivo e rimediai solo insulti o indifferenza. All'imbrunire, decisi di accamparmi in un piccolo parco dove avevo passato qualche notte assieme a Tamoa. Mi infilai nella solita apertura della recinzione e trovai un posto isolato. Srotolai il sacco a pelo e mi ci sdraiai sopra visto che faceva ancora caldo. Poi mangiai il calzone freddo e i due supplì che avevo comprato in rosticceria assieme a una lattina di birra. Fu come ingoiare stoppa fritta. Era la mia prima notte da randagio senza Tamoa e mi sentivo solo, sperduto e fuori posto. Pensai di tornare a casa, raccontare a Pa' una stronzata qualsiasi e riprendere la mia vita di sempre, ma per quello c'era tempo. Giurai a me stesso che avrei resistito almeno due settimane. Poi una grande stanchezza mi schiantò come una randellata. Mi svegliai all'alba, intirizzito e affamato. Lo zaino era scomparso. Avevo la fibbia della cintura slacciata, ma per fortuna, nella mia idiozia totale, mi ero almeno ricordato di infilare soldi e documenti in profondità nelle mutande.

La sera dopo chiamai casa da una cabina. Feci cadere parecchi gettoni e tenni il ricevitore lontano dalla bocca per simulare i disturbi di una chiamata internazionale. Purtroppo rispose Pa'.

«Ciao Lapo, tutto bene?»

«Benissimo Pa', è una città stupenda».

«Avete trovato un albergo?»

«Sì, siamo nel cuore della città vecchia. Domani andiamo al museo...». Picchiai sul vetro della cabina e dissi «Arrivo, arrivo...».

«Va bene Lapo, ricordati di telefonare tutte le settimane. Mi raccomando...».

La puttane. Forse qualcuna conosceva Parvati. Perché non ci avevo pensato prima?

Presi un autobus e scesi vicino a un vecchio ponte romano che dominava una piazza brulicante di bancarelle. A sera era quasi deserta. L'unica fonte di animazione era un chiosco che vendeva fette di cocomero e melone e macedonie già pronte. Camminai per un paio di chilometri e arrivai a un vialone buio e pieno di alberi, punteggiato di fuochi che lampeggiavano dentro vecchi bidoni. Le zoccole si esibivano in passerella, ancheggiando, fumando, invitando i clienti con schiamazzi e gesti osceni della lingua, mentre auto, moto e motorini facevano la gimcana a passo d'uomo tra gli alberi. Era un gran circo. Ogni tanto una mignotta saliva su un'auto che si infilava in un anfratto e, dopo pochi secondi, cominciava a oscillare ritmicamente. Poi la puttana scendeva, lanciava un bacio al cliente e ricominciava a sfilare con le sue colleghe. In un angolo, tre veterane chiacchieravano fitto fitto tra loro, così assorte che neanche rispondevano alla domanda rituale sussurrata dai finestrini delle auto o dai ragazzi in motorino: «Quanto vuoi?».

Contai una quindicina di donne, dai venti ai sessant'anni. La più vecchia li aveva passati da un pezzo, se ne stava spaparanzata, grassa, laida e cotonata, su una sedia a sdraio a sventagliarsi con una rivista e aveva ancora i suoi aficionados. «Ti risucchia anche il midollo spinale», mi aveva spiegato Tamoa, una volta che, per caso, eravamo passati di lì. M'aveva anche raccontato che in passato era stata un'indossatrice di fama ma ero quasi certo che, almeno quella volta, mi stava prendendo per il culo. Ad ogni modo cominciai da lei.

«Ciao...».

«Ciao Pisè. Ti vuoi fare le prime penne?», mi chiese materna.

«No, cioè, magari dopo. Sto cercando Parvati, magari la conosci».

«Chi?»

«Parvati. Una bella bruna con un viso segnato, gli zigomi forti».

«E che ti sei innamorato? Lascia perdere, un bocchino come il mio non te lo può fare nessuna. Fanno tremila ma, magari, ti faccio lo sconto. I ragazzini portano bene».

«No, davvero, non la conosci? Parvati, la mora...».

«Bionde, more, tutte mignotte. Cazzi in bocca e fiche rotte. Levati dalle palle».

Feci il giro. Niente. Quelle che non mi consigliavano, amorevolmente, di farmi sodomizzare scuotevano le spalle. Poi mi successe qualcosa. Avevo una piccola fortuna in tasca e andavo avanti a seghe da mesi. Perché no?

Col cuore a mille, mi avvicinai a una biondina esile coi capelli corti e gli occhi truccati da gatta.

«Quanto vuoi?»

«Cinque carte col guanto».

Inspirai forte. Avevo già la banconota pronta.

«Andiamo?». La seguii scivolando su una scarpatella che finiva in un canneto. Procedette per un sentiero invisibile fino a un vecchio materasso buttato a terra. Schizzò la sigaretta e la pestò col tacco.

«I soldi, Tesò». Le passai la banconota. Mi slacciò i calzoni e lo tirò fuori. Raramente l'avevo visto così moscio.

«Senti come ti batte il cuore... È la prima volta, Tesò?»

«No... Sì... Insomma, non l'ho mai fatto con una...».

«Con una puttana. Stai tranquillo, mica te lo mangio. Vediamo se riesco a tirarti su il morale». La sua mano scorreva veloce e, presto, sentii che mi stavo calmando. Il cazzo diventò barzotto, poi bello duro. Con dita esperte scartò un preservativo e me lo infilò. Poi si sdraiò sul materasso e alzò la gonna. Non aveva le mutandine.

«Dai, infilamelo dentro».

La montai goffamente e cominciai a spingere dentro di lei, coi pantaloni calati fino alle ginocchia, annusando il profumo dolciastro e appiccicoso che emanava dai suoi capelli laccati. Quasi non sentivo nulla. Mi sembrava di affondare in qualcosa di molle e vischioso, senza contorni. Le leccai il collo mentre lei ondeggiava ed emetteva piccoli gemiti poco convinti.

«Dai, come ce l'hai grosso, mi sfondi, mi fai godere... Sborra, sborra», cantilenava. Dopo pochi colpi riempii il preservativo. Si ritrasse subito, mi sfilò il profilattico con gesti da infermiera e mi consegnò un fazzolettino per pulirmi. Tutta l'operazione era durata meno di tre minuti.

«Sei stato bravissimo. Torna a trovarmi, mi raccomando».

«Aspetta...». Mi guardò sulla difensiva. Mi domandai se avesse un coltello nella borsetta.

«È che... Sto cercando una. Una mora che sembra un po' indiana. Si chiama Parvati».

«Com'è fatta?». Almeno mi stava a sentire.

«È bella, sulla quarantina. Ha un po' di grigio nei capelli. Zigomi forti, qualche ruga. Ha un naso abbastanza grosso ma le sta bene in faccia e ha anche un dente d'oro che però le dona. Veste un po' da hippy, sai, camicioni, jeans, roba così».

Rifletté mentre si accendeva una sigaretta. Me ne offrì una ma scossi il capo.

«Un paio di volte l'ho vista, una così. Ma lavora poco,

viene e va. Non ha un uomo che bada a lei. Sta sulle sue. Se vuoi il mio parere sembra un po' fuori di testa. Tanto voi uomini siete dei coglioni e scegliete sempre le peggiori. Comunque la tua bella non si chiama... come hai detto?»

«Parvati».

«No, proprio no... Qui la chiamano Aida. Se è lei quella che cerchi».

Cuore in gola. Dopo tutto, sveltina a parte, quelle cinquemila erano state spese bene.

«È parecchio che non la vedi?»

«Non ricordo... Forse un mese».

«Me lo fai un favore?».

Sbuffò. Tempo scaduto.

«Dille solo che Lupo la sta cercando».

«Lupo? Che nome è?»

«Il mio. E tu chi sei?»

«Circe».

Vagai senza meta per quattro giorni. La faccia mi si riempì di barba, i vestiti di sporcizia. Imparai ad amalgamarmi con la gente della strada. Ogni tanto qualche viso noto ma nessuna informazione. Girandola non mi ascoltò neanche e cominciò subito a blaterare dell'articolo sul giornale e tutte le altre cazzate. La ragazza col volto bruciato scosse la testa tristemente. Intravidi il grugno sfondato di Sugo ma scantonò prima che potessi raggiungerlo. Nascondevo soldi e documenti nelle mutande, mi lavavo alle fontanelle, dormivo con un occhio solo. Spendevo pochissimo. Mangiai alle mense di carità, dormii sulle panchine o sull'erba dei giardinetti e una notte mi svegliai ansando, completamente infradiciato da un acquazzone estivo. Aspettai la mattina e lasciai che il sole mi asciugasse gli abiti addosso, godendomi il tepore. Presto i pidocchi tornarono a farmi compagnia. Dopo una settimana scoprii che l'incontro con Circe mi aveva lasciato addosso altri, scomodissimi, inquilini. Imbarazzatissimo andai in farmacia. Il dottore quasi mi cacciò a calci e, sulla porta, si fece dare i soldi e mi consegnò due bustine di polvere gialla da applicare sul pube mattina e sera. A distanza di sicurezza mi consigliò anche di radermi i peli. Eseguii l'operazione alla bell'e meglio, in un cesso pubblico, con un rasoio a mano e la schiuma da barba e constatai che, a parte il prurito, la mia virilità sembrava accresciuta, insomma, il cazzo mi pareva più lungo. In compenso, i peli che spuntavano prudevano da morire. Usai coscienziosamente la polvere e, dopo tre giorni, le mie mutande divennero un cimitero di piattole. Farmi il bidè era un lusso che mi potevo permettere al massimo una volta alla settimana.

Non ho mai capito come riuscì a trovarmi.

Ero seduto sul bordo della fontana dove, un milione di anni prima, Tamoa aveva deciso di pescare le monetine dei turisti. Proprio come quel giorno, avevo una latta di birra in mano, un pezzo di pizza nell'altra e il viso rivolto al sole, con gli occhi socchiusi, come se per magia potessi tornare indietro nel tempo e ritrovarmi nella stessa situazione, accanto a Tamoa. Avrei sopportato volentieri, di nuovo, il bagno gelato, la fuga a piedi nudi, la febbre fino al delirio... Sobbalzai quando qualcosa di pesante si appoggiò sulle mie ginocchia. La pizza mi cadde nell'acqua rilasciando, all'istante, ondate concentriche di olio e sugo di pomodoro. La bestemmia mi rimase in gola quando incontrai gli occhi umidi di Yussuf, il mite, silenzioso Yussuf, il compagno mansueto ma coraggioso del selvaggio Daruma, la seconda, instancabile, guardia del corpo di Tamoa. Lo abbracciai felice, gli presi la grossa testa tra le mani e la scossi con affetto, poi recuperai la pizza semisommersa e gliela porsi. La inghiottì senza neanche masticare.

«Yussuf, dov'è Tamoa? Dov'è? Tamoa? Portami da Tamoa».

Grandi occhi marroni pieni di dolcezza, orecchie penzoloni, un po' sbrindellate. La coda storta che ondeggiava pigramente. Una sensazione strana, che non riuscivo a decifrare. Era felice di vedermi ma c'era qualcos'altro. Intuii che si sentiva solo anche lui.

«Tamoa, andiamo da Tamoa».

Partì al piccolo trotto. Lo seguivo ansimando, senza neanche vedere dove andavo, come se mi stesse trascinando con un guinzaglio invisibile. Camminai e camminai. Il cane davanti, io dietro. Ogni tanto, madido di sudore e ansante, gli facevo cenno di aspettare e mi sedevo dove capitava, su una panchina, un muretto o addirittura mi schiantavo a terra. Lui aspettava, paziente, meditando sulla lentezza dei bipedi. Partimmo di mattina e molte ore dopo eravamo ancora in cammino. Yussuf si fermò un paio di volte, indeciso, poi ripartì quasi di corsa. Avevo i piedi gonfi e doloranti e se mi fossi tolto le scarpe avrei scatenato sicuramente un allarme nucleare. La periferia cedette il posto alla campagna, poi di nuovo il fiume. Un argine sconnesso e devastato, lattine e preservativi usati, qualche straccio che ondeggia-

V

va sulle canne come una stanca bandiera. Non conoscevo il posto. Yussuf si inoltrò nel canneto annusando forte e all'improvviso un odore dolciastro, terribile, appiccicoso mi aggredì le narici. Quasi inciampai in qualcosa di bianco, brulicante di mosche e di larve che si contorcevano. Daruma. Un orecchio strappato e nerastro, due fori scuri sul fianco, le zampe in aria, ormai rigido. Urlavo senza emettere un suono. Yussuf passò imperturbabile accanto alla cosa immonda che era stata il suo compagno e proseguì. Scostai altre canne con una voglia terribile di girarmi, di fuggire, di singhiozzare. Avanzai.

Era a terra, bocconi, in una strana posizione con le gambe tenute ferme da un legaccio che gli stringeva le caviglie, passava per i polsi incrociati dietro la schiena e finiva in un cappio ormai invisibile, affondato nella carne scura e gonfia del collo. Le mosche e le larve avevano già mangiato gli occhi e il fetore mi faceva scendere le lacrime sulle guance. Ma forse non era per il lezzo che piangevo. Riconobbi il giubbotto senza maniche, le braccia nervose ormai molli e deformate, l'ammasso vischioso e osceno che era stato il suo codino grigio. Con un sforzo sovrumano per non svenire rivoltai quell'orrore su un fianco e vidi la grande macchia scura sul davanti dei pantaloni dove lo avevano castrato. I genitali in realtà c'erano ancora ma non dove avrebbero dovuto essere: glieli avevano ficcati in bocca e lo scroto penzolava sul mento, ammesso che quell'ammasso di carne devastata e ingiuriata avesse ancora un mento. Prima di scoppiare in singhiozzi riuscii a notare le dita delle mani tranciate, l'orecchio amputato, il pezzo di legno che sporgeva dai calzoni abbassati e con cui l'avevano impalato. Poi cominciai a urlare.

Ricordo di aver perso la voce, la gola che raspava a secco in una protesta roca e inutile. Ricordo di aver ululato il mio dolore e la mia paura per tutta la notte, di essermi allontanato, di essere tornato, di essere andato ancora via ma di nuovo i piedi mi portavano lì, come per essere sicuro di quello che vedevo. Pregai che fosse un incubo, maledissi ogni cosa visibile e invisibile, mi strappai i capelli, mi graffiai la faccia sotto lo sguardo impassibile e acquoso di Yussuf, fermo come una statua. E, con una sensibilità acuita dal dolore, capii che quel cane accettava la morte, come tutti gli animali, ma provava rimorso per non essersi fatto uccidere come Daruma. Solo allora mi accorsi del grosso taglio mal cicatrizzato che gli attraversava tutto il fianco.

Respirai il lezzo della putrefazione fino all'alba, inebetito dal dolore. Il tanfo mi entrò nel cervello, mi si appiccicò, subdolo, ai vestiti, mi accarezzò la pelle e rimase lì per giorni, ma ormai non lo sentivo più, era diventato parte di me. La mattina dopo mi trovò frenetico e risoluto, come chiunque ha deciso di vivere un passo dopo l'altro, un minuto dopo l'altro, senza aspettarsi più niente. Avevo una cosa da fare.

Comprai una tanica senza badare al viso sconvolto del commesso quando mi avvicinai per pagare. Non era solo l'odore della morte che portavo addosso, ma la morte che avevo stampata in faccia. Trovai un distributore aperto e mi feci riempire il recipiente, lo trascinai fino all'argine solo per scoprire che non avevo accendino né fiammiferi e dovetti tornare indietro, individuare una tabaccheria e comprarli. Poi riguadagnai il greto del fiume. Yussuf mi seguiva docile e capii che da quel momento non mi avrebbe più lasciato. Non pensai minimamente a cosa sarebbe successo se mi avessero visto, tutto era sfumato, ovattato, irreale e per due volte, attraversando la strada, sentii stridore di freni e insulti. Ero ipnotizzato dal dolore.

Gettai la benzina su Daruma, poi raggiunsi il corpo di Tamoa e vuotai completamente la tanica. Mentre distribuivo il liquido su quel cadavere oltraggiato, vidi qualcosa brillare sotto le croste di sangue raggrumato, vicino al punto dove la corda aveva segato la pelle e serrato la trachea in una stretta letale. Vincendo il ribrezzo allungai la mano, scossi via qualche verme fremente e soppesai il ciondolo d'argento con le scritte arabe. Era quasi completamente coperto di sangue secco, arrivai al fiume, mi immersi fino alle ginocchia e lo sciacquai fino a quando non riprese almeno in parte il suo scintillio. Poi lo lavai ancora con un resto di benzina e me lo infilai in tasca. Ero pronto. Cercai di recitare una preghiera, ricordai le litanie interminabili di Tamoa, le sue silenziose devozioni, le meditazioni statuarie che potevano durare un'ora. Volevo salutarlo a modo suo, con un'invocazione a Dio, dovunque fosse, ma avevo la testa troppo vuota o confusa. Gettai un fiammifero acceso sul corpo e il fuoco esplose crepitando. Mi allontanai e ripetei l'operazione con i resti di Daruma. Le fiamme si alzarono danzando e avvolsero rapidamente le canne. Stavo rischiando la vita. Solo per un attimo mi sfiorò il pensiero di restare lì e bruciare anch'io, poi guadagnai faticosamente la strada tossendo e lacrimando. Sulla spalletta mi girai a guardare per l'ultima volta quello che sembrava uno dei tanti incendi estivi cittadini di sterpaglia o rifiuti. Nessuno accorreva. Mi lavai la faccia a una fontanella e alzando gli occhi vidi la bottega di un calzolaio. Entrai, comprai un laccio di cuoio, ci feci passare l'anello del ciondolo di Tamoa e me lo legai al collo. Da quel giorno non l'ho più tolto.

V

Capitolo 2
Desolazione

«L'hai comprato?»

«Certo». Mostrai a Canesecco la bottiglia di vino da duecento lire, un bianco che sarebbe andato bene per la miscela di un motorino e lui la accolse con una luce di cupidigia negli occhi. Aveva qualche anno più di me, ma, in quanto a esperienza di strada, poteva essere mio nonno. Mi aveva raccattato sbronzo su una panchina una settimana prima e da allora facevamo coppia fissa, ci guardavamo le spalle. Piccoli furti, grandi bevute. Io pagavo, lui scroccava. Vivevo avvolto in una nebbia alcolica.

«Andiamo?». Ci avviammo verso il grande parco alberato dove ci eravamo costruiti una baracchetta di cartone, un rifugio umido, sudicio, repellente, brulicante di insetti: niente a che vedere con la linda, ascetica baracchetta di Tamoa. Il ricordo andava e veniva assieme alla rabbia e al dolore. Cercavo di non pensarci. Il mio gruzzolo si assottigliava ogni giorno anche se nessuno, neanche Canesecco, sapeva del tesoro che portavo nascosto nelle mutande.

Svitai il tappo del bottiglione, uno di quelli nuovi, metallici, per cui non c'era bisogno di cavatappi e mi attaccai a canna. Sentii la solita vampata acida allo stomaco. Negli ultimi tempi, crampi e scariche di diarrea mi assalivano sempre più spesso costringendomi ad acquattarmi dove mi trovavo e a pulirmi con mezzi di fortuna. Ogni tanto pensavo di tornare a casa, ma mi davo ancora qualche giorno. Speravo di incontrare Parvati, ma non facevo nulla per cercarla. Galleggiavo.

«Allora, secondo te chi l'ha ammazzato, il tuo amico?», riprese Canesecco con la voce già impastata. Era la prima persona con cui mi ero confidato. L'unica. Non conosceva Tamoa anche se viveva sulla strada da anni. O forse non voleva scoprirsi. Ognuno ha i suoi segreti. Mi stava benissimo.

«Ci penso in continuazione... Sugo, quello che aveva tentato di fottermi per vendicarsi delle botte che aveva preso? Impossibile. Tamoa non si sarebbe mai lasciato sorprendere da uno stronzo del genere». Non mi rendevo conto delle lacrime che mi scendevano sulle guance, ormai coperte da una barba sporca, unta che mi cresceva a chiazze. «No. Chi lo ha ridotto in quel modo doveva avere una pistola, Tamoa non si sarebbe fatto sorprendere. Era un diavolo, sapeva battersi, lui...».

«Lo so, lo so. E allora? Gli spacciatori?», azzardò Canesecco. Erano discorsi che avevamo fatto decine di volte, con la foga classica degli ubriachi e che, di solito, si smorzavano nel sonno.

«Possibile. Ma ci credo poco. Erano frattaglie, mezzi tossici... Non lo so, non ci capisco un cazzo. Come avrebbero fatto a trovarlo? Tamoa si spostava di continuo e stava sempre in guardia... Passami il vino».

Scolammo la bottiglia, ruttando e crollammo addormentati. Erano le quattro del pomeriggio. A metà della notte mi svegliai con una strana sensazione, come un peso sullo stomaco. Canesecco mi aveva slacciato i pantaloni e mi stava tirando giù le mutande. Con un unico gesto afferrai il bottiglione vuoto che avevo a fianco e glielo frantumai in faccia. Crollò all'indietro urlando, il viso inondato di sangue. Brandii il coccio di vetro e lo pugnalai in pieno petto due volte. Ululò di dolore e si rannicchiò su se stesso mentre mi alzavo barcollando. Lo colpii al viso con due terribili calci e uscii nella notte lasciandomelo alle spalle. Non seppi mai se voleva derubarmi o farmi un pompino.

Vagavo per ore, macinavo chilometri fino a quando i piedi si ribellavano e si rifiutavano di fare un altro passo e allora crollavo dove mi trovavo. Yussuf era la mia ombra. Ogni tanto spariva per andarsi a procurare il pranzo, ma mi rintracciava sempre. Ero cencioso, lurido, feroce. Mi unii per qualche giorno a un gruppo di zingari, tutti piuttosto giovani, che rubavano motorini. Lavoravano senza finezza, un colpo di tronchesi sulla catena e via. Avevano un ricettatore che li sfruttava a sangue. Non avevo bisogno di soldi, ma mi misi con loro tanto per fare qualcosa. Rimediai trentamila lire per uno scooter nuovo di zecca e dieci per un ciclomotore in ottimo stato, di quelli che si avviavano a pedali. Al terzo colpo rischiai di farmi acciuffare. Avevo già tagliato la catena e stavo pedalando come un pazzo, sul cavalletto, ma quello stronzissimo motorino continuava a scaracchiare e sputazzare e non voleva saperne di mettersi in moto. Alle mie spalle una voce che voleva essere minacciosa:

«Che cazzo fai? Ti ammazzo».

Era un tizio sui vent'anni, alto e forte, tutto ben messo. Aveva un lungo coltello da cucina in pugno, evidentemente era sceso da casa sentendo il rumore del suo motorino. Mi bastò un'occhiata per capire che non era un pericolo. Con calma scesi dal ciclomotore e aprii e chiusi lentamente le tronchesi, con intenzione. Non fiatai.

«Ti ammazzo», ripeté con poca convinzione agitando il coltello. Gli mostrai ancora le tronchesi e, senza aprire bocca, mi girai e me ne andai con calma, inseguito dai suoi insulti. La mia carriera di ladro di motorini finì quel giorno. Restituii le tronchesi al capo della piccola gang e ripresi a vagabondare senza meta.

«L'hai vista Parv... Aida?».

Circe alzò le spalle. Ci passavo ogni tre quattro giorni ma risultati zero.

«Mi sa che la tua bella ha preso il volo. Magari si è trovata uno impaccato e si è fatta sistemare tutta precisa, in un bell'appartamentino. Capitasse a me...». Frugò nella borsa, contrariata.

«Mi restano solo due guantini, merda... Lu, visto che non hai un cazzo da fare perché non me li compri?». Prima che potessi obiettare qualcosa, mi indirizzò a una farmacia dove tutte le puttane si rifornivano di preservativi con lo sconto. Li compravano in quantità industriale, ma mi sa che quei gommini erano avanzi di produzione o comunque di qualche sottomarca schifosa. Per le troie andavano benissimo anche se, ogni tanto, qualcuna restava incinta e doveva abortire dalla mammana o, peggio, si beccava il grande casino o il piccolo casino. Bubboni o polenta. Impavide, continuavano a risparmiare sui preservativi.

Cominciò così. Dopo il primo viaggio, un secondo per Manola, una trippona che diceva di essere spagnola e portava una specie di mantiglia ma imprecava e bestemmiava in siciliano doc, poi un terzo per Luce, una biondona che, a quanto si diceva, era impestata di sifilide fino alle orecchie. Nel giro di una settimana eccomi qua, factotum delle mignotte. Andavo e venivo carico di profilattici, sigarette, panini, bottigliette di liquore e altri generi di conforto. Qualcuna mi allungava una banconota, qualcun'altra mi offriva un pompino veloce. Circe mi propose una sveltina gratis, ma declinai educatamente: preferivo evitare che i miei peli pubici si riempissero nuovamente di vita. Bastavano pulci e pidocchi a tenermi compagnia.

Il lavoro mi piaceva perché potevo sperare di imbattermi in Parvati. Rivederla era diventata un'ossessione. I magnaccia, dopo un primo, iniziale periodo di diffidenza si convinsero che ero innocuo e mi presero in simpatia.

«Perché non ti metti in affari?», mi suggerì Folco, un siciliano basso e unto di brillantina che sfoggiava un anello da cardinale. Aveva l'unghia del mignolo sinistro lunghissima e la simpatica abitudine di usarla per pulirsi le orecchie. Dopo aver rovistato fino al timpano, esaminava con grande attenzione il risultato del lavoro e lo schizzava via con aria soddisfatta. Poi riprendeva l'operazione con l'altro orecchio. I suoi condotti uditivi erano una miniera di cerume.

«In affari?»

«Ma certo, ti fai una scuderia tua. Cominci con una ragazza e se ci sai fare dopo un po' ne metti tre o quattro a lavorare. È semplice».

«Come si fa?», parlavo per parlare, quella del magnafregna era una carriera che non mi interessava.

«Semplice. Devi saper amare. Non basta il cazzo, caro mio, per quello sono buoni tutti. Ci vuole il cuore. Ogni donna deve sentirsi la tua regina. Deve capire che sei pronto a uccidere e morire per lei... Le troie sono delle galline, ma hanno un bisogno d'amore immenso, come tutte. Le devi coccolare, proteggere, rassicurare. Io le mie donne non le picchio», declamò infervorato, «almeno quasi mai... Se si ammalano le porto dal medico e non le costringo a lavorare con lo scolo come fanno tanti altri. Una voleva sposarsi? E io le ho permesso di smettere. Sono perfino andato al matrimonio, mi ha fatto passare per suo cugino, pensa. Al cesso, durante il pranzo con tutti i parenti e centocinquanta invitati, me la sono scopata per l'ultima volta. Piangeva di nostalgia... Ma non divaghiamo. Parlavamo delle ragazze. Sono dappertutto. Basta andare alla stazione, sai quante ne trovi? Cameriere disoccupate, ragazzine scappate da casa: hanno già il marciapiedi stampato in faccia e non lo sanno. Non le cercare belle, non c'è bisogno. Basta che abbiano il fuoco tra le cosce. Qualcuna scopre la sua vocazione. Guarda Zaira», mi indicò una mora lussuriosa che doveva pesare almeno novanta chili, «un tizio pieno di grana le ha offerto una bella sistemazione ma lei no, ha rifiutato. Ha la strada nel sangue. Qui si sentono desiderate, ammirate come attrici o ballerine. Sono le donne più donne che esistono». Mi guardò dubbioso: «Sei un bel ragazzo, potresti farne di strada...

Certo ti dovresti dare una ripulita, puzzi da far schifo». Lo ringraziai dei consigli, intascai una banconota e andai a comprargli le Nazionali senza filtro.

Continuavo a bere. All'alba, finiti i miei giri per le puttane, mi attaccavo a una bottiglia di vino o a una confezione di lattine di birra e crollavo solo dopo aver scolato tutto. Più di una volta mi svegliai singhiozzando. Sognavo Tamoa, Parvati, mio padre, Blu, Miss. Dormivo sulle panchine, ai giardinetti, nel parco pubblico. I miei soldi mi abbandonarono all'improvviso. Un giorno mi svegliai con la lingua che sembrava un criceto, la testa che martellava, mutande e calzoni abbassati. Ringraziai il cielo che, chiunque fosse stato, almeno mi avesse lasciato i genitali intatti. Non me ne fregava un cazzo. Ormai avevo imparato a sopravvivere. Il passaporto, comunque, ce l'avevo ancora.

La città si svuotò e si trasformò in un deserto torrido. L'asfalto si squagliava sotto il sole, molte mignotte partirono per il litorale, cominciò la stagione dei furti in appartamento. Con uno sforzo sovrumano, mantenni l'abitudine di telefonare a casa una volta alla settimana. Pa' continuava a chiedermi quando tornavamo, io inventavo scuse, costruivo itinerari su una guida turistica della Grecia che avevo comprato su una bancarella, raccontavo di visite, incontri, amicizie. Se avesse immaginato cosa facevo o come vivevo mi sarei ritrovato orfano di padre.

Per vincere il caldo cominciai a fare il bagno al fiume. I topi non mi spaventavano, nessuno si sarebbe interessato ai miei stracci mentre nuotavo furiosamente da una riva all'altra e comunque Yussuf restava di guardia. Una sera che mi godevo la frescura dei gorghi unti e limacciosi vidi un'apparizione da favola: un gran cigno candido che solcava l'acqua con la maestà regale del bucintoro del Doge di Venezia. Mi avvicinai nuotando, ma mi guardò altezzoso e con un secco colpo della zampa pinnata si allontanò. Rimasi a guardarlo, incantato.

«Vuoi salire?».

Ero sbronzo marcio e camminavo senza meta ai piedi di una collinetta che sorgeva in pieno centro storico. Il buio era popolato di ombre furtive, gemiti e sussurri ma non ci facevo caso.

«Come?»

«Sali in macchina, dai».

Era una grande berlina grigia di marca straniera, che scintillava alla luce dei fanali. Lo sportello era semiaperto. Senza pensarci, mi infilai dentro. Odore di cuoio e di soldi.

«Quanto?», una voce calda, maschile, con una lieve inflessione del nord. Vidi un viso angoloso pieno di spigoli, rughe come rotaie, capelli scuri corti e forti, occhi come carboni. Una faccia scavata e intelligente e che mi sembrava di aver già visto da qualche parte.

«Venti bastano?». Mi mostrò due grandi banconote rosa. Capii solo allora. Feci cenno di sì.

Lui mi porse i soldi e ingranò la prima. Si vedeva che era un esperto. Trovò quasi subito un anfratto riparato, parcheggiò con calma, tirò il freno a mano. Poi armeggiò su una leva dietro lo schienale del mio sedile e lo reclinò.

«Tiralo fuori, devo fare tutto io?».

Annaspai goffamente con la cintura e la zip. Lui mi prese in mano il cazzo moscio e cominciò a masturbarmi senza alcun risultato apprezzabile. Restava moscio. Poi si abbassò su di me e lo prese in bocca. Succhiava con grande impegno, gorgogliando e si interrompeva per mugolare qualche oscenità da puttana, ma non riuscivo a eccitarmi. Pensai a Circe, a Parvati e a tutte le donne che conoscevo, ma la realtà di quella barba sottopelle che mi sfregava le cosce era più forte della mia immaginazione. L'unico risultato che ottenne fu quello di riempirmelo di saliva. Alla fine rinunciò e si tirò su.

«Come marchettaro sei proprio una frana...», commentò con ironia.

Alzai le spalle e mi frugai in tasca alla ricerca dei soldi. Mi bloccò con un gesto.

«Lascia perdere... Anzi senti un po', hai fame?».

«Un po'». Era un periodo nero. Un pasto alla mensa il giorno prima. Qualche biscotto secco a colazione. Acqua di fontanella. Fine del menù.

«Comprati qualcosa da mangiare. Magari la prossima volta sarai più in forma». Mi allungò altre ventimila. Feci per rifiutare, ma me le ficcò in mano di forza. Sentii muscoli guizzanti sotto la manica della polo.

«Come ti chiami?»

«Lupo».

«Bel nome. Dai retta, Lupo, lascia perdere le marchette, mi sa tanto che non ci sei tagliato. E adesso, se permetti, vado a cercarmi un frocetto come si deve, visto che con te non mi sono cavato la voglia». Mi allungò un buffetto paterno sulla guancia e scesi dalla macchina. Lo incontrai di nuovo, un paio di volte: non mancò mai di darmi qualche soldo, non fece più avance. Chiacchierava del più e del meno ma non mi chiese mai nulla di veramente personale. Non voleva sapere chi ero o da dove venivo. Ebbi l'impressione che avesse capito qualcosa di me, ma non volesse indagare. Ad ogni modo, accettai il consiglio e respinsi tutte le altre profferte frociastiche che mi piovvero addosso nei miei vagabondaggi. Non era il mio ramo. Per mantenermi dovevo rubare o lavorare.

La nostalgia di Tamoa pungeva come una stilettata, la sete di vendetta era sale su una piaga aperta. Piangevo e bestemmiavo. Cercai di rintracciare il gruppo di spacciatori che ci aveva aggredito sull'argine del fiume, ma non avevo indizi né tracce. Nemmeno un nome o un soprannome. Solo qualche ricordo smozzicato di quella battaglia feroce, tra coltellate, schizzi di benzina e colpi di pala. I tossici che avvicinavo scuotevano le spalle, nessuno mi dava uno straccio di informazione. Vagai senza meta e senza risultato nei giri dello spaccio al dettaglio. Cercavo soprattutto il tizio alto e smilzo, quello che avevo pugnalato alla spalla, l'unico di cui mi ricordassi bene. Niente.

Aspettavo. Parvati era la chiave di tutto, anelavo di incontrarla per ricostruire un legame, un filo di continuità con la mia vecchia vita assieme a Tamoa. Non pensai neanche per un istante che potessero aver ucciso anche lei. Non mi venne in mente o, forse, respinsi fin dal principio quel pensiero orrendo, gli impedii di materializzarsi nella nebulosa della mia mente.

Ero sempre in movimento. Dormivo dove capitava, su una vecchia coperta che avevo rimediato non so dove.

Camminavo per ore. Quasi ogni notte tornavo al vialone delle puttane e rimediavo qualche spicciolo per i miei piccoli servizi. Una notte inseguii, assieme a due magnaccia, un gruppo di imbecilli che avevano circondato le zoccole lanciando bottiglie vuote e insulti. Non li acchiappammo, per loro fortuna, ma i magnaccia cominciarono a considerarmi uno di loro anche se non avevo neanche una donna da sfruttare o, come dicevano loro, da proteggere. In compenso avevo creato un piccolo servizio d'informazione: chi avesse incontrato Parvati doveva avvisarmi subito. Attesi invano. La gente di strada si fa i cazzi suoi.

La mia immagine riflessa in una vetrina mi fece sobbalzare. Ero smagrito, irsuto, coperto di stracci e sembravo più vecchio di dieci anni rispetto al giorno della partenza. Ma potevo mimetizzarmi abbastanza bene nell'ambiente delle zecche, dei ragazzi di sinistra che ci davano dentro nel vestirsi da straccioni. La differenza stava tutta nell'odore e nella patina di luridume che si era depositata stabilmente sulla mia pelle e sui miei vestiti. Rimediai con una frequentazione periodica delle rive del fiume. Nuotavo, lavavo gli abiti con un vecchio pezzo di sapone duro come una pietra e li facevo asciugare al sole su un vecchio barcone abbandonato che galleggiava tristemente, semisommerso, ancorato a rugginose, lasche catene ondeggianti. Quel posto mi restituiva un minimo di pace. Iniziai a trascorrerci parecchie ore, pigro come un coccodrillo, ingannando il tempo in lunghe chiacchiere oziose coi frequentatori abituali del fiume. Un vecchio legnoso che pagaiava di buona lena su una barca lunga e acuminata per un paio di ore al giorno e, finito l'allenamento, si fermava sempre a fumarsi un mezzo toscano, un pancione con un merlo che vomitava torrenti di oscenità e Vulcano, un tizio pazzesco che girava la città in sella a un motorino rosso con un gabbiano legato a una corda che svolazzava in parallelo, senza mai distanziarlo né restare indietro. Portava una grossa cintura di pelle da gladiatore, irta di borchie metalliche su una vecchia tuta da meccanico tinta di nero, era completamente fuori di testa ma non era pericoloso. Ogni due o tre giorni portava il gabbiano, che si chiamava Spartaco, sull'argine «per fargli respirare l'aria di fiume, altrimenti si intristisce», lo lasciava libero e lo aspettava sfogliando un giornale di due o tre giorni prima. L'uccello tornava, puntuale, dopo un'oretta di libera uscita, Vulcano gli assicurava la cordicella a una zampa, se lo caricava in spalle e se ne ritornava al suo motorino. Un giorno non tornò più. Non seppi mai cosa gli era successo. Forse Vulcano era crepato e Spartaco se n'era tornato coi suoi amici pennuti. A volte, quando non avevo proprio un cazzo di meglio da fare, mi divertivo a osservare i gabbiani che planavano in picchiata per pescare, ma non lo riconobbi mai. Del resto erano tutti uguali. Molti anni dopo avrebbero imparato a cibarsi di rifiuti diventando enormi, dei giganteschi topi bianchi con le ali che volteggiavano sulle discariche, ma allora erano ancora uccelli marini predatori snelli e slanciati che evocavano immagini di navi, oceani e libertà. Qualche tempo dopo, spinto da una fame lancinante, ne accoppai uno con una pietrata, lo spennai, lo svuotai delle viscere e lo arrostii su un fuoco da bivacco. Era immondo.

Capitolo 3
Rimorso

L'odore mi colpì come una frustata. Non era sgradevole ma pungente, acre, esotico. Letame e foresta. Elefante. Li avevo visti solo al circo. I miei mi avevano portato allo zoo una sola volta, a sei anni, ma le sensazioni incrociate di rabbia, disperazione, noia e nostalgia che mi assalivano dalle gabbie m'avevano fatto scoppiare in singhiozzi e da allora avevo sempre girato al largo da quella prigione. Pa' si era convinto di avere un figlio fifone, che aveva paura degli animali e se l'era presa con Ma' che mi viziava troppo. Avevano litigato fino all'alba mentre io li spiavo da dietro una porta. Bei tempi.

Seguii l'odore, annusando come un cane. Mentre mi avvicinavo se ne aggiunsero altri: quello aspro, marrone scuro, dei grossi felini, quello dolciastro e grigio delle scimmie e qualcosa di laido, viscido e biancastro che non riuscii a identificare fino a quando, giorni dopo, capii che proveniva da un coccodrillo morente semiafissiato nella sua piscinetta d'acqua muffita.

Tendoni calcinati dal sole, uno spiazzo di polvere battuta, qualche vetusta roulotte, camion con teli colorati ormai sbiaditi e un gigantesco pupazzo che raffigurava un clown con un ghigno feroce che avrebbe dovuto simulare un'espressione allegra e bonaria. Benvenuti al circo Balù.

Gli inservienti avevano appena montato i tendoni e stavano sistemando le gabbie degli animali. Individuai l'elefante, un gran testone spelacchiato che dondolava a destra e sinistra, zanne troncate, ginocchia rugose, da vecchio, grandi occhi malinconici. Non emanava alcun alone di infelicità, sembrava solo contento che il viaggio fosse finito. Mi avvicinai alla gabbia e una specie di cazzo gigante si sporse attraverso le sbarre e mi si posò sulla spalla. La sommità della proboscide era morbida e umida, sorprendentemente delicata. Senza pensarci la accarezzai. Sembrava la testa di un neonato.

«Ehi, sei scemo? Guarda che gli fai male». Mi girai di scatto, pronto alla lotta e mi trovai davanti un tizio alto, con una gran criniera di capelli corvini e una divisa da fatica che una volta doveva essere stata rosso fiamma. Aveva più o meno la mia età.

«Non gli faccio niente, lo stavo solo accarezzando», protestai. Tutto il mio corpo era un arco di aggressività. Yussuf, al mio fianco, scoprì i denti in un rictus di ferocia. Lo tranquillizzai con un brontolio.

«Ok, non t'incazzare», il tizio si avvicinò alla gabbia e prese, lentamente, ad accarezzare a sua volta la proboscide, «Mogul è buono, ma è un po' frescone e la gente gli fa ogni genere di scherzi idioti. Gli danno chiodi, sassi, perfino cicche accese. Lui è avido, ingoia tutto e rischia di farsi male. Pensa che qualche mese fa ho beccato dei ragazzini che avevano nascosto una lametta in una mela e stavano per dargliela da mangiare, ma ti rendi conto?»

«Be', io non lo farei mai. Amo gli animali».

«Ok, scusami», mi tese la mano, «sono Orfeo, il figlio del titolare che, tra l'altro, è quasi sempre troppo sbronzo per lavorare. Imprenditore e giocoliere. Tu chi sei?»

«Lupo».

«E poi?»

«Lupo e basta» accennai al cane, «lui è Yussuf».

«E cosa fai di bello, Lupo?»

«Niente di particolare... Vado in giro».

«Stai cercando lavoro?»

«Io... No, perché?»

«Così... Due giorni fa un inserviente si è rotto una gamba provando a imitare gli acrobati, quell'imbecille, e siamo rimasti senza un uomo. Siamo appena arrivati e c'è un sacco da fare, così, se la cosa poteva interessarti...».

«Ma non mi conosci».

«Sembri uno giusto. Mi fido», indicò l'elefante, «piaci anche a Mogul, si vede».

«Che c'è da fare?»

«Be', niente di complicato. Pulire le gabbie, dare da mangiare agli animali, aiutare a montare e smontare tutto. Distribuire il foraggio. Stare alla cassa durante gli spettacoli. Ah, poi c'è la sfilata, la parte più divertente. Prendiamo l'elefante, i cammelli e le zebre, ci mettiamo in tiro e andiamo in giro distribuendo inviti e biglietti omaggio».

«Ma non è stagione morta per un circo?».

Alzò le spalle. «È solo una tappa, di solito, in questo periodo, stiamo nei paesi di mare. Ma sotto Natale le grandi città se le prendono i grossi, a noi restano questi ritagli qui».

Riflettei un attimo. Non avevo grandi alternative. La cattedra all'Università poteva aspettare.

«Ok, accetto».

Mi tese nuovamente la mano.

«Ok, Lupo, sei assunto. Prendi il tuo bagaglio e ti faccio vedere dove puoi dormire».

«Non ho bagaglio».

«Va bene... Ecco, comunque ti puoi sistemare in quel carrozzone lì. Intanto puoi dare una mano a scaricare la roba... E a proposito, dimentichi qualcosa?»

«Cosa?»

«Non hai chiesto quant'è la paga».

«Quant'è la paga?»

«Ventimila a settimana più vitto e alloggio».

«Ci sto».

Il circo faceva veramente pena. In compenso era governato da una gerarchia feroce. Al vertice, gli artisti, che, coi loro costumi sbrindellati e ricuciti che perdevano paillette e bottoni dorati, se la tiravano come star internazionali. Acrobati, giocolieri e contorsionisti si davano un sacco di arie e non li sopportavo proprio, mentre provavo una qualche affinità coi domatori. Sentivo che gli animali li amavano. Tutto quello schioccare di fruste, grugni incazzati e urla da Tarzan erano pura scena, buona per il pubblico. L'elefante, i cammelli, le due tigri, le scimmie cicliste, il leone Simba e gli altri felini lavoravano solo per i premi, le coccole e i bocconcini. Nessuno costringe una belva a fare il pagliaccio, se non vuole: bisogna convincerla con le buone. C'era molta meno rabbia e violenza in quelle gabbie da addestramento che nelle celle desolanti e asettiche del giardino zoologico. Amavo soprattutto Luz e Paz, i due candidi cavalli lipizzani che si esibivano in uno splendido balletto sincronizzato. Animali maestosi, quasi sovrannaturali, pieni di grazia e di poesia, accettavano uno zuccherino, una carota o una semplice carrozza con gratitudine e umiltà.

Dopo il direttore, i clown e gli artisti in genere venivano i servi di scena e poi gli uomini di fatica, in ordine di mansioni e di anzianità. Io, ovviamente, ero più in basso di tutti, più o meno al livello di una merda di zebra. Ma nessuno provava a fare il duro, forse perché emanavo ondate di rabbia omicida repressa. Tutti si limitavano a farmi sgobbare come un mulo e ignorarmi. Mi stava benissimo. Niente vita sociale, niente cameratismo. Mangiavo da solo, in disparte e poi andavo a sdraiarmi nel capannone mentre gli altri tiravano tardi cantando, raccontandosi un mare di cazzate e trincando Sambuca ghiacciata. Ero il paria ufficiale di quel piccolo mondo di reietti.

Orfeo, dopo il primo incontro, non lo vedevo quasi più. Metà del giorno se ne stava rintanato in "ufficio", la vecchia roulotte del padre sbornione, a fare e rifare i conti e l'altra metà si esercitava di continuo nei suoi numeri di giocoliere, facendo roteare in aria birilli, torce accese e perfino asce. Una volta ne presi in mano una e rimasi stupito nel constatare che, anche se non era affilata come un rasoio, tagliava abbastanza da spaccare una testa o troncare un braccio.

«Dì, ma non hai paura di farti male con questi aggeggi?»

«Ho cominciato da piccolo... Non c'è problema». In quel momento lo invidiai con tutto me stesso. Aveva una passione, uno scopo nella vita, sapeva fare qualcosa e ne era fiero... Io non concludevo un cazzo, andavo alla deriva e quel poco che avevo imparato da Tamoa non mi serviva neanche a cucinarmi una zuppa come si deve. Forse era veramente il momento di tornare a casa. Scacciai il pensiero molesto e andai a pulire la cacca dei cammelli.

Orfeo aveva ragione. La sfilata era da sballo. Mi davano una divisa rosso fiamma piena di alamari e passamanerie, a metà tra un colonnello degli ussari dello Zar di tutte le Russie e il tamburo principale della banda d'Affori, quello che comanda cinquecentocinquanta pifferi (una stronzata di canzoncina in milanese con cui Ma' m'aveva lardellato i coglioni per anni). Mi stava larga e lunga ma rimediavo a forza di spille da balia. Un domatore con un gran turbante prendeva posto su Mogul che, dondolando la proboscide, apriva un solenne corteo di cammelli, zebre, i due lipizzani e, in coda, un piccolo pony obeso che era la mascotte del circo, montato all'incontrario da un clown. Io, ovviamente, ero solo una comparsa, me ne restavo ai lati della parata a distribuire inviti omaggio per le signore accompagnate da un uomo e buoni sconto per i bambini. La gente che non poteva permettersi di andare al mare ed era rimasta a calcinarsi le palle in città non mancava di assistere allo spettacolo, ammirata e, tra i ragazzini, si levava anche qualche applauso. Fingevo di ignorare le battute idiote sul pisello di Mogul o le poppe della domatrice di cavalli, sorridevo, ringraziavo. Se non altro non dovevo sporcarmi di merda fino al ginocchio come quando pulivo le gabbie.

Dare da mangiare agli animali era un'altra faccenda, soprattutto con le belve. Simba accettava solo il suo do-

V

matore, mi accoglieva sempre con una sopportazione che sfiorava la ferocia. Depositavo nella sua greppia grossi pezzi di carne sanguinolenta e me la squagliavo. Idem con Gengis e Sheila, le tigri del Bengala nate entrambe in cattività. La pantera, Begheera, invece emanava benevola curiosità e un giorno fui quasi tentato di accarezzarla come un gattone, ma saggiamente trattenni la mano. Forse è per questo che ne ho ancora due.

Mangiavo gratis, recuperavo un po' di peso e, settimana dopo settimana, badavo a risparmiare giudiziosamente le ventimila che ricevevo da Orfeo (scoprii solo in seguito che la paga base era di trentamila). Avevo bisogno di una riserva di contante, anche se non sapevo ancora a cosa mi sarebbe servita.

Due settimane dopo il mio demone personale mi afferrò alla gola.

Avevo litigato con Basil, l'uomo caucciù che mi aveva fatto sentire una merda di mosca davanti a tutto il circo. Nessuna voce in mio favore. Sghignazzate represse e risatine sulla mia umiliazione. Folle di rabbia, avevo trattenuto l'impulso di scaraventarmi su quel gommoso imbecille e impastarlo a forza di testate, avevo girato sui tacchi e me n'ero andato, tallonato come sempre da Yussuf. Ore e ore di vagabondaggio solitario, dolore e incazzatura, il ricordo di Tamoa come una lama nel fegato, la vergogna di non far nulla per cercare i suoi assassini, un pizzico di rimorso per l'angoscia che infliggevo ai miei con la mia assenza e il mio silenzio. Cercai la soluzione in una boccia da due litri di rosso toscano che doveva contenere più zucchero e metanolo che uva. Trovai solo una follia di cui ancora mi pento.

Tornai a notte fonda e passai davanti alla gabbia di Simba. Fu l'ispirazione immediata che solo il diavolo custode ti può dare. Trovare le chiavi fu questione di due minuti. Aprii prima la gabbia del leone, poi quella di Sheila e Gengis e infine quella di Paz e di Luz, i due lipizzani che m'avevano addolcito il cuore e che stavo mandando, con stupida crudeltà, incontro alla morte. Arretrai e aspettai. Non accadde nulla. Spalancai la porta delle gabbie a rischio della vita, ma quelle stupide belve rimasero imperterrite a sonnecchiare senza approfittare della libertà che stavo offrendo. Avevo immaginato una catastrofe di sangue, urla e ruggiti, un pandemonio di allarme e di paura e restavo come un idiota nel buio e nel silenzio. Furono i due cavalli a muoversi per primi. Esitanti, si avviarono al passo sul piazzale, due fantasmi eleganti illuminati dalla luna. Poi Simba uscì maestosamente dalla gabbia, sbadigliò, si stirò e si guardò attorno frustando l'aria col pennacchio che gli ornava la coda. Uno dei cavalli nitrì di terrore, annusò l'odore del pericolo e galoppò via. L'altro lo seguì a ruota, abituato al lavoro di coppia. Quella caricatura di leone non li degnò di uno sguardo e se ne tornò dentro. Delusione e sbronza mi stesero come un pugno. Non so come ma arrivai al mio carrozzone, non so come riuscii ad addormentarmi in un momento simile ma ricordo perfettamente quando mi svegliai.

Tutti urlavano e imprecavano, correndo avanti e indietro senza meta. Le sirene mi trapanavano la testa e aggiungevano dolore ai colpi ritmati del doposbronza. Ero completamente vestito e sgusciai fuori, invisibile nella confusione generale. Diluviava. Una piccola folla

V

era radunata su un muretto a un angolo e osservava con grande animazione cosa stava succedendo dalla parte opposta della strada. Correndo, quasi inciampai in un ammasso di carne dilaniata che stillava ancora sangue. Riconobbi con orrore il mantello candido di uno dei cavalli. Corsi.

«Dove cazzo vai, imbecille? C'è la tigre», mi urlò un carabiniere congestionato che impugnava una mitraglietta. Con un salto, fui anch'io sul muretto fradicio dove si assiepava un gruppo di curiosi, giornalisti e fotografi che cercavano di ripararsi dall'acquazzone con giornali fradici e buste di plastica. Solo allora mi girai e la vidi.

Sheila, enorme e minacciosa, era accoccolata sul cofano di un'utilitaria arancione. Aveva tre o quattro freccette che le penzolavano dalla groppa: i dardi narcotici che un veterinario le sparava a distanza con una lunga cerbottana. Almeno per il momento sembrava che non facessero alcun effetto. La belva era sveglissima. Gli inservienti del circo le stavano costruendo attorno, con gran circospezione, una gabbia con i pezzi che usavano per il corridoio mobile che portava alla pista del circo, durante gli spettacoli. Lei protestava con qualche ruggito pigro. Un altro dardo la centrò al sedere, vicino all'attaccatura della coda, ma la fiera sembrò non accorgersene neanche. Proprio in quel momento, da una finestra di fronte, si affacciò un panzone in canottiera che cominciò a berciare: «La macchina, cazzo, quella è la mia macchina. Levate quella tigre di merda dalla mia macchina, stronzi». Risate generali. Il ciccione continuò a sbraitare per un pezzo mentre i fotografi impazzavano e la folla cresceva. Qualcuno applaudì, ma la faccenda stava diventando noiosa.

A neanche trecento metri di distanza, una scena molto più movimentata. Un drappello di almeno cinquanta carabinieri, armi in pugno, stava finendo di circondare un boschetto striminzito e pencolante da dove si levavano i ruggiti di sfida di Simba. Feci per avvicinarmi, ma un militare mi sbarrò il passo e mi spintonò indietro senza tanti complimenti. «Dove credi di andare? Fuori dai piedi».

La rabbia smisurata del leone, la furia suicida alimentata dal sangue del cavallo, la decisione irremovibile di non tornare più in gabbia mi aggredivano a ondate, mi strangolavano assieme al rimorso e all'impotenza. Con le lacrime agli occhi vidi un giovane ufficiale con due o tre stellette sulle mostrine prendere il comando del plotone d'esecuzione. Era uno spettacolo affascinante e terribile. I carabinieri avanzavano in sincronia, al ritmo dei comandi militari.

«Avanti». Il cerchio si strinse di qualche altro metro.

«Puntate». Mitra e moschetti si allinearono all'unisono verso il centro del boschetto, dove si intravedeva la macchia color savana di Simba, ormai condannato senza appello. Il mio urlo di disperazione fu sovrastato dal terzo grido dell'ufficiale.

«Mirate». Un attimo di pausa, silenzio assoluto.

«Fuoco», la scarica mi fece sobbalzare.

«Fuoco a volontà». Altre detonazioni in ordine sparso, una nuvoletta di polvere da sparo. La macchia era rimasta dov'era. Per un attimo, stupidamente, pensai che Simba fosse rimasto illeso, che fosse passato indenne attraverso quel vespaio di proiettili, che ce l'avrebbe fatta, che ne sarebbe uscito. I carabinieri ricaricavano le armi.

V

Passò una mezz'ora buona. Nessun rumore dal boschetto. Nessuno osava avvicinarsi. L'ufficiale parlava freneticamente a una radio portatile. Poi tirò un gran sospiro e ordinò a tre uomini di seguirlo. L'odore della loro paura era più forte di quello della cordite. Le quattro divise scure si incamminarono esitanti, raggiunsero a passi felpati i margini del boschetto, si fermarono circospette. Poi spararono altre due scariche. L'ufficiale ripose la pistola nella fondina, si fece dare un mitra e si avvicinò ancora di più al gran corpo crivellato steso a terra. Capii che stava vivendo il suo momento di gloria, l'avventura con cui avrebbe tormentato per anni moglie, figli e nipotini, che l'avrebbe reso insopportabile ai colleghi fino alla promozione a colonnello. Pronto alla fuga, si accostò al leone morto e gli maciullò il cranio con una raffica a bruciapelo. Corsi via singhiozzando e maledicendomi e mi ritrovai ancora sul muretto, incapace, mio malgrado, di allontanarmi da quell'orrore che avevo creato, inconsapevole del rischio che correvo se mi avessero riconosciuto e acciuffato. Ma nessuno badava a me. Il panzone continuava a sacramentare dalla finestra, la tigre cominciava a manifestare qualche sintomo di narcolessia, sbadigliava e scuoteva il testone come per scacciare il sonno. La folla cresceva. Solo allora a qualcuno venne in mente di far sgomberare tutti. Imprecando, giornalisti, fotografi e curiosi scesero dal muretto e furono sospinti molto più indietro. Intravidi da lontano l'uomo caucciù che guardava nella mia direzione, girai sui tacchi e fuggii, abbandonando la tigre e il circo al loro destino.

Capitolo 4
Schiavitù

«Che cerchi?»

«Mi hanno detto che qui si può trovare lavoro... Insomma, ho bisogno di guadagnare qualcosa».

Il commerciante era un armadio con una coppola di traverso e basettoni a mezza guancia. Più che un grossista di frutta sembrava un boss della camorra. Forse era tutte e due le cose. Si chiamava Anteo. Mi soppesò con lo sguardo.

«Non mi sembri in gran forma... Scaricare le cassette è una cosa per gente tosta».

Ero pelle e ossa. Periodo nerissimo.

«Sono forte. Sono resistente. Mettimi alla prova, che ti costa?». Tentai di non dare alla voce un tono di supplica. Difficilissimo.

«Va bene, mettiti in fila con gli altri davanti a quel camion. Diecimila a mattina di lavoro. Ma se batti la fiacca ti caccio a calci in culo». Ringraziai doverosamente per quell'incoraggiante benvenuto e mi misi al lavoro.

Il mercato era ancora completamente immerso nel buio. Avevo sentito parlare di quel lavoro parecchie volte, ma di solito i barboni non ci provavano neanche. Troppo vecchi, stanchi, pigri o malati. Per me andava benissimo.

Scaricai le cassette per ore. Era micidiale. Il legno tagliava come acciaio, mi scarnificava le spalle ossute, mi piagava la base del collo. Il peso mi faceva piegare le ginocchia e un paio di volte, mettendo giù le cassette piene di pomodori o zucchine, sentii una fitta al basso ventre e pensai che mi sarebbe uscita un'ernia. I miei compagni di lavoro, massicci come cavalli da tiro, grugnivano e sbuffavano sotto il carico. Andare e venire, andare e venire. Carica, scarica. Finalmente intascai le diecimila, corsi nel primo bar aperto e mi ingozzai ferocemente: due pizzette, un tramezzino al tonno e due cappuccini. Mi sembrava di svenire dalla fame. Quella sbobba mi rimase sullo stomaco e poco dopo vomitai un groppo nauseabondo di schiuma di latte, maionese e filamenti di prosciutto.

Lavorai al mercato per due settimane di fila. Gli altri cominciarono a guardarmi con una certa ammirazione perché, nonostante la taglia minuta, facevo la mia parte e non mi lamentavo mai. Le mani mi si riempirono di minuscole schegge di legno, poi di piaghe e infine di calli. I miei compagni di lavoro mi insegnarono a prepararmi in anticipo un pasto decente con salumi o formaggio e mi indicarono un paio di ristorantini dove, per sette o ottomila lire, si poteva mangiare una montagna di spaghetti alla carbonara con mezzo litro di vino e una microscopica fettina di carne per secondo. Approfittai per chiedere un po' a tutti se avevano conosciuto Tamoa. Nessuno l'aveva mai visto, poi...

«Un tizio secco, col nasone e il codino?». Rosso era un tizio rosso, con ciglia setolose da maiale, pancia e lentiggini da irlandese. «Mi sa tanto che l'ho incontrato qualche anno fa. Anche lui ha scaricato le cassette per un po'. Mi sembrava straniero ma non so di dove... Ma non si chiamava, come hai detto?»

«Tamoa»

«No, proprio no... Una volta ha detto di chiamarsi Leo, qualcosa così... Laozù, ecco, adesso mi ricordo. Era un nome veramente del cazzo, ma ho evitato di far commenti perché il tuo amico, secco com'era, sembrava uno che era meglio non fare incazzare».

«Laozù?»

«Già».

«E senti... Magari ti ha detto se qualcuno ce l'aveva con lui, se lo stavano cercando?»

«No, niente del genere. Parlava poco anche se era sempre gentile con tutti. Ma perché, che gli è successo?»

«L'hanno ammazzato».

Allargò le braccia. «Mi dispiace».

«Magari hai visto una donna con lui? Una bella bruna con una faccia da indiana. Si chiama Par...», non proseguii perché ormai avevo capito che Tamoa e Parvati cambiavano nome come cambiavano posto, di continuo.

«Niente donne. Stava per cazzi suoi. Lavorava, prendeva i soldi e se ne andava. Un po' come te... Di', ma era un tuo parente?», proseguì con una lievissima nota di compassione, «non era mica tuo padre, per caso?»

«Era molto di più».

Feci scendere il gettone nella feritoia, composi il numero e riagganciai subito. Mi allontanai dalla cabina con una stretta alla gola, girai in tondo con Yussuf che mi fissava perplesso, tornai dentro. Una signora si era impossessata del telefono e cicalava allegramente. Vide il mio viso attraverso il vetro lurido, si affrettò a riagganciare e sfarfallò via.

Composi ancora il numero. Cuore a mille. Stille di sudore.

«Pronto?», era lui, maledizione. Trassi un respiro profondo.

«Pronto, pronto, chi è?», la voce divenne stridula, poi implorante, «Lapo sei tu? Lapo, ti prego, TI PREGO non fare così... Parlami, di' qualcosa, stiamo morendo d'angoscia. Dove sei? Cosa fai?», ormai stava piangendo ma seguitava a parlare sperando di farmi uscire dal silenzio. «Lapo, ti scongiuro non farci questo. Non sparire ancora. Dimmi dove sei, ti vengo subito a prendere, qualunque cosa hai fatto non importa, Lapo, sto impazzendo di dolore, Lapo, ti supplico, ti voglio tanto bene, Lapo...».

«Sto bene Pa', non cercarmi». Riagganciai maledicendo il mondo. Solo dallo sguardo compassionevole del cane capii che stavo piangendo.

Tornai al mercato. Il lavoro mi sfiniva ma leniva l'angoscia; il dolore fisico, i muscoli atrofizzati, le mani sanguinanti scacciavano dolore e rimorso. Una mattina un tizio appena arrivato inciampò e la cassetta che stava reggendo sulle spalle gli si abbatté di taglio sul piede come una scure. Urla di dolore e orrore, l'osso frantumato che sporgeva dalla pelle, il sangue, la paura negli occhi di tutti. Anteo accorse, bestemmiando. Poi recuperò la calma. Si chinò sul ferito che tremava tutto, guardando quello che restava del suo piede con orrore e gli parlò soavemente all'orecchio. Poco a poco, quello si calmò. Anteo seguitò a parlare, gli dette un bacetto sulla guancia, trasse un portafogli gonfio e slabbrato, contò quattro grosse banconote e le ficcò in tasca all'infortunato che annuì, riconoscente. Sembrava che il dolore gli fosse passato all'istante. Soldoterapia.

Anteo abbaiò qualcosa e un istante dopo una grossa macchina straniera si fermò vicino al ferito. Due tizi scesero e, con cautela, lo depositarono sul sedile posteriore. Un breve conciliabolo poi uno si mise al volante e la macchina ripartì verso l'ospedale più vicino. Decisi che, da quel giorno, mi sarei arrangiato in un altro modo, ci tenevo troppo ai miei piedi. Ma la fame e la miseria mi costrinsero comunque a tornare, ogni tanto, a quel lavoro infame.

L'estate finiva con una serie di spaventosi temporali, come le ultime, caotiche esplosioni di uno spettacolo di fuochi d'artificio. Ero sempre zuppo, tossicchiavo e i miei vestiti si coprivano di muffe. La pelle, tra le dita dei piedi, era piagata e sanguinolenta e camminare mi costava una fatica d'inferno. Invidiavo l'imperturbabilità di Yussuf che neanche si riparava dalla pioggia e lappava, felice, l'acqua delle pozzanghere. Avevo bisogno di un riparo. Colto da una sorta di folgorazione, tornai alla baracchetta di Tamoa, sul greto del fiume, con la speranza di trovarci Parvati. Un deserto. La bonifica di cui mi aveva parlato l'operaio, evidentemente, si era fermata al marciapiede, sotto era più o meno come prima. Le erbacce erano state tagliate ma cominciavano a ricrescere e, coi primi acquazzoni, si sarebbero trasformate in una piccola foresta.

La casupola non esisteva più, ma in compenso tutt'intorno era pieno di tavole in buono stato, bastoni, pezzi di bandone. Decisi di costruirmi una casupola per conto mio e feci le cose come si deve. Comprai chiodi e un grosso martello che sarebbe stato efficacissimo come arma (anche se custodivo gelosamente la molletta, affilatissima) e mi misi al lavoro di buona lena, solo per scoprire che non ci si può improvvisare carpentieri da un giorno all'altro. Inchiodai, tagliai, legai, fissai con spago e altri chiodi, poi contemplai quel quadrato sbilenco e pencolante che avevo costruito, distrussi tutto e ricominciai da capo. Ero così preso che mi dimenticavo perfino di mangiare. Dopo dieci giorni ottenni finalmente un ricovero passabile, col pavimento in terra battuta dove stesi la mia lurida coperta e il tetto di lamiera ondulata passabilmente impermeabile. Previdente come la formica della favola tappai ogni interstizio e ogni fessura con buste di plastica e pezzi di compensato. Avevo aperto una porta che girava sui cardini e che chiudevo con un lucchetto e una catena, anche se sarebbero bastati quattro calci bene assestati a far crollare tutto. Detti fondo alle mie finanze e comprai una piccola pentola, una padella e qualche stoviglia, poi mi costruii una sorta di fornello esterno, con quattro mattoni, per cucinare sul fuoco. Smisi di nutrirmi solo di robaccia da bar e rosticceria, cominciai a preparare piatti di pasta che condivo con sughi al pomodoro, uova bollite, frittate, verdure lesse. Una volta decisi di far provviste e dopo poche ore la busta di plastica che avevo eletto a dispensa brulicava di formiche. Imparai a comprare il cibo giorno per giorno, attingendo, come faceva Tamoa, agli scarti dei mercati. Continuai a bere ma con moderazione, non oltre una bottiglia di vino a sera. Tra gli spiccioli dei magnaccia e qualche sporadica mattinata al mercato, raggranellai abbastanza soldi per comprarmi una piccola pala simile a quella di Tamoa che usavo per scavare una buca diversa, ogni giorno, per seppellire i miei bisogni. Era una vita elementare ma appagante. Camminavo senza meta, facevo mille lavoretti e continuavo metodicamente a cercare Parvati. Rispetto al sudiciume dei marciapiedi o alla laidezza dei ricoveri di carità ero un principe o un eremita. Yussuf andava e veniva come sempre, perfettamente autosufficiente.

Non avevo futuro né progetti, se non quello di scoprire chi aveva ucciso Tamoa. L'idea della vendetta era vaga, inconsistente: volevo soprattutto sapere cosa gli era successo e l'unica persona che poteva dirmelo era Parvati. Il suo viso divenne un'ossessione, il suo ricordo un tormento. Mi masturbavo tutte le notti ricordando le uniche due volte in cui avevamo fatto l'amore. Una sera, ubriaco e febbricitante, pensai di tornare a casa, pensai alla gioia di Pa', alle lacrime di Ma', alla mia vecchia vita, tranquilla e protetta, che riprendeva come prima, ma capii subito che non era possibile. Non ancora. Non senza aver saputo. Libertà e solitudine mi avevano agganciato come una droga.

L'inverno arrivò come un treno.

Il giorno prima avevo caldo, quello seguente rabbrividivo nei miei vestiti leggeri, tremavo sul pavimento gelido della baracchetta stringendomi addosso inutilmente la mia misera coperta tutta buchi, mi raggomitolavo con le mani strette tra le cosce tentando di scaldarmi da solo. Una tosse secca e insidiosa e qualche linea di febbre mi convinsero che, se non rimediavo alla svelta qualche soldo per comprare indumenti caldi e un giaciglio come si deve, non sarei sopravvissuto a lungo. Dal fiume si levavano ondate di umidità e volute di nebbia che avvolgevano tutto e nascondevano sporcizia e desolazione ma non ero dell'umore adatto per gustarmi la poesia di quel paesaggio fatato. Yussuf era una sfinge.

Andai a lavorare al mercato per due mattinc di seguito, ma scaricare le cassette con le mani intirizzite era una tortura e quello che guadagnavo lo spendevo in pasti sostanziosi per recuperare energia e calore. Rosso si impietosì e, una mattina, arrivò con un vecchio giubbotto imbottito di finta pelle che mi stava addosso come un cappotto, con le maniche che nascondevano completamente le mani, ma che mi proteggeva efficacemente dalla tramontana e dalla pioggia. Aggiunse un cappello da sciatore con incongrui disegni rossi e un grosso pompon che svettava orgogliosamente sul cucuzzolo. Protestai debolmente, ma agitò una mano col gesto di scacciare una mosca.

«Il giubbotto non mi sta più. Il cappello è veramente schifoso e mia moglie voleva buttarlo via. Mettiteli e non rompere i coglioni».

«Ma... potresti venderli. Senti, facciamo così: appena posso te li pago. Dimmi quanto possono valere».

Dal suo sguardo ferito capii di aver commesso una gaffe imperdonabile. Ormai era fatta.

«Perché mi vuoi offendere? Siamo gli ultimi, noi. L'unica cosa che ci resta è la dignità e tu mi tratti così», si lamentò.

Abbassai la testa arrossendo e capii che per rimediare dovevo parlare col cuore.

«Mi dispiace Rosso. Sono un idiota. Perdonami. Ti ringrazio. Sei un amico».

Mi guardò in tralice, ancora indignato poi si rilassò. Temetti che mi avrebbe abbracciato, ma si limitò a darmi un pugno scherzoso sulla spalla. Avevo imparato l'unica regola della strada che Tamoa si era dimenticato di insegnarmi: un favore non si rifiuta mai, un aiuto non si contraccambia e non si paga. Si accetta.

Finito il lavoro, tagliai via quel ridicolo pompon e me ne andai in giro. Comprai da mangiare e, quando tornai alla baracca per prepararmi la cena, scoprii di non essere più solo. A pochi metri di distanza si era accampato un tizio sui sessanta, sessantacinque anni, completamente calvo, con un gran barbone e un occhio lattiginoso, che stava finendo di fissare un telo impermeabile a quattro sostegni e aveva già ammucchiato a terra alcuni grossi fagotti. C'era un sacco a pelo blu elettrico, quattro o cinque grosse coperte, utensili, pentole varie. Tutto faceva pensare che avesse intenzione di restare lì per un bel pezzo. Aveva vestiti pesanti, abbastanza decenti, almeno rispetto al mio standard. Di certo, in quanto a pidocchi e sporcizia, lo battevo a mani basse.

«Ciao, è tua la baracca? Bel lavoro, uno di questi giorni me ne faccio una uguale. Comincia a far freddo la notte».

«Già, fa freddo», mugugnai irritato. Che diritto avevo di mandarlo via?

«Resterò per qualche giorno, se non ti dispiace... È meglio non stare soli in questo periodo».

«Perché?»

«Non hai sentito? Ci sono dei pazzi in giro che di notte vanno a dar fuoco a quelli come noi. Ma possibile che nessuno te l'ha detto?».

V

Alzai le spalle. Quelli come Rosso erano poveri in canna, ma avevano una casa vera. Che ne sapeva, lui, dei barboni? In strada, nell'ultimo periodo, non avevo stretto grandi amicizie.

«E a te chi l'ha detto?»

«Lo sanno tutti. Duc scttimane fa un tizio che dormiva sul marciapiede in pieno centro è stato bruciato vivo. Poi si è scoperto che era un somalo, un ingegnere nel suo paese o qualcosa del genere che aveva chiesto asilo politico, ma ormai è solo un tizzone. Hanno preso tre ragazzi e una ragazza di buona famiglia ma non c'entrano un cazzo, la polizia vuol far vedere che ha arrestato gli assassini, ma ha toppato di brutto».

«E tu come lo sai? Cosa sei, un cazzo di detective?», riconobbi troppo tardi di essere un gran cafone. Non ci fece caso.

«Perché io li ho visti, quelli veri... Un mese fa stavo con un amico ai giardini e si sono avvicinati per darci fuoco. Erano in cinque, tutti vestiti uguali con dei giubbotti di cuoio e i capelli rasati. Secondo me sono dei nazisti o roba simile».

«E come vi siete salvati?».

Sogghignò. «Ci siamo dati di gomito perché stavamo in campana. Questa storia gira da almeno tre mesi anche se nessuno ne parla. Insomma, abbiamo fatto finta di dormire e, quando sono arrivati a pochissima distanza, siamo saltati in piedi come degli invasati, urlando. Dovevi vedere che facce... Per la sorpresa e lo spavento quello con la benzina è caduto a terra. Noi abbiamo raccolto le nostre cose e via di corsa... Ci è andata bene. Ma se ci trovano un'altra volta siamo fritti, anzi, arrosto», rise senza allegria, «così ho pensato che era meglio nascondermi per un po', magari vicino a qualcun altro per fare la guardia a turno, se sei d'accordo», mi squadrò da capo a piedi, «sembri un tipo a posto, un bel ragazzo forte, coraggioso, potresti dare una mano a un povero vecchierello».

«Certo. Ci aiuteremo a vicenda», gli tesi una mano: «Sono Lupo. E tu?»

«Giobbe».

Diventammo soci.

Giobbe si guadagnava da vivere con un vetusto furgoncino celeste a tre ruote, di quelli senza targa come i motorini, che curava come un figlio e riparava personalmente. Era tutto sbilenco e andava pianissimo, lasciandosi dietro un tornado di fumo, ma, comunque, camminava. Giobbe raccoglieva cartone, metallo, stracci, relitti di bicicletta, copertoni usati e aveva modo di rivendere tutto. Faceva un sacco di soldi. I robivecchi o i proprietari degli smorzi lo accoglievano con garbo, pagavano senza discutere e spesso gli offrivano un cicchetto o un caffè che non rifiutava mai. All'andata io sedevo sul cassone vuoto e al ritorno ci stringevamo sull'unico sedile di guida, sobbalzando a ogni buca e avvallamento.

Al terzo giorno non mi trattenni più.

«Senti un po', Giobbe, ma che ci fai con tutti i soldi che guadagni?»

«Li metto via», sorriso furbo. Sussurro da cospiratore. «A te lo posso dire, ho un bel gruzzolo nascosto in un posto che nessuno può immaginare».

«Ma perché continui a vivere così? Affitta una casa, cazzo ne so, compratela se sei così ricco».

Mi guardò con compassione.

«Sei scemo? I soldi me li conservo per la vecchiaia».

Rimasi a bocca aperta e non fiatai. Cosa credeva di essere, un adolescente? Allo stadio successivo sarebbe stato direttamente un cadavere. Ma ormai avevo abbastanza esperienza per non fare commenti idioti.

Giobbe era a posto. Lavorava tutto il giorno, si manteneva pulito, era amico di tutti ed era profondamente religioso. Non andava mai a messa ma tutte le sere, dopo cena, si inginocchiava e recitava il rosario. A forza di ascoltarlo imparai a memoria le tre serie di misteri dolorosi, gloriosi e gioiosi anche se non mi univo alla litania di pater e avemarie. Dopo la morte di Tamoa soffrivo di impotenza spirituale. Aveva anche un rosario di plastica verde che dondolava appeso allo specchietto retrovisore del furgone e una collezione di santini. Una volta scoprii che mentre guidava biascicava qualcosa senza sosta.

«Cosa blateri? Guarda la strada».

Mi guardò schifato.

«Porta rispetto. È la Preghiera di Gesù».

«Un altro rosario?»

«No, una preghiera che viene dall'Oriente. Bisogna recitare senza sosta poche parole, senza mai smettere, ti protegge... Sei un cazzo di miscredente, Lupo e andrai dritto all'inferno, quando morirai. Io me ne starò su una nuvoletta e ti piscerò in testa».

«Per essere un cristiano sei proprio caritatevole... Comunque, com'è sto abracadabra?»

«Non è un abracadabra è una preghiera. Non sei degno di impararla».

«Eddai, magari scopro la Luce».

Mi guardò in cagnesco. «Signore Gesù Cristo, abbi pietà di me peccatore», recitò.

«Bella... Tamoa avrebbe detto che sembra un mantra».

«Chi è Tamoa?»

«Lascia perdere».

La sua fede, comunque, non gli impediva di allargare l'attività a certe razzie notturne di metallo che fruttavano parecchio. Una notte alla settimana prendevamo con noi martelli, seghe da ferro e tronchesi e andavamo a caccia. Caricavamo sul furgone cancelli, lamiere, materiale da cantiere, qualche bicicletta con tutta la catena che avrebbe dovuto impedire il furto e il giorno dopo le rivendevamo a peso. Proposi a Giobbe di vendere le bici a un mercatino della domenica, ma scosse la testa, troppo rischioso: «Alla mia età la galera non si regge più».

Per il resto era onestissimo: divideva scrupolosamente a metà e tratteneva per se solo le spese, vale a dire la miscela del furgoncino e una piccola percentuale per l'uso degli attrezzi che, a forza di tranciare, tagliare e segare, si rovinavano in fretta. Aveva un fabbro che glieli affilava per pochi spiccioli, ma ogni tanto bisognava ricomprare le lame della sega.

«Dì un po', tu che sei così baciapile, come la metti col sesto comandamento?», lo provocai un giorno dopo essermi spremuto le meningi a ricordare le lezioni di catechismo.

«È il settimo», rispose flemmatico, «il sesto è non commettere atti impuri, cosa che purtroppo alla mia età si risolve da sola».

V

«Sesto o settimo, poco importa. Hai presente Mosè, le tavole della legge e tutto il resto? Tu sei un ladro, quindi finirai all'inferno con me», conclusi.

«Cazzo c'entra? Quello non è rubare», si difese.

«Ah no? Cos'è allora?»

«Sopravvivere».

Secondo mese con Giobbe. Inverno pieno. Ma ormai il freddo non mi faceva paura: avevo comprato pesanti maglioni usati, pantaloni di lana, calzettoni e un eskimo di seconda mano, con una bella imbottitura di pelo sintetico che, quando mi calavo il cappuccio in testa, mi faceva sentire protetto come in un guscio. L'unico problema era che quel giaccone militare verde oliva importato da latitudini di ghiaccio era la divisa ufficiale dei ragazzi di estrema sinistra e, a passare nel posto sbagliato, avrei rischiato di farmi pestare a sangue o peggio. Dalle radio o dalle tivù dei bar sentivo di spari, agguati in piena strada, esplosioni, sangue, morti e feriti, ma, fedele alla regola di vita di Tamoa, non me ne curavo. Avevo troppo da fare a mantenermi in vita e in salute. Comunque, eskimo o no, col mio aspetto lacero e trasandato, un pestaggio di destra era assicurato e i quartieri residenziali, i bar alla moda preferiti dai neri erano al di fuori delle mie mete abituali. Grazie alle scorribande notturne e al lavoro coi robivecchi cominciavo a mettere da parte un piccolo gruzzoletto per le emergenze. Tutto finì all'improvviso.

Ero andato a fare la spesa. Tornai carico di pacchi con una cassetta di carciofi ancora freschissimi comprati per due lire. Un'ora dopo li avrebbero buttati via. Pensavo di farci un riso, ma tutte le velleità gastronomiche scomparvero alla vista di Giobbe in lacrime seduto sulla coperta. Una figura fragile, patetica, scossa dai singhiozzi, con le lacrime che gli colavano sul viso ossuto e finivano nel groviglio della barba. Notai con interesse che piangeva anche dall'occhio spento, almeno a qualcosa serviva ancora. Poi, terminate le osservazioni cliniche, cercai di confortarlo.

«Che ti succede Giobbe? Che hai? Stai male?».

Scosse la testa senza parlare come un bambino di cinque anni e continuò a piangere.

«Ma insomma, cazzo, dimmi che ti succede... Ti hanno picchiato?»

«No».

«E allora che cazzo hai?»

«Il furgone... Me l'hanno rubato».

«Il furgone? Ma com'è possibile? A chi vuoi che interessi quel catorcio? Comunque non ti preoccupare... L'avrà preso qualcuno per tornare a casa. Facciamo un giro e vedrai che lo ritroviamo».

Scosse la testa, affranto.

«Non lo ritroviamo più. Lo hanno preso i russi».

«I russi?»

«Si, i russi. Quelli che vivono nella pineta, vicino al mare. Li conosco benissimo. Mi hanno preso di mira, quei vigliacchi schifosi. Una volta mi hanno bloccato e m'hanno portato via tutti i soldi, un'altra mi hanno tirato la cacca dei cani e stavolta mi hanno fermato, mi hanno fatto scendere e mi hanno preso il furgone. Erano in due, due ceffi da paura. Anche un calcio in culo, m'hanno dato, capisci? A me, che potrei essere il loro nonno». Ricominciò a piangere, inconsolabile. Sospirai.

Chi non sa difendersi, sulla strada, è carne da macello e la regola valeva anche per Giobbe.

«Vabbè ma perché la fai tanto lunga?», tentai di consolarlo, «hai un sacco di soldi, no? Ti compri un altro furgone e ricominci... Tanto quello stava per tirare le cuoia».

Pianse ancora più forte.

«Non ce li ho», ansimò alla fine.

«Cosa?»

«Non ce li ho. I soldi...».

«Ma come, mi hai detto tu... E allora che ci fai con tutto quello che guadagni?»

«Ci pago la retta di mia sorella. È demente. Sta in un istituto di suore, ma costa carissimo. Riesco a malapena a racimolare i soldi. Se salto due mesi di seguito la sbattono fuori».

«Carine le suore... E tu sei ancora così religioso...».

«Che c'entra, Dio Onnipotente...».

«Lascia perdere, per carità. Piuttosto dimmi una cosa: lo sai dove stanno 'sti russi?».

Mi guardò come si guarda un perfetto idiota. «Ma... Lo sanno tutti. Sono i profughi accampati nella pineta. Aspettano un visto per ripartire e andare in Canada o chissà dove cazzo d'altro posto di merda e nel frattempo rompono i coglioni a noi, quei maledetti stronzi teste di cazzo».

Non l'avevo mai sentito imprecare così. Un altro po' e avrebbe bestemmiato, poi avrebbe recitato diecimila rosari per espiare. Dovevo fermarlo subito.

«Vabbè, tu mi spieghi dov'è e domani andiamo a riprenderci il furgone».

«Sei scemo? Ci fanno a pezzi. Io non ci vado».

«Vorrà dire che ci andrò io».
«Da solo?»
«No. Con Yussuf».

La mattina dopo presi la metropolitana assieme a Giobbe e Yussuf che si infilò nel vagone e divenne immediatamente invisibile accucciandosi dietro i nostri piedi. Il viaggio, tutto sobbalzi e scossoni, fu una noia abissale. Giobbe continuava a frignare e rompere il cazzo, diceva che ci avrebbero fatto a pezzi e mi supplicava di tornare indietro. Per metterlo alla prova finsi di accettare.

«Sai una cosa? Hai ragione. Chissenefrega del furgone, lasciamo perdere...».

Mi guardò perplesso, poi irritato. Avevo ragione. Faceva solo scena.

«Adesso scendiamo e ce ne torniamo al fiume», insistetti, sadico.

«Ma... Ormai che siamo qui... Forse potremmo cercare...», pigolò.

«Benissimo, allora andiamo avanti. Vieni con me?». Ero il Divin Marchese in persona.

Divenne terreo. «Io... Non posso, sono vecchio, ho la pressione alta, non ce la faccio. Pensavo che magari ti accompagno fino alla pineta, ti faccio vedere dov'è e poi tu vai lì e glielo chiedi. Possiamo ricomprarlo, il furgone. Gli offriamo un po' di soldi e così magari d'ora in poi ci lasciano in pace, che ne dici?»

«Dico che sei una piattola. Comunque tanto vale provare». Non aprì più bocca per tutto il viaggio.

Scendemmo dalla metro e prendemmo un autobus.

Poi camminammo. Dopo circa un'ora entrammo nella pineta, un bel posto che odorava di resina e pinoli. Sentii la felicità di Yussuf che da troppo tempo respirava l'aria molle del fiume o quella fetida della strada. Beato lui che la prendeva come una scampagnata. Percorremmo una strada bianca ma ben livellata che si inoltrava nel bosco. Era una giornata splendida, illuminata da un freddo sole invernale. Cominciavo a rimpiangere amaramente di essermi cacciato in quel casino stratosferico.

Giobbe si inchiodò sulle gambe come un asino.

«Ecco, vai avanti per un chilometro e arrivi alle prime tende. Ti aspetto qui».

«Va bene. Se senti urlare, magari chiama il 113, se non è troppo disturbo».

«Li chiamo, li chiamo, c'è una cabina sulla strada».

Fine dei commiati. M'incamminai. Mi richiamò. Tornai indietro sbuffando.

«Che cazzo c'è ancora?».

Mi fece cenno di tacere e tracciò un cenno di croce sulla mia testa mormorando una benedizione. Mio malgrado chinai il capo, commosso. Poi feci scattare la lama del coltello, me lo infilai nella cintura, dietro la schiena, per essere pronto a estrarlo e mi avviai.

Grosse, robuste tende militari. Qualche roulotte. Panni stesi. Facce sospettose. Yussuf diventava sempre più diffidente. Anche i russi.

Mi sbarrarono la strada in cinque. Facce truci, ghigni feroci. Pericolosissimi. Non avevo una minima possibilità. Le donne mi guardavano da lontano, incuriosite. Sembrava un accampamento di zingari, ma mancava l'allegria, le canzoni, le imprecazioni e soprattutto i bambini. L'atmosfera era molto più cupa. Vidi subito il furgone, parcheggiato poco distante. Due tizi lo stavano dipingendo a pennellate di uno squillante color arancione.

«Cazzo vuoi?», il biondo coi riccioli aveva uno strano accento e sembrava intenzionato a spaccarmi subito la faccia senza aver neanche esaurito i convenevoli. Deglutii. Mai mostrarsi spaventato.

«Cazzo vuoi, chi cazzo sei?», insistette Biondo. Probabilmente "cazzo" era la prima parola che aveva imparato in Italia. Cazzo buongiorno. Cazzo passaporto. Cazzo da dove viene, signor Cazzo?

«Sono venuto per quello», indicai il furgone. Le facce divennero ancora più minacciose. Uno dei cinque disse qualcosa che suonò più o meno come «*Ubejego*».

«Sei sbirro? Carabiniere? Furgone nostro. Comprato».

«Non è vostro. È di Giobbe, un mio amico. È vecchio, gli serve per lavorare. Ridatemelo», parlavo con calma, scandendo bene le parole e badavo a distanza di sicurezza, fuori tiro da un calcio o da un pugno a tradimento. Ero pronto a estrarre il coltello, colpire, girarmi e scappare. Almeno avrei potuto dire a me stesso di averci provato.

Stallo. Avevamo esaurito gli argomenti. Come si fa tra persone educate?

«Furgone comprato», insistette Biondo che, evidentemente, era perplesso e doveva decidere se ero un pericolo o no. Nel dubbio continuava a guardarmi come se avesse voluto mangiarmi il naso.

Poi il gruppo si aprì a ventaglio e mi trovai faccia a

faccia con l'uomo più grosso che avessi mai visto. Era sui quaranta, colossale, alto come un palazzo, massiccio come un tronco. La faccia era larga il doppio della mia ma nonostante tutto aveva un'espressione intelligente. Catenona d'oro da quindici chili al collo. Mani in tasca dove, probabilmente nascondeva un kalashnikov o un bazooka. Adesso ero veramente nei guai.

«Quale problema?», parlava abbastanza bene l'italiano e sembrava più curioso che aggressivo.

«Nessun problema... I tuoi amici hanno preso il furgone di un vecchio che si chiama Giobbe. Lo rivoglio».

«Giobbe, sì. Io conosco. Suo furgone celeste. Quello è arancione, tu vede, no? Non è suo. Puoi andare». Mi stava prendendo per il culo. Qualcuno tradusse e sghignazzò.

«Ascolta, possiamo metterci d'accordo... Giobbe ve lo ricompra, il furgone».

Si prese il mento tra le mani nel gesto di chi riflette.

«Furgone non suo, ma noi lo vende, forse. Ok. Un milione, va bene?». Altra traduzione simultanea, altre risate. Dovevo uscire da quell'impasse. Assunsi un tono più deciso.

«Possiamo discutere. Tu vuoi un milione. Io offro cinquemila lire. Ne parliamo?».

Una luce fredda negli occhi. Forse stavo per morire.

«Tu molto coraggioso. Oppure molto stupido». La seconda ipotesi sembrava più azzeccata. Tacqui.

«Tu vuoi furgone, noi non dà. Cosa succede ora?». Tronco d'albero mi stava mettendo alla prova. Ero su un cornicione al cinquantesimo piano, ero in una palude di merda con qualcuno che mi spingeva la testa in basso.

«Cosa succede ora?», incalzò Tronco. Sospirai.

«Non lo so. Ma il furgone è di Giobbe. Non vi ha fatto niente di male, è solo un vecchietto».

«Tu sei giovane, però».

«Sono suo amico. Lui aveva paura a venire qui».

«Tu no?»

«No».

Fece ancora il gesto di riflettere. Cominciavo a stancarmi di tutta quella manfrina. Perché non mi accoppava e basta?

Tronco mosse un passo verso di me. Il ringhio di Yussuf lo bloccò. Guardai il cane senza riconoscerlo. Il mite, affettuoso compagno di Daruma si era trasformato in una belva, le orecchie ripiegate all'indietro, il pelo della schiena sollevato, le zanne scoperte che lasciavano colare un filo di bava. In un attimo i cinque russi avevano già i coltelli in mano. Anch'io.

Solo Tronco restava imperturbabile. Aveva ancora le mani in tasca. Quel colosso era di ghiaccio.

«Tuo cane coraggioso, come te», osservò. «Bene, vuoi furgone? Prendi furgone, non c'è problema. Verniciatura gratis». Sbraitò qualcosa nella sua lingua e i due che stavano finendo di dare le ultime pennellate si allontanarono di malavoglia.

«Posso prenderlo?», ero sicuro che al primo passo mi avrebbero pugnalato come Giulio Cesare. Stavo veramente rischiando la buccia per un ferrovecchio di triciclo?

«Certo. Prendi furgone e va a casa», fece una pausa ad effetto, «però tu devi dare qualcosa a noi. Perché tu detto che noi rubato furgone e non vero, capisci? Per onore. Noi regala furgone a te, tu dai qualcosa a noi.

V

Poi amici. Va bene?». Era un'ottima soluzione per salvare la faccia. Il problema erano le ventimila lire che avevo in tasca e nient'altro da scambiare.

«Senti, io non ho niente...», dissi conciliante, «magari se mi date il tempo trovo qualcosa, non so, non ci avevo pensato».

«Tuo cane va bene. Lascia qui lui. Prendi furgone».

«Yussuf?», mio malgrado scoppiai a ridere, «stai scherzando? Non è mica una cosa lui... Non mi lascerebbe mai. Non potrei darvelo neanche se volessi. Si farebbe ammazzare e a voi cosa resterebbe? Un cane morto. Non è neanche buono da mangiare». Il mio tentativo di buttarla in scherzo cadde nel vuoto. L'atmosfera era di nuovo tesissima.

«Allora noi ha grosso problema da risolvere», conclude Tronco.

«Giusto», concordai chiedendomi dove volesse andare a parare.

Restammo in silenzio ancora per un pezzo. Giobbe doveva già essersi fatto venire un infarto dalla strizza.

«Tu vuoi furgone ma non dai niente in cambio», ricapitolò Tronco, «noi chiede cane, tu non dà cane. Ma vuoi nostro furgone per te, come si fa?».

Feci un gesto stanco con le braccia. Non ne potevo più.

«Dimmelo tu».

«Tu dai te stesso».

«Cosa?»

«Tu dai te stesso».

«E che ci fai con me? Mi vuoi inculare? Non mi sembri il tipo». Pensai con un brivido che sotto i pantaloni doveva nascondere come minimo un anaconda.

Per la prima volta, un mezzo sorriso gli tagliò la faccia. Era più rassicurante prima.

«Inculare no. Io piace donne. Tu lavora per me. Fai quello che dico. Ora prendi furgone, domani torni, resti un mese a lavorare poi va via, noi amici».

Restai sbalordito. Ecco cosa voleva. Umiliarmi per il coraggio che avevo dimostrato davanti a tutti. Fare di me il suo schiavo. Così imparavo a non aver paura di lui. Non avevo scelta. Anzi forse una. Trattare.

«Va bene, è giusto, ma un mese è troppo. Quindici giorni. Quel furgone non vale un cazzo».

«Noi riverniciato, vale di più», si stava divertendo, «venti giorni, affare fatto», mi tese una mano che sembrava una pagnotta di Lariano. La strinsi. Non mi stritolò le dita, forse solo perché con una mano sola avrei sgobbato di meno.

«Affare fatto, allora. Prendi furgone. Domani lavori. Io mi chiamo Ivan, e tu?»

«Lupo».

«Lupo?»

«Lupo».

Si voltò verso il gruppo, ormai consistente che aveva assistito alla conversazione e annunciò qualcosa che suonava come «*Volk*». Qualcuno ridacchiò, qualche altro annuì come se già lo sapesse. Andai al furgone e misi in moto allacciando i fili. Nessuno mi sbarrò il passo. Ivan mi salutò agitando la pagnotta di Lariano come un vecchio amico. Mi fermai.

«E se domani non vengo? Se me la squaglio col furgone e non mi vedete più?». Stavolta tutti risero.

«Noi trova. E trova Giobbe. Tu torna», replicò lui con semplicità. Aveva ragione. Tornai.

«Tu finisce lavare poi prepara caffè, Volk».

Sospirai e tornai a immergere un colossale paio di pantaloni nell'acqua gelida del lavatoio e a strofinarlo con un pezzo di sapone di Marsiglia duro come un ciottolo. L'era delle lavatrici doveva ancora arrivare nell'accampamento anche se tutti avevano una televisione collegata abusivamente ai fili elettrici dei lampioni. Le donne mi guardarono ridacchiando, come al solito. Ero l'unico uomo a lavare i panni, un'umiliazione che nessuno, al campo, avrebbe mai sopportato.

Il mio ruolo era stato chiaro fin dall'inizio. Appena un gradino sopra i cani. Più o meno all'altezza delle donne. Yussuf, dal canto suo, si era imposto sui suoi simili a forza di ringhi e di zuffe e se ne andava in giro tronfio con aria da padrone. Beato lui. Ivan mi aveva coperto di vergogna costringendomi a cucinare le sue sbobbe agrodolci, a lavargli i panni, a fargli il caffè, cucirgli i bottoni e altre mansioni femminili. Sopportavo tutto e ingoiavo, crogiolandomi in quel bagno di umiltà. L'immagine di Giobbe raggiante, le sue lacrime di riconoscenza mentre saliva di nuovo alla guida del suo catorcio appena riverniciato erano una consolazione sufficiente. E poi, se non altro, stavo imparando qualcosa. Prima di allora, nelle faccende domestiche, ero una vera frana.

Sbattei i calzoni bagnati sul marmo, col rumore di uno sparo, li lavai ancora, li immersi nell'acqua e li sbattei di nuovo. Facevo tutto con calma e precisione: forse, in quel posto infame, stavo apprendendo la concentrazione mistica di Tamoa. Sentii la voce di Ivan dalla roulotte che protestava.

«Allora, arriva caffè?».

Presi i calzoni, li strizzai e andai ad appenderli a un filo meravigliandomi ancora una volta delle loro dimensioni. Sembravano una canadese, nel senso della tenda, non della birra. Entrai nella roulotte, riempii un pentolino di rame e mi chinai sul fornello per preparare il caffè alla turca. Quando la schiuma marrone salì in superficie lo versai in una tazzina e la portai a Ivan che accettò con un cenno. Non mi insultava mai e non lo facevano gli altri, non era nei patti. Nessuno, ovviamente, provava ad alzare un dito su di me perché era chiaro fin dall'inizio che non l'avrei tollerato. Sgobbavo e basta.

«Lavato calzoni, Volk?»

«Sì, li ho appena stesi ad asciugare».

«Bene, tu ora spacca un po' di legna per stufa, poi prepara cena. Poi finito».

«Ok».

Uscii e andai in cerca dell'ascia. La affilai con una cote e mi diressi verso il ciocco. Spaccare in quattro i grossi frammenti di legna che i russi si procuravano nella pineta era il lavoro che mi piaceva di più. Dopo un'ora, i muscoli si rilassavano, i pensieri si dissolvevano e tutto il corpo trovava un'armonia nel movimento fluido e continuo. Spac. Un tronchetto diviso a metà. Spac. Due quarti, perfetti per la pesante stufa di metallo Worm Morning trovata chissà dove. Attorno a me, gli uomini oziavano, chiacchieravano, fumavano e bevevano un liquore biancastro che sapeva d'alcol puro mentre le donne sfacchinavano come api operaie. Vidi due giovani russi a torso nudo nonostante il freddo che si esercitavano in un karate legnoso e approssimativo. Dopo un po' di ginnastica provarono alcuni movimenti, si cimentarono in un *kata*, una sequenza prestabilita di tecniche e infine si affrontarono in un combattimento senza controllo. Entrambi supplivano la scarsa esperienza con una grande aggressività e si scambiavano calci e pugni con tutta la forza. All'inizio era una specie di gioco, poi si incazzarono di brutto e cominciarono a darci dentro sul serio, tra gemiti e maledizioni. Presto furono circondati da un capannello che incitava e scommetteva. Continuavo a spaccare legna, pensando alla facilità con cui Tamoa avrebbe messo a terra entrambi. Forse, con un po' più d'impegno, ci sarei riuscito anch'io. Uno dei due, centrato alla bocca da uno *tsuki*, un pugno diretto, andò giù a sacco e si rialzò sputando sangue. Il vincitore fu applaudito e osannato. L'altro si asciugò il sangue e se ne andò sacramentando.

La violenza in quel posto era dovunque, sempre in agguato, pronta a esplodere al minimo pretesto. Antiche rivalità dividevano il gruppo di profughi, la precarietà di quel posto, l'estenuante attesa della partenza definitiva, esasperava gli animi assieme alla vodka e alla noia. Gli uomini picchiavano le mogli che li insultavano strillando e maledicendo. Zuffe e litigi erano all'ordine del giorno. Solo Ivan restava imperturbabile, regnava con un solo cenno, imponeva il silenzio con la sua presenza ingombrante. Era un capo riconosciuto, un'autorità indiscussa. Ogni tanto, dopo avermi affibbiato gli incarichi del giorno, spariva tallonato da due guardie del corpo per tornare solo all'ora di cena. Poi si chiudeva nella sua roulotte, coi suoi accoliti, a spartirsi grossi rotoli di banconote, spesso dollari americani che venivano da chissà quali traffici. Io badavo a lavorare, docile. Lui contava i soldi, io contavo i giorni. Ne mancavano ancora dieci.

La domenica mattina, col buio, uomini e donne caricavano grossi sacchi di merci, li stipavano sulle loro scassatissime, lunghissime macchine (quasi sempre vetuste Mercedes tenute su a sputo e filo di ferro) e andavano a un mercato delle pulci che anch'io avevo frequentato parecchio ai tempi della scuola. Tra minacce agli altri venditori e mazzette di banconote ai vigili, i russi si erano conquistati una zona riservata. Vendevano di tutto: grosse scatole di caviale scaduto, cannocchiali, macchine fotografiche, orologi (che presto, nonostante fossero vecchi, antiquati e imprecisi, cominciarono ad andare di moda e raggiunsero prezzi folli), bambole che si incastravano una nell'altra, sottaceti, vestiti, stoffe, attrezzi da lavoro e coltelli da poco prezzo. Le donne, arcigne e ciarliere, erano maestre della contrattazione, gli uomini di solito restavano muti e imbronciati a far la guardia alle merci. A me toccava scaricare le macchine e, a fine giornata, rimettere a posto i fagotti. Una domenica mattina mi trovai quasi faccia a faccia con Sozzo che esaminava con attenzione un binocolo militare (probabilmente aveva intenzione di spiare qualche vicina al bagno). Era troppo tardi per scappare così rimasi semplicemente al mio posto senza neanche voltarmi. Il suo sguardo scivolò su di me e poi tornò ad appuntarsi sulla matrona che aveva davanti e che continuava implacabile, a proporre diecimila lire contro le sue cinque. Si accordarono per settemila e se ne andò gongolante. Non mi aveva riconosciuto. Tornato al campo rimediai uno specchio e guardai la mia immagine riflessa dopo mesi. Neanch'io mi sarei riconosciuto.

Due sere dopo mi accoccolai come al solito su un giaciglio di fortuna, fuori dalla roulotte di Ivan. Per dormire avevo un lurido sacco a pelo e un materassino di gomma piuma oltre a Yussuf che, tutte le notti, si raggomitolava accanto a me e mi teneva caldo col suo corpo peloso. Fui svegliato dalla pioggia, tirai fuori la grossa incerata che tenevo in serbo per quelle occasioni, l'avvolsi attorno al sacco a pelo mentre le gocce cadevano sempre più fitte e mi infilai in quel bozzolo umido imprecando. Dopo qualche minuto la porta della roulotte si spalancò.

«Volk?», era la voce di Ivan, imperiosa come sempre. Dormiva solo, non aveva una compagna fissa anche se, ogni tanto, si chiudeva nella roulotte con qualche ragazza non sposata e le urla e i gemiti che provenivano dall'interno suscitavano ammiccamenti e risatine in tutto l'accampamento.

«Si, Ivan, sono qui».

«Tu viene dentro. Piove».

Mi affrettai a raggiungerlo, stupito di tanta magnanimità. Ma il bello doveva ancora arrivare.

Ivan era seduto a gambe incrociate su un tappeto spesso due dita con davanti una serie di piattini pieni di stuzzichini, cetrioli, caviale, una bottiglia di vodka e due bicchierini. Rimasi allibito. All'inizio pensai che avesse ospiti e il mio ruolo fosse quello di cameriere. Invece mi fece cenno di sedermi davanti a lui.

«Freddo fuori, vero? Tu siede e beve con me».

Obbedii. Mi riempì il bicchiere e sollevò il suo.

«Nasdravie».

«Nasdravie», ripetei il brindisi e scolai il liquore fino in fondo. Era la prima volta che lo assaggiavo: una mazzata di fuoco in gola, un'esplosione nello stomaco. Lacrime agli occhi. Ivan riempì di nuovo. Avevo letto da qualche parte che i russi spaccavano i bicchieri dopo aver brindato. Non lo fece, per fortuna, altrimenti di sicuro mi sarebbe toccato spazzar via i vetri.

«Nasdravie».

«Nasdravie».

Bevemmo ancora. Forse aveva deciso di accopparmi a forza di brindisi. Agguantai un cetriolo bello cicciotto e me lo ficcai in bocca, cricchiolante. Masticai a lungo per guadagnare tempo, ma i brindisi erano finiti. Ivan tornò a riempirsi il bicchierino e accennò alla bottiglia.

«Tu prende vodka quando vuoi».

«Grazie».

Qualche istante di silenzio. Sospirò.

«Tu finito qui. Se vuoi vai casa. Sennò resta. Come amico. Basta lavoro».

Inghiottii... Mancavano ancora cinque giorni.

«Ma...».

Fece un gesto di taglio con la mano.

«Io deciso così».

«Grazie».

Mi guardò negli occhi.

«Quanto tu venuto per furgone, quella mattina, rischiato grosso. Tu mi sfidato davanti a tutti. Io poteva uccidere te, tu sai questo?»

«Lo so».

«Ma tu coraggioso. Preso furgone per tuo amico vecchio. Io volevo dartelo, furgone, ma non potevo. Io dovuto... Come dice? Fare vergogna a te».

«Mi dovevi umiliare».

S'illuminò. «Si, io dovevo umiliare te. Per altri, capisce Volk?»

«Capisco».

Alzammo i bicchieri ancora una volta. Mi girava la testa.

«Tu strano, strana persona. Coraggioso, silenzioso. Pronto uccidere e morire. Ama tuo cane, lui ama te». Ripensai alle stesse parole, pronunciate da uno strano vecchio col codino, un milione di anni prima. Altro cane, altra vita.

«Chi sei tu, Volk?».

Raccontai. Raccontai tutto dall'inizio alla fine. Forse fu la vodka, forse la solitudine e l'improvviso sollievo di avere qualcuno disposto ad ascoltare. Parlai della mia famiglia, dell'incontro con Tamoa, delle sue lezioni, della nostra fuga, della sua morte, del mio vagabondaggio, delle ricerche inutili, della rabbia, dell'angoscia, della sete di vendetta. Di Parvati. Lui ascoltò pensoso, bevendo. Anch'io bevevo. Quando finii di parlare, la bottiglia era quasi finita.

«Tu trova chi fatto quello a tuo amico. Fai la stessa cosa a lui. Poi tu sta in pace», constatò.

«Ma come faccio? Non ho una traccia, niente...».

«Tu aspetta. Tu ascolta. Tu trova. Cento volte stesso posto. Mille volte, alla fine trova. Domani va via da qui. Se vuoi torna». Mi tese per l'ultima volta quella mano mostruosa.

«Prima che tu va, noi scambia regalo...». Era proprio

una fissazione. Mi tastai la saccoccia e trovai solo il mio coltello a scatto. Lo estrassi e glielo porsi dalla parte del manico. Gli brillarono gli occhi.

«Bene, noi scambia le armi, come due guerrieri». Cacciò la manona-pagnotta in quelle tasche grandi come bisacce, estrasse un coltello a lama fissa in un fodero di cuoio rosso lavorato a sbalzo. Lo estrassi e rimasi sbalordito. Era bellissimo. Manico d'osso, lama scintillante e tirata a specchio, con un fregio su un lato, di foggia vagamente orientale. Era affilato come un rasoio e solido come un'ascia.

«Ma... È troppo bello, il mio non vale un cazzo», protestai.

«Tu tiene. Noi amici ora». Mi strinse tra le braccia e mi baciò tre volte: sulle guance e sulle labbra. Mi sentii commosso.

«Se tu bisogno, torna. Forse io partito, forse no. Addio Volk».

Capitolo 5
Caccia

Tornai al fiume. Giobbe se n'era andato, ma la mia baracchetta era ancora in piedi, chiusa dal suo bravo lucchetto. Miracolosamente, nessuno l'aveva saccheggiata: i miei averi erano ancora lì: pentole, coperte, un cambio di vestiti, biancheria, un paio di scarpe oltre a quelle che portavo sempre. Il passaporto l'avevo seppellito in una busta di plastica sotto la coperta e mi affrettai a recuperarlo. Da schiavo dei russi non mi serviva (anche perché, a quanto m'aveva spiegato Giobbe, i profughi andavano pazzi per i documenti altrui, che sapevano falsificare alla perfezione per crearsi un'identità), ma, quando andavo in giro, badavo a portarlo sempre con me per evitare di essere trascinato in caserma o al commissariato. Era l'unico aggancio che mi restava con la mia vita di prima, con una persona che si chiamava Lapo e che ormai mi sembrava completamente estranea: un lontano parente che viene in visita da un altro mondo, da un altro continente. Un alieno. Ogni tanto guardavo la foto e mi accorgevo di non provare neanche un po' di simpatia per quel viso pulito, sereno, coi capelli freschi di barbiere e le guance lisce.

Andai a mangiare alla mensa di carità. Per abitudine,

scrutai le facce in fila alla ricerca di qualche volto noto, ma trovai solo le solite espressioni fameliche, abuliche o intorpidite dal vino o dalla stupidità. Dopo tanto sgobbare, avevo un bisogno disperato di ozio e passai due giorni a poltrire crogiolandomi al sole, dormendo il più possibile, camminando pigramente senza scopo né meta. L'essenza della vita da strada era proprio lì e ormai mi aveva agganciato in pieno: nessun impegno, nessun appuntamento, nessun senso di colpa. Niente da fare se non soddisfare i bisogni elementari: cibo e riparo. Ma non poteva durare. Non con quella lama che mi tagliava gli intestini all'improvviso o quel groppo che mi strangolava durante la notte. Il quarto giorno mi scrollai di dosso la pigrizia, aspettai la sera e mi misi in cammino.

Feci come aveva detto Ivan. Tornai e tornai. Camminai lungo i vialoni dei fuochi e del sesso, scrutai dentro le auto dei clienti, ispezionai uno a uno i volti truccati, beffardi, lascivi o disperati delle puttane perché solo lì avrei potuto trovare Parvati e solo da lei avrei potuto iniziare il cammino della mia vendetta. Non avevo strategia, non avevo metodo nella ricerca, ma le mie armi erano molto più potenti: tempo e determinazione. Passarono mesi. L'aria si intiepidì, la barba mi crebbe più folta e più fitta e presi l'abitudine di farmela tagliare due volte alla settimana da un sordido barbiere della stazione che chiedeva due mila lire e mi lasciava il collo pieno di pezzetti di capelli che pungevano come insetti. Non volevo somigliare all'abate Faria. Dopo l'esperienza da schiavo, avevo imparato a lavare e rammendare i vestiti, a cucinare un pasto come si deve, ad attaccare un bottone senza sostituirlo semplicemente con una spilla da balia. Non ero un elegantone ma, come randagio da marciapiede, facevo la mia porca figura. Un giorno passai davanti a una donna con un bambino di cinque o sei anni per mano e mi accorsi che mi guardavano ridacchiando. La patta dei pantaloni era chiusa, non avevo un corno da rinoceronte sul grugno, che cazzo avevano da ragliare? Solo allora mi accorsi che avevo preso l'abitudine di parlare da solo. La mia conversazione era più interessante di quella dei dementi, degli alcolizzati o dei derelitti che incontravo ogni giorno. Comunque cercai di controllarmi, almeno in pubblico. Mi mantenevo con qualche lavoretto o qualche piccolo furto se capitava. Rubai un paio di motorini e, per un breve periodo, mi rimisi in società con Giobbe, sempre più secco, sempre più preda delle sue fisse religiose e, per di più, affetto da una tosse cavernosa che prometteva un funerale a breve scadenza. Facemmo qualche lavoretto, diurno o notturno e ci salutammo da amici, andava in ospedale da dove, quasi certamente, sarebbe passato direttamente all'obitorio: «Quando crepo ti lascio il furgone», promise. Riuscii a non ridere anche se immaginarmi alla guida di quel rottame arancione, a fare il giro degli smorzi e dei robivecchi, era veramente grottesco. Addio, Giobbe, riposa in pace.

Un viso severo e segnato, illuminato dalla brace di una sigaretta. Zigomi forti che cercavano di bucare la pelle. Piega amara agli angoli delle labbra. Una cascata di capelli come la notte, screziati di chiazze grigie che sembravano nuvole. Il mio cuore si fermò, prese la rincorsa come un atleta che si prepara a saltare e si lanciò al galoppo. Corsi urlando. Mi vide e non fece una piega. Si limitò a sporgere la mano avanti col pollice proteso. Un'auto si fermò di scatto. Mentre bruciavo gli ultimi metri la vidi salire con un sorriso lascivo e pieno di promesse. La macchina ripartì. Rimasi nel buio, sul ciglio della strada, disorientato sotto gli sguardi ironici o compassionevoli delle puttane. L'avevo trovata. Era viva. Non voleva parlarmi. Ma ero felice. Non mi sarebbe scappata ancora.

Quella notte me ne tornai alla baracchetta, sicuro che Parvati non sarebbe comparsa. Quasi sicuramente aveva agganciato un imbecille e, in cambio di un pompino o di una scopata, si era fatta portare chissà dove. Magari, se non era sposato, l'aveva convinto a farle passare la notte a casa sua. La mattina dopo, prima di andarsene si sarebbe fatta dare un bel po' di soldi, avrebbe rubato qualcosa e addio. Ormai avevo imparato certi trucchetti da troia anche se, ovviamente, non potevo sfruttarli.

Aspettai. Quello che avevo visto in quei pochi secondi bastava a convincermi che prima o poi sarebbe tornata a battere. Troppo magra, troppo disperata. Conoscevo quei sintomi.

Lasciai passare ancora qualche notte e tornai ad appostarmi. L'aria odorava di polline. La primavera imminente si infilava nei pantaloni degli uomini e produceva spasmi di desiderio da soddisfare subito. I clienti aumentavano, le puttane lavoravano a tutto andare. La vidi arrivare a piedi, ma la riconobbi solo all'ultimo. Niente più maglioni peruviani o camicioni indiani. Aveva una minigonna di pelle nera, calze con la riga, tacchi a stiletto e la sua magrezza si stagliava, spettrale, contro la luce dei lampioni. Mi resi invisibile nel buio: stavolta non aveva scampo. Scelse il suo posto, accese una sigaretta e cominciò ad ancheggiare avanti e indietro. Non l'avevo mai vista così sexy e mio malgrado sentii un fremito al basso ventre. Un'auto le si accostò quasi subito. Mormorò qualcosa, il guidatore le fece un cenno e ripartì. Non avevo fretta. Salì sulla terza macchina, ma tornò pochi minuti dopo. Salutò il cliente aggiustandosi la gonna che le era salita oscenamente fino alla pancia e mentre si aggiustava le mutandine l'agguantai da dietro. Le misi una mano sulla bocca per non farla gridare ma mi morse a sangue e si girò fulminea tentando di invocare aiuto, pronta a combattere. La centrai con un pugno secco alla base del mento. Vidi il bianco dei suoi occhi mentre mi si afflosciava tra le braccia. In un attimo eravamo circondati. Un cerchio stretto di puttane, uno più largo di magnaccia. Li conoscevo quasi tutti. Parvati non aveva un protettore, era di nessuno. O di tutti.

«L'hai trovata la tua bella, finalmente», constatò Circe ammiccando, «adesso che fai, l'ammazzi di botte?»

«La porto via». La deposi a sedere mentre riapriva gli occhi. Era sottile come una canna.

«Va bene, ma levatevi dal cazzo in fretta», concluse un pappone dall'aria torva che chiamavano Pena. Ringraziai il cielo di essermelo fatto amico a forza di commissioni, «con tutto 'sto casino i clienti si spaventano e le ragazze non lavorano più».

«Ce ne andiamo subito», promisi. Sorressi Parvati che barcollava e le passai un braccio attorno alla vita ossuta. Tremavo di compassione e di rabbia. Fece per scostarsi ma le torsi il polso in una stretta dolorosa. Mi guardò con aria di sfida. «Tu vieni con me senza stronzate o ti spezzo la mano», le ringhiai all'orecchio.

Annuì, rassegnata. «Sei cresciuto, Lupo». Per un istante intravidi l'ombra del suo vecchio sorriso. Mi vennero le lacrime agli occhi.

«E adesso che fai? Mi torturi per farmi parlare? Mi scopi a morte?», eravamo seduti uno di fronte all'altra, sull'argine del fiume. La baracchetta toglieva il respiro. Un lungo silenzio carico di dolore e ostilità, poi lei aveva parlato, per prima.

Abbassai gli occhi. Ero preparato a tutto ma non a questo.

«Voglio sapere, Parvati... O Aida, come preferisci. O come cazzo dici di chiamarti, per quello che mi frega. Mi sono fottuto la vita per cercarti. Ho rotto con i miei, non ho un soldo, non ho un amico, non ho un futuro. Voglio sapere». Rimasi stupito dalla disperazione della mia voce.

«Perché?»

«Perché cosa?»

«Perché vuoi sapere? Cosa cambia? Lascia perdere, Lupo. Torna da papà, ti accoglierà a braccia aperte. Riprenditi la tua vita. Sposati. Prenditi una laurea o qualche altra stronzata... Il signor Lapo Sgarati, futuro docente universitario di Giurisprudenza...». Rimasi a bocca aperta, sbalordito.

«Come sai il mio cognome? Non l'ho mai detto neanche a Tamoa».

Alzò le spalle, divertita.

«Abbiamo sempre saputo tutto di te. Chi sei, dove vivevi... Tutto». Cominciò a frugare nella borsetta. Quando vidi cosa ne estrasse persi la testa e la colpii con uno schiaffo che la sdraiò a terra. Presi la "spada", il cucchiaino, il laccio di gomma, le tre bustine di stagnola e corsi verso il fiume. Mi inseguì come una belva e mi abbrancò le gambe come un rugbista. Ruzzolai al suolo ma riuscii a lanciare tutto nel fiume. Mi fu addosso all'istante, tutta gomiti, unghie e denti.

«Che cazzo hai fatto, stronzo, che cazzo hai fatto?». Lottammo selvaggiamente, rotolandoci a terra. Alla fine riuscii a immobilizzarla inchiodandole i polsi. Quando vidi l'interno del suo braccio restai sconvolto: una devastazione di lividi ormai giallastri e cicatrici d'argento. Parvati si afflosciò senza più forza, singhiozzando di rabbia. La trascinai dentro mentre cominciava a rabbrividire. Tornai fuori, presi la borsetta e la perquisii. Sigarette e accendino. Preservativi. Soldi. Un coltello da cucina con la lama seghettata e arrugginita che finì subito nel fiume. Un'altra siringa che lo seguì a ruota. Rientrai. Mi voltava le spalle, raggomitolata su se stessa. Sapevo quello che sarebbe successo e mi preparai a vegliare.

Niente le fu risparmiato. I brividi. Il vomito. La merda. I crampi. Quella sensazione terribile che mi avevano descritto tante volte ma non riuscivo a immaginare e che chiamavano "tacchino freddo". Imprecò, bestemmiò, supplicò, tentò di sedurmi nel modo più osceno, allargando le gambe, mostrandomi la fica aperta e incitandomi a fotterla come una troia. Soffrii con lei, piansi per il suo dolore, condivisi la sua angoscia, la amai con tutto me stesso mentre le pulivo le gambe lorde di diarrea e le asciugavo le chiazze di vomito dai vestiti, mentre la imboccavo come una bambina e mi sputava il boccone in faccia in un accesso di rabbia. La amai quando mi aggredì ancora una volta con poca convinzione, le forze ormai consumate dalla rota, cercando di guadagnare la porta, la amai quando dovetti metterla ko per evitare che si tagliasse le vene con un pezzo di vetro. Fui il suo innamorato devoto e il suo carceriere, rimasi a guardia di quella donna disfatta, di quel pezzo di carne inzaccherato senza dignità che si torceva a terra ululando con una voce da indemoniata, le asciugai il sudore freddo e vischioso come bava, le rassettai il groviglio dei capelli, le baciai le guance smunte e madide con la tenerezza di un padre anche se avevo vent'anni meno di lei o forse di più. Non uscimmo mai dalla baracchetta, una cella che si riempì di odori immondi, gemiti e maledizioni e che non volevo lasciare neanche per pochi minuti: sapevo che lei sarebbe scappata subito. Finite le poche provviste che avevo, restammo digiuni. Non avevo esperienza, ma speravo che la fame avrebbe accelerato la rota secca, quel tormento inimmaginabile di superare la dipendenza senza farmaci e senza sostitutivi. Solo l'amore.

Passò a poco a poco. I crampi più rari, i brividi meno violenti, il sudore più acquoso. La rabbia lasciò il posto a una specie di abulia, Parvati giaceva ad occhi aperti senza parlare, guardando il soffitto che la schiacciava. Dopo quattro giorni crollò addormentata, un sonno inquieto pieno di smanie e di lamenti. Vegliai. Tentai di tenermi sveglio recitando a memoria tutto quello che mi veniva in mente: preghiere, filastrocche, canzoni, slogan politici, perfino le tabelline. Uscii per respirare l'aria fresca, corsi attorno alla baracchetta e mi sentii rinfrancato, più sveglio. Rientrai per stendermi un attimo e recuperare le forze e il sonno mi aggredì a tradimento, mi stese come un pugile sleale che colpisce dopo il gong e manda l'avversario al tappeto. Un abisso nero si schiuse davanti ai miei occhi e io mi ci infilai, grato.

Mi svegliai secoli dopo, con un odore pungente nelle narici. Era stimolante e appetitoso ma il desiderio di tuffarmi nuovamente nel sonno era più forte e strinsi gli occhi con disperazione. L'odore si fece più intenso e più vicino. Sospirai. Non volevo tornare, non volevo ricordare il mio fallimento. Dovevo ricominciare tutto da capo. Sentii una lacrima scendermi lungo la guancia. Un dito ossuto me l'asciugò. Aprii gli occhi.

Quando la nebbia si dissolse vidi Parvati, seduta all'indiana davanti a me, che mi porgeva un bicchiere di carta. Aveva la faccia di chi ha combattuto dodici riprese con Godzilla ma sorrideva. Un sorriso triste, niente di che, soprattutto per via dei due buchi al posto dei denti. Mi accontentai.

«Dai, bevilo che mi sto ustionando le dita, a forza di reggere 'sto cazzo di bicchiere». Annuii troppo stupito per trovare le parole. Lupo l'Afasico. Parvati mi faceva lo stesso effetto di Tamoa. E le sorprese erano ancora all'inizio.

Buttai giù il caffè bollente ustionandomi il palato. Lei aprì un grosso cartoccio macchiato di unto e mi fece un cenno. Quattro grossi cornetti alla crema mi fecero deglutire come un cane davanti alla vetrina di una macelleria. Parvati mi fece un cenno. «Sono tutti per te, io ho già fatto colazione». Mentre li divoravo, con la crema in caduta libera sul mento, estrasse dalla borsa il mio portafogli e me lo porse. Frugò ancora e tirò fuori il coltello con il manico d'osso di Ivan, ebbe un lampo malizioso negli occhi e fece il gesto di passarsela sul collo.

«Zac. Avrei potuto scannarti come un pollo mentre ronfavi... Come guardiano di donne da salvare, caro Lupo, non vali proprio un cazzo».

Annuii con la bocca piena di pasta dolce e di crema. Il sapore era delizioso. Finii di mangiare, mi pulii le mani sui calzoni e sedetti davanti a lei. Via alle grandi rivelazioni.

«Non sei scappata», constatai.

«No».

«Perché?».

Alzò le spalle magre. «Non aveva senso. Non posso scappare tutta la vita. Non da te, Lupo. Ho visto il ciondolo che hai al collo, quello che portava Tamoa. Prima o poi mi ritroveresti e ricominceremmo tutto da capo, tanto vale togliercelo subito, 'sto dente», sorrise, accennando alla bocca devastata. «A proposito, ti piaccio ancora, così? I clienti non ci fanno caso, magari pensano che i pompini vengano meglio, più arieggiati».

«Molto spiritosa».

Fece un gesto come per dire, ci ho provato. «La rota secca è una cosa che ti spacca in due, Lupo, una volta mi è bastata. Chiedimi quello che ti pare, la finiamo e io vado a cercarmi un bello schizzo e ricomincio».

«Ricominci? E perché? Ormai ne sei fuori...».

Sghignazzò. Un riso stridulo, da vecchia.

«Lupo, sarai anche cresciuto ma resti un ragazzino. Credi davvero che la scimmia sia una faccenda chimica?

V

Che per smettere con le pere basta stare qualche giorno in astinenza?», si toccò la fronte, «la scimmia è qui. Non nelle vene... E poi, per tornare puliti ci vuole un motivo, che ne so... Un uomo». Si guardò attorno come se non vedesse nessuno. Mio malgrado sentii una fitta acida.

«Molto gentile... Fa piacere soprattutto dopo aver passato quattro giorni a pulire la merda che ti usciva dal culo».

«Chi te l'ha chiesto?»

«Nessuno... Senti, Parvati, non possiamo ricominciare da capo? Ti ho cercata per mesi, ho avuto una paura terribile che ti fosse successo... Che ti avessero fatto... quello che hanno fatto a Tamoa. Lo sai come è morto, vero?»

«Certo».

«Quando l'hai saputo?»

«Subito. Ero lì. Ho visto». Restai di ghiaccio. L'immagine di quel corpo straziato, castrato, impalato mi fece venire la nausea. Mi girava la testa. Rimasi in silenzio, ansando. Parvati era una statua.

«Ma perché? Chi è stato?», stavo urlando senza accorgermene. Rimase calmissima.

«Certe cose è meglio non saperle, dammi retta, Lupo».

«Devo sapere. Devo sapere cosa è successo. Chi è stato».

«E poi?»

«Poi lo troverò, li troverò chiunque siano e gli farò quello che hanno fatto a lui».

Di nuovo quella risata da vecchia, peggio di un singhiozzo.

«Lupo, dammi retta, lascia perdere. Tornatene a casa tua. Smettila di vivere così. Non ne vale la pena. È successo e basta. Doveva succedere. Tu non sai tante cose, non le hai mai sapute. Tamoa ti ha protetto quanto ha potuto e ti ha voluto molto bene, ma era già morto tanti anni fa...».

«Non te ne fotte un cazzo vero?» la interruppi, fuori di me, «lo hanno torturato, lo hanno ucciso in quel modo, hanno lasciato il suo corpo a marcire e tu te ne sbatti le palle... Stronza, puttana tossica che non sei altro. Ti basta fare qualche bocchino per strada, rimediare i soldi per ficcarti quella merda nelle vene e sei a posto, vero? Che ti frega degli altri, che ti frega di me e di Tamoa?»

«Me ne frega moltissimo», la sua voce era quasi un sussurro, «per questo ti dico di lasciar perdere, non mi va che tu faccia la stessa fine... Credi che sia stato divertente farsi violentare per tre ore di fila e guardare mentre ammazzavano mio fratello?»

«Che cosa hai detto?». Ero pietrificato.

«Hai sentito benissimo. Solo un idiota come te poteva non essersene accorto. Comunque ormai siamo andati troppo avanti», pescò nella borsa e si accese una sigaretta mentre la guardavo come se la vedessi per la prima volta e notavo, finalmente, quella somiglianza che mi ero sempre rifiutato di riconoscere: il viso forte, volitivo, gli zigomi pronunciati, il naso importante, un po' aquilino... Ero veramente un idiota. Lei sbuffò il fumo verso l'alto con aria rassegnata. «Va bene, Lupo. Preparati ad ascoltare una storia».

Capitolo **6**
Ricordi

Conosci la Corsica, Lupo? *È bella, un posto aspro, selvaggio, pieno di vita... C'è il mare, la montagna, i maiali selvatici feroci come cinghiali, le strade a tortiglione che si affacciano sull'abisso. Terra di gente forte e incazzosa, Napoleone ti dice niente? Magari ci sei stato in vacanza coi tuoi amichetti ricchi. Anche io e Tamoa eravamo ricchi, molto più di te. La tua famiglia, al confronto della nostra, è una scureggia nell'acqua. E non parlo soltanto di soldi ma di tradizione, rispetto, onore. Queste cose contano ancora, da noi. Se vai a Bastia, chiedi chi sono i Michelosi e vedrai che la gente si toglie il cappello.*

Jean Marc Michelosi, ecco come si chiamava il tuo Tamoa. E quanto a me, se te ne frega qualcosa, sono Marie Camille Michelosi. Mio padre, pace all'anima sua, ha cancellato i nostri nomi da tutti i documenti di famiglia ma anche lui non ci può far niente, era solo un piolo di una scala molto più lunga. E poi la nostra storia è piena di pazzi, maniaci e avventurieri, noi perpetuavamo una nobile tradizione. Papà, a quanto ne so, è morto di cognac e disperazione. Mamma se l'era portata via un tumore che ancora eravamo piccoli.

Adesso immagina due ragazzini, fratello e sorella, con pochi anni di differenza, destinati alla ricchezza e al potere, la laurea in Francia, la tenuta di famiglia, la libera professione, cazzo ne so, avvocati o medici. O magari solo a vivere di rendita, quando crepano i tuoi... Immagina che di tutte queste cose non glie ne possa fregare un cazzo... Non devi fare troppo sforzo, vero Lapo Sgarati che divenne Lupo?

Jean Marc aveva la testa piena delle stronzate che leggeva sui libri e che gli raccontavano in strada. Meglio tornare a casa coperto di sangue che di vergogna. Un uomo non rifiuta mai una sfida, cazzate così. Amava la violenza. Io amavo l'amore. Il cazzo, se vuoi. Ho fatto la prima sega a dodici anni, se papà l'avesse saputo m'avrebbe ammazzata. A quattordici ho sedotto un amico di mio fratello e l'ho praticamente costretto a scoparmi. Era terrorizzato e non è stato un granché. È durato più o meno sei secondi come te, la prima volta, te lo ricordi? Ma a ripensarci è già un miracolo che ce l'abbia fatta, poverino... Per una cosa del genere, al mio paese, rischiava le palle e non in senso figurato.

Andavamo a scuola ma era un disastro. Negati, indisciplinati. Papà era molto imparziale coi suoi figli. Usava la cinghia con tutti e due, senza distinzioni, un vero femminista per il suo tempo. Ci faceva mettere a pecorone e giù cinghiate. Scommetto che a te non te le hanno mai date, le cinghiate eh Lupo? Quando aveva finito dovevamo ringraziarlo. Merci, papà. Noi reagivamo a modo nostro. Io cercavo di non strillare e in genere resistevo fino al quarto colpo. Poi piangevo in silenzio. Quando non ne potevo più urlavo come una gallina e chiedevo pietà. Tamoa lo sfotteva. Diceva: papà, ma che hai male al braccio? Non sento niente, se vuoi ti insegno come si fa. Mio padre era alto un metro e ottantadue, pesava centocinque chili e una volta ha steso un puledro con un pugno. Tamoa non ha mai urlato, dai tredici anni in poi. A diciassette, quando papà lo ha convocato nello studio, si è messo a pecorone, si è beccato le sue venti cinghiate e alla ventunesima si è girato, ha strappato la cinghia a papà e gli ha rotto il naso con un pugno. Poi gli ha spiegato, con calma, che se avesse toccato, ancora una volta, lui o me l'avrebbe impiccato con la cinghia. Una cosa inconcepibile. Papà si è chiuso in camera con la bottiglia per la prima volta in vita sua. Due giorni dopo ha firmato i documenti per mandarci in due collegi differenti. Una settimana più tardi io e Jean Marc siamo scappati. Ma non da imbecilli, come te. Tamoa sapeva la combinazione della cassaforte e ha portato via tutto quello che c'era dentro. Un sacco di soldi, caro Lupo. Per noi non è stato come per te che ti sei allontanato passo dopo passo e hai tenuto sempre la porta aperta. È stato un taglio netto, una decisione definitiva, senza ritorno. Navi bruciate. Papà ci ha denunciati per furto. Tu hai ancora una casa che ti aspetta, un padre e una madre che non vedono l'ora di riabbracciarti anche se giochi all'eremita. Per noi due c'era solo la galera. E ce ne sbattevamo i coglioni. Adieu, papà.

Scappare da un'isola è una cosa molto facile e molto difficile. Facile perché hai a portata di mano una via di fuga che non lascia tracce, il mare. Difficile perché devi trovare qualcuno disposto a darti un passaggio sulla sua barca e che non se ne approfitti troppo. Il proprietario dello sloop che ci portò a Marsiglia si rese conto subito che eravamo in un casino spaziale e, una volta arrivati a destinazione, pretese il doppio dei soldi che avevamo pattuito per il viaggio, altrimenti ci avrebbe denunciati. Pagammo. Poi mi guardò meglio e decise che, tutto sommato, avrebbe gradito anche un extra in natura nella sua cabina. Fu uno sbaglio. Jean Marc gli fracassò la mascella con la maniglia di un verricello, si riprese tutti i soldi e lo buttò nell'acqua lurida del porto. Mio fratello era così, una furia incontrollabile, un incendio sempre pronto a devastare tutto. Ci ha messo anni e anni a tenersi a bada, a controllare i suoi accessi di violenza e non ci è mai riuscito del tutto, ma questo lo sai anche tu, vero Lupo?

Immagina due ragazzi ubriachi di libertà che arrivano in un mondo sconosciuto, pieni di soldi e di voglia d'avventura. Anni in cui si cominciava a respirare aria di novità, in cui tutto sembrava possibile. La prima tappa fu una sorta di comune in campagna, un gruppo di pazzi che aveva occupato un casolare diroccato e deciso di vivere secondo le leggi della natura. I primi hippy, quando la parola ancora non era stata inventata. Niente proprietà privata, niente vincoli familiari, niente elettricità o macchine, niente comfort. Un sacco di scopate, droghe, musica e discussioni. Mi ci buttai a pesce. Tamoa mordeva il freno, si annoiava. Non era scappato di casa per infilarsi in un groviglio di orgasmi multipli o spappolarsi il cervello a forza di acidi e funghi allucinogeni. Era troppo aggressivo per quella gente, troppo duro, troppo macho, si direbbe oggi. Dopo due mesi mi piantò lì e ci demmo appuntamento a Marsiglia dopo un anno esatto. Da allora abbiamo fatto così spesso e non ci siamo mai persi di vista del tutto. E abbiamo de-

ciso di cambiare nome a ogni tappa dei nostri viaggi. «Il nome è la cosa più importante, la gente ti identifica col tuo nome, il nome serve per lanciare maledizioni e per benedire. Noi siamo il nostro nome», diceva Tamoa che aveva cominciato a intripparsi di misticismo e si avviava a diventare quel pazzoide salmodiante che hai conosciuto. Io me ne fregavo ma la cosa mi divertiva. Sono stata Sita, Parvati, Aida, Francoise, Sarah, Miscelle, Sandra la Pazza, Bocca di Pietra e tantissimi altri nomi che non mi tornano in mente. La cosa più dura era ricordarseli.

Ho cominciato a bucarmi una settimana dopo che Jean Marc se n'era andato. Allora l'eroina non era il demonio, era un'esperienza tutta da scoprire, un salto nell'autocoscienza, una scelta definitiva. Ti mettevi su un piano diverso, gli altri ti guardavano con paura ma con rispetto. Qualcuno diceva addirittura che l'eroina era una cosa naturale e che non poteva far male, la dipendenza era tutta una balla del potere per tenerci alla catena e costringerci a vivere la vita di merda fatta di famiglia, televisione, lavoro. Adesso 'ste cazzate fanno ridere ma a quel tempo ci si credeva sul serio. Io ci credevo, almeno. Un anno dopo, quando sono andata all'appuntamento con Tamoa, avevo finito tutti i soldi ed ero ridotta più o meno come adesso. E lui mi ha curato con lo stesso trattamento che mi hai imposto tu, caro Lupo. Magari è stato un po' più gentile, mi ha passato qualche tranquillante, mi ha dato da mangiare roba decente, quando ho smesso di vomitare tutto quello che inghiottivo, ma la sostanza era la stessa. Non sono più tornata all'"Età dell'Oro", così si chiamava la comune che ormai si era quasi completamente sfasciata e sono rimasta con lui per un po'. Per un bel po': oltre dieci anni.

Tamoa è finito nell'unico posto dove poteva finire uno come lui: la Legione. *Proprio così, quegli imbecilli col cappello a tubo di stufa, imbottiti di stronzate marziali e senso dell'onore.* Legio patria nostra, honneur et fidelitè *e tutte le altre merdate. Jean Marc ha perfezionato la tecnica, ha imparato a diventare un bravo assassino, ma dopo qualche mese si è reso conto che non era roba per lui.* Mio *fratello non ha mai avuto il minimo senso della gerarchia e della disciplina ed è duro essere così quando uno stronzetto con due strisce sulle spalline ti ordina di lavare i cessi della camerata o restare sull'attenti per dodici ore di fila.* Nella legione, *Jean Marc ha conosciuto un gruppo di concittadini pazzi come lui e ha fondato una banda che si chiamava* Fratellanza Cor-sa. *Uno dopo l'altro, hanno disertato tutti quanti e si sono ritrovati di nuovo a* Marsiglia. *Erano completamente fuori di testa. Hanno inventato un giuramento di sangue e un motto che era tutto un programma: «Si spara, non si scappa»* o *qualcosa del genere.* Non *sapevano un cazzo di malavita, ma conoscevano le armi ed erano coraggiosi fino alla follia.* Marsiglia *era un ginepraio di cosche e di gang che si facevano la guerra tra loro, ogni mattina si contavano i morti ammazzati per le strade, le faide attraversavano l'*Oceano, *le vendette a catena proseguivano per anni. Quelli della* Fratellanza Corsa, *con mio fratello in testa, si sono buttati a corpo morto nelle rapine.* Erano *così esaltati che a volte telefonavano alla polizia, il giorno prima, per annunciare il colpo che avrebbero fatto. Poi era tutta una follia di inseguimenti, revolverate e scariche di mitra. Lasciaro-*

no sul terreno due dei loro compagni e almeno quindici vittime tra poliziotti, passanti, impiegati che avevano cercato di fare gli eroi. «Sulla vita ci pisciamo», era un altro dei loro slogan. Dopo qualche mese furono contattati dai membri di una banda che guardava all'Italia, si chiamava la gang delle tre "C" dalle iniziali dei cognomi dei capi che la governavano: Francois Cetroni, Antoine Carretta e Jaques Calenger. Autentici gangster, nomi leggendari nel milieu. Di fronte a loro, quelli della Fratellanza Corsa erano i ragazzi della via Paal, hai presente? Certo che hai presente, sei uno stronzetto di buone letture, caro il mio Lupo.

Per Jean Marc e per gli altri era un salto di qualità, una promozione sociale, una svolta nella vita. Entravano in un giro grosso, in una vera gang potevano diventare ricchissimi. Ma alcuni, tra cui mio fratello, non erano affatto d'accordo. Come ti ho detto, lui non sopportava le gerarchie. «Non sono scappato dalla legione per mettermi sull'attenti davanti a uno stronzo caccoloso con un anello grosso come un culo di bottiglia che si crede Dio», diceva. Ma la maggioranza era d'accordo a entrare nella gang e la regola era quella: nessun capo, tutto ai voti. Erano banditi democratici. Discussero per tre notti di seguito, bevvero ettolitri di Pastis e Pernot, fumarono tonnellate di sigarette e, alla fine, Jean Marc riuscì a strappare tre impegni: sarebbero rimasti sempre legati tra loro, nessuno avrebbe mai tradito un compagno della Fratellanza e non avrebbero mai trattato eroina. Su questo punto, Jean Marc era irremovibile, aveva visto come mi ero ridotta a forza di pere e non voleva saperne di quel business. Suggellarono l'accordo coi soliti giuramenti di sangue, sul Vangelo e sul pugnale, morte a chi sgarra e cazzate così. Sotto sotto erano proprio dei ragazzini come te, mon cher Lupo.

Partimmo per l'Italia. Io non facevo un cazzo: ero la sorella di Jean Marc, tutti mi rispettavano e mi portavano in palmo di mano, non mi bucavo più, spendevo e spandevo, mi godevo ristoranti e alberghi a cinque stelle e me ne fottevo del mondo. È stata una vita folle ma grandiosa, finché è durata. Se avessi una decima parte del denaro che ho speso in un anno starei a posto per tutta la vita ma la regola era che i soldi rubati non si contano. Nessuno pensava al futuro anche perché eravamo tutti convinti di crepare giovani. Molti ci sono riusciti. Tamoa è stato battuto di parecchie lunghezze da gran parte dei suoi vecchi amici. Ma sto divagando.

I Marsigliesi, quelli delle tre "C", avevano due obiettivi: monopolizzare il giro della droga, lanciare il nuovo business della cocaina ed esportare la moda dei sequestri di persona che qui da voi erano ancora una faccenda da pastori sardi. A Jean Marc e alla Fratellanza Corsa era riservato un ruolo di sicari. Dovevano stendere tutti i capi e capetti locali che si opponevano. Molti boss non ne volevano sapere dell'eroina o della coca, restavano fedeli ai vecchi affari come le bische o la prostituzione e, dopo che i Marsigliesi avevano tentato di convincerli o di comprarli, entravano in campo Jean Marc e i suoi e li accoppavano uno dopo l'altro. Una carneficina. Lo so cosa stai pensando, caro Lupo: ma come, quelli si opponevano alla droga e ad ammazzarli erano proprio il buon Tamoa e i suoi amichetti, che la pensavano allo stesso modo? Ti ho beccato vero? È una contraddizione ma Jean Marc e gli altri se ne fottevano alla grande. A loro bastava non sporcarsi le mani con la polvere. Era un lavoro. Mi dici di sistemare quel tizio? E io lo sistemo, il perché non sono cazzi miei. Te l'ho detto, Lupo, erano pazzi da legare. Uccidere la gente dà alla testa molto più di un acido, dai retta a una che di acidi se ne intende e non ha mai ucciso nessuno... Cominci a sentirti al di sopra di tutto, vita e morte nella tua semiautomatica o nel coltello che hai legato al polpaccio, solo Dio al di sopra di te, se ci credi e molti di loro, anche se sembra una cosa da matti, ci credevano eccome: pregavano, andavano a messa, facevano perfino la comunione... Dopo una sparatoria o un omicidio, tutti lì ginocchioni come chierichetti. Pazzi furiosi.

Nel tempo libero, quando non organizzavano agguati o ammazzamenti, Jean Marc e i suoi si dedicavano al loro passatempo preferito: le rapine in banca. Lo facevano per divertirsi perché di soldi ne giravano tanti che non sapevano cosa farne. Jean Marc ha cominciato a cambiare il giorno in cui, durante una fuga, lui e gli altri hanno messo sotto, con la macchina una ragazza di ventisei anni. Loro sono riusciti a scappare a piedi, sparando come pazzi, lei ci è rimasta secca. Il giorno dopo, sui giornali, ha letto che stava per sposarsi e io ho capito che era sconvolto anche se, ovviamente, teneva la bocca chiusa. Ha riempito un sacco di banconote e, di notte, è andato a portarlo davanti alla porta dei genitori della ragazza, ha suonato il campanello ed è scappato via. Una cosa folle, perfettamente in linea con lo spirito di quel tempo. Questa storia, sui giornali, non è mai stata scritta, segno che forse i genitori della ragazza hanno deciso che, tutto sommato, tanto valeva tenersi il denaro visto che la figlia, ormai, era andata. Ma a mio fratello non bastava. Era sempre più violento, be-

veva troppo, prendeva fuoco alla minima occasione. Mostrarsi pentito era fuori questione, lasciare il gruppo era impossibile, ma da quella volta è stato sempre meno Jean Marc e ha cominciato ad avvicinarsi al Tamoa che hai conosciuto tu. A proposito, hai capito perché aveva scelto proprio quel nome, alla fine? No? E allora non te lo dico, mica posso fare io tutto il lavoro, è bene che lo fai girare un po' anche tu, quel cervello da misantropo che ti ritrovi. Mi sa tanto che, a forza di stare sulla strada e di parlare da solo, ti stai rincoglionendo precocemente, caro il mio Lupo.

Ma torniamo a noi. Mio fratello, dopo la storia della ragazza, ha iniziato a leggere libri esoterici, a interessarsi di zen e meditazione trascendentale, a studiare perfino la cabbala e il Corano. Qualcuno ha cominciato a chiamarlo il Monaco ma sottovoce. Scherzare con Jean Marc era giocare alla roulette russa. Una volta rideva di gusto, il giorno dopo ti sparava. Nel frattempo, finito il lavoro in Italia, eravamo tornati a Marsiglia e ripreso la vita di prima, ma con molti più soldi. Ormai Tamoa e gli altri ragazzi erano dei veri criminali.

Il suo migliore amico, dai tempi della Legione, l'unico con cui aveva una confidenza quasi completa si chiamava George Colonna ma tutti lo chiamavano "Gegè". E inutile che fai quel sorriso idiota, Lupo, allora i gangster andavano pazzi per i soprannomi idioti, tutto un florilegio di "Papà", "Mou mou", "Fefè" "Gagà" "Cocò". Quando si salutavano sembrava un raduno di un'associazione per i diritti degli omosessuali: bacetti, abbracci, carezze, scafette, sussurri, vezzeggiativi, "Mon cher" di qui e "Mon petit" di là. Portavano i pantaloni così attillati che si vedeva il pacco, si mette-

vano brillantina, si inondavano di profumo, si coprivano di gioielli, si facevano fare la manicure e perfino la maschera per il viso dal barbiere... E alla minima occasione quei damerini azzimati si ammazzavano senza pietà. Funzionava così.

Insomma, Gegè era l'unico che poteva chiamare apertamente mio fratello Il Monaco. Si sbronzavano insieme. Andavano a donne insieme. Si coprivano le spalle a vicenda. Lo so cosa stai pensando e hai ragione: è stato lui ad ammazzarlo. Ma non sai ancora perché. Solo che adesso ho fame e sonno. Prepara qualcosa da mangiare, fammi dormire un po' e domani ricomincio. Non ti preoccupare, non scappo. E non guardarmi con quegli occhi da pesce lesso perché non è il caso. Io e te abbiamo chiuso col sesso, caro Lupo. E non perché non ti voglio più. Fare l'amore con te è stata una delle cose più belle che mi siano capitate in questi ultimi anni, credimi, ma non ti voglio ammazzare. C'è una malattia di merda che gira da un po' tra noi tossici. Nessuno ne parla ma sono già crepati in parecchi. La confondono con l'epatite, la dissenteria, l'ameba, la mononucleosi e tutte quelle bestiacce che ci prendiamo passandoci le siringhe ma io lo so che questa è una cosa diversa. Mai vista prima. Diventi sempre più stanco, sempre più magro, la bocca ti si riempie di robaccia bianca, le ghiandole ti si gonfiano come palloni. Alla fine ti copri di macchie viola, i polmoni non funzionano più e dopo un po' sei fritto. Ecco qua, guarda l'interno del braccio: la vedi questa? Non è un livido, caro Lupo, è la morte. Non abbassare gli occhi, non me ne frega un cazzo. Anch'io, come Tamoa, sono morta tanti anni fa. E giacché ci siamo devo dirti un'altra cosa: so che quando ero a rota ho fatto di tutto perché mi lasciassi andare... Ho cercato di sedurti e tu, nobile cavaliere dalla lucente armatura, mi hai respinta. Per questo ora sono qui con te. Se mi avessi scopata, se avessi pensato di averti contaminato, non mi avresti più vista. Sarei scappata via e, forse, mi sarei uccisa. Una bella pera e via. Ma è andata diversamente. Karma, direbbe Tamoa. Dai, dammi quel piatto, adesso mangiamo.

Si addormentò quasi subito, sfinita. Le erano bastati pochi bocconi per saziarsi, poi si era raggomitolata sul pavimento come un gattino, avvolta in una delle mie vecchie coperte e quasi subito avevo sentito il suo respiro sempre più lento e regolare. Raccolsi gli avanzi del suo piatto, un po' di frittata e un'insalata di pomodori e cetrioli che avevo preparato mentre parlava. Pensavo di metterli via per farci un panino il giorno dopo, poi mi ricordai di quelle parole agghiaccianti, della malattia senza nome che le scorreva nelle vene, uscii e buttai tutto nel fiume. Agivo meccanicamente, senza pensare, lasciando che la mente si concentrasse completamente in quei gesti prosaici e fu quella sera che capii l'insegnamento principale di Tamoa, la capacità di imbavagliare il cicaleccio della mente restando fisso nell'azione, per quanto stupida e ripetitiva potesse essere. Mi sentivo in pace. Tornai dentro, mi sdraiai accanto a lei e rimasi a lungo a fissare il buio. Adesso sapevo cosa sarebbe successo, quello che mi aspettava in futuro. Tutto il resto non esisteva. La notte era tiepida e silenziosa, solo l'uggiolare sommesso di Yussuf che mi ricordava la sua presenza rassicurante. Dormii.

V

La fine cominciò quando uno dei ragazzi, Marcel de Rocca-Serra che chiamavano Mamì fu trovato stecchito con la siringa in vena. Era uno della Fratellanza, uno della prima ora, un tipo tosto con un passato simile al nostro e una famiglia ricca che aveva abbandonato per vivere all'avventura. Anche lui veniva dalla Legione, era bello come un angelo, un tombeur de femmes *galante e sfacciato che una volta si era presentato in una banca con una mitraglietta in una mano e venticinque rose rosse per la direttrice nell'altra. I giornali lo soprannominarono il "Bandito Gentiluomo". Pazzo come un cavallo anche lui. Ma nessuno poteva immaginare che si fosse incasinato con la roba. Mio fratello ne rimase sconvolto. L'indifferenza degli altri lo lasciò basito. Gli organizzarono un funerale sontuoso come usava allora, cavalli neri impennacchiati e la banda che suonava, tutta la Fratellanza che sfilava dietro alla carrozza con le armi bene in vista e gli sbirri che stavano a guardare e facevano foto di nascosto. Tamoa e gli altri sorridevano, duri. Non gliene fregava un cazzo delle foto. La polizia li conosceva, loro conoscevano i poliziotti, uno per uno.*

Dopo la cerimonia ci fu il banchetto funebre, un'altra usanza demenziale di quei tempi. Tutti a sbronzarsi e ad abboffarsi alla faccia del morto ancora caldo. Finì con un carosello di puttane e tutti che scaricavano le pistole in aria gridando "Au revoir Mamì". Jean Marc bevette pochissimo e si guardò attorno per tutta la notte come se fosse stato accerchiato. Aveva intuito qualcosa che gli faceva più male delle cinghiate di papà quando era ragazzino: era l'unico illuso del gruppo, l'idiota che credeva sul serio a quei giuramenti solenni a quei pro-

clami d'onore. Tutti gli altri se ne fregavano alla grande e trafficavano con l'eroina e la coca. Lo tenevano buono con le stronzate sulle leggi della fratellanza e si facevano i cazzi loro. Era più solo che mai.

Gli ci volle pochissimo a scoprire che Gegè aveva aperto un canale di spaccio all'ingrosso assieme a quelli delle tre "C". Dovette solo aprire gli occhi. Anch'io, nella mia stupidità, avevo intuito qualcosa da tempo ma non facevo domande e speravo che mio fratello non lo scoprisse mai. Ero un'illusa ma almeno, quando mi affrontò a brutto muso, potei giurare sulla Bibbia, senza mentire troppo, di non averne saputo niente. In fondo erano solo sospetti. E a quel tempo, in quel posto, i sospetti di una donna erano merda secca. Servivamo per aprire le cosce o tutt'al più per nascondere armi o denaro. Poi c'erano le puttane, strumenti di lavoro. Io vivevo in una sorta di limbo, protetta dall'alone di violenza e pericolo che circondava Jean Marc. Nessuno si sarebbe mai confidato con me, nessuno osava allungare una mano o farmi una proposta anche se capivo che parecchi ragazzi si sarebbero tagliati un dito per passare una notte con me. Ero bella, caro Lupo, una fica spaziale, si direbbe oggi, mica un cesso come mi vedi ora... Lascia perdere, cretino, non c'è bisogno di farmi i complimenti adesso che sono mezza marcia. Mi hai fatto perdere il filo... Dove eravamo?

Ah sì, la scenata con Tamoa. Urlò tutta la notte, con gli occhi fuori dalle orbite per la rabbia e la disillusione. Poi si calmò di colpo. Mi disse solo di preparare le valige, prendere tutti i soldi che avevo e prepararmi a partire. Lo supplicai, lo implorai di lasciar perdere, ma era come parlare a una statua. Ero sicura che volesse fare una strage, ammazzare i suoi compagni uno dopo l'altro, ma lui stava preparando qualcosa di peggio. Qualcosa che ne avrebbe fatto un reietto e un fuggiasco per tutto il resto della vita. Il crimine più orrendo, l'azione più infame che si potesse commettere.

Sì, Lupo, vedo che cominci a capire. Il giorno dopo il tuo Tamoa si mise il vestito più elegante, si infilò un revolver carico dietro la schiena e si presentò nella sede della brigata criminale. Sarebbe bastata una telefonata anonima, ma lui tradì il suo mondo e la sua gente a viso aperto, senza nascondersi. Era fatto così, pagava di persona. Le leggi sui pentiti dovevano essere ancora inventate e rischiava l'ergastolo e una condanna a morte certa in galera, dove l'avrebbe raggiunto la vendetta dei suoi amici, ma se ne fregava. Ero sicura che, se avessero tentato di arrestarlo, avrebbe fatto una carneficina e si sarebbe fatto scoppiare la testa. Non lo fecero. Vedi, Lupo, non so se riesco a darti un'idea del clima di quei tempi ma tra noi e le guardie c'erano rapporti strani. Ci sparavamo addosso ma ci rispettavamo, come nemici leali. Jean Marc entrò nell'ufficio del funzionario che indagava sulla banda e ci rimase sette ore. Poi uscì col suo revolver carico dietro la schiena e un peso mostruoso sulla coscienza. Aveva venduto Gegè. Solo lui. Molti anni dopo, durante una delle sue rare sbronze, mi raccontò che il commissario non aveva fatto neanche il gesto di trattenerlo ma, quando si era alzato, non gli aveva stretto la mano. Per un oltraggio simile, mio fratello avrebbe ucciso chiunque, invece gli girò le spalle e se ne andò.

Scappammo subito dopo. Gegè fu arrestato la notte stessa. Nel cortile della sua villa, nascosti nella cuccia del suo dobermann, la polizia trovò cinque chili di eroina purissima. Ma questo lo scoprimmo anni dopo. Io e Jean Marc, in quel momento, eravamo su un cargo diretto in Argentina, unici passeggeri paganti. Ricominciava la fuga. Ma sia io che lui sapevamo di essere già morti. Un mese, un anno, vent'anni. Non potevamo saperlo ma quando si tradisce il milieu *non c'è scampo. Era solo una questione di tempo. E vuoi saperne una? Mio fratello era perfettamente d'accordo. Diceva che era giusto, che doveva finire così. Ma intanto scappavamo. «Non c'è fretta di farsi ammazzare, vero?», diceva. E rideva. Credo che fosse diventato ancora più pazzo, come te, del resto.*

Non ti sto a raccontare cosa abbiamo fatto in tutti questi anni, caro il mio Lupo, tutti i posti che abbiamo visto, le storie che ci sono capitate. Siamo stati in Sudamerica, in Indonesia, in Borneo, negli USA *e quando abbiamo deciso di tornare in Europa l'abbiamo girata tutta, dalla Svezia al Portogallo. Ogni tanto ci perdevamo di vista, ognuno con le sue storie, ma ci rincontravamo sempre dopo un anno. Non ti so dire quanti nomi e quante vite abbiamo cambiato io e Tamoa. I soldi se ne sono andati poco a poco, perché ci era rimasta appiccicata quella follia di spendere senza limiti e di non contare il denaro. Mio fratello non ha mai avuto una donna fissa né un figlio, era diventato una specie di mistico, studiava le religioni, le filosofie, le tecniche di combattimento, perfino la cucina di tutti i posti dove andava. Io, invece, m'innamoravo a catena e collezionavo storie una più bislacca dell'altra. Rimasi incinta, persi il bambino e la possibilità di farne altri, tutto in una botta. Karma. Io e Jean Marc eravamo due cavalli pazzi al galoppo. Ma ci siamo divertiti, caro Lupo e spero proprio che qualcosa di simile possa toccare anche a te, prima di morire, anche se quello che vedo nei tuoi occhi è una fine prematura. Cambia idea, Lupo, e vivi. Ma ho già capito che anche con te è come parlare a una statua. Non per niente mio fratello ti era così affezionato. Forse sei stato la cosa più simile a un figlio che abbia mai avuto.*

Bene, è inutile stare a girarci tanto intorno, siamo arrivati alle ultime puntate. Abbi pazienza, adesso ti racconto come ci hanno trovati. Questo Paese è stata solo una tappa, buona come le altre. Ci avrebbero beccati dovunque, prima o poi. Mio fratello, tra le altre cose, è stato marinaio sui mercantili. Ogni tanto, quando arrivava in un porto, lasciava le sue cose sulla nave e scompariva. Se ne andava in giro, restava qualche mese e poi trovava un altro ingaggio e si imbarcava di nuovo. Io e lui siamo sempre stati in contatto, col sistema degli appuntamenti annuali. Ci ritrovavamo ogni volta o, se uno dei due non poteva, riusciva sempre a lasciare un messaggio all'altro con la data e il luogo del prossimo incontro. Lui ha viaggiato solo via mare o via terra e vuoi sapere perché? Il tuo Tamoa, l'uomo senza paura, aveva il terrore folle degli aeroplani, non ha mai volato in vita sua. Buffo, no?

Alla fine Jean Marc e io non avevamo più un soldo. L'ultimo inverno, in Germania, abbiamo rischiato di crepare assiderati. Io, almeno, avevo sempre una risorsa a disposizione, la fica, lui si arrangiava come poteva. È stato maniscalco, tatuatore, cuoco, organizzatore di scommesse, ha combattuto sui ring clandestini, ha corso in macchina, in moto, perfino a cavallo per denaro, chiunque organizzasse una sfida lui era lì che accettava. Ma non si è mai rimesso in un giro di mala, anche se avrebbe potuto farlo: diceva che quello era un capitolo chiuso. Negli ultimi tempi si era quasi convertito alla religione Baha'i e continuava a sproloquiare di giustizia e di non violenza, lui che è stato l'uomo più violento e spietato che abbia mai conosciuto... Non alzare gli occhi al cielo, Lupo, ci siamo quasi. Tamoa non è riuscito a insegnarti la pazienza, a quanto vedo.

Siamo arrivati in Italia parecchi anni fa, ognuno per conto suo e ci siamo ritrovati col solito appuntamento fissato un anno prima. Poi ci siamo persi di vista di nuovo. Jean Marc aveva scelto di campare come un barbone, tra gli ultimi, non so se fosse una specie di espiazione o si stesse preparando a morire abbandonando tutto. Sai la storia della consapevolezza del dolore, del superamento del desiderio? Ma sto divagando di nuovo...

Be', secondo Tamoa è stato il karma, secondo me una sfiga bestiale, fatto sta che anche Gegè adesso vive qui. Proprio qui, a neanche due chilometri da questa graziosa casetta con vista cloaca che ti sei costruito. Ha scontato la pena, si è messo in affari e si è comprato un locale di copertura, in pieno centro. I soldi non gli mancano e credo che abbia intenzione di mettersi in società con una banda di malavitosi che stanno crescendo in fretta e si stanno spianando la strada a raffiche di mitra, come faceva la Fratellanza Corsa ai bei tempi. Tamoa ha passato metà della vita a rendersi invisibile e forse sarebbero passati ancora molti anni prima che lo beccassero, ma una puttana si deve far vedere per forza. Sì, Lupo, la puttana sono io. È per colpa mia che hanno ammazzato mio fratello.

Chi vive in strada, quasi sempre, sa le notizie molto prima dei giornali, questo almeno l'avrai capito. Quando mi hanno presa, a Gegè è bastato far girare la voce e aspettare. Tamoa lo ha beccato per strada. Avrebbe potuto ucciderlo facilmente, ma si è fatto promettere che, dopo aver finito con lui, mi avrebbero lasciata andare. Rischiava grosso perché la parola data a un infame non ha valore ma Gegè a suo modo è un gentiluomo anche lui, come il povero Mamì. E adesso, Lupo, scegli tu: vuoi veramente che vada avanti? No, non rispondere subito. Chiudi gli occhi, respira a fondo e conta fino a dieci. Ti offro un'ultima possibilità. La finisco qui, mi alzo e me ne vado. Tu torni a casa e dimentichi tutto. È stato un sogno. Tu sei Lapo Sgarati e domani ti svegli nel tuo letto, ti iscrivi all'Università e dimentichi tutto. Tamoa avrebbe voluto questo, per te.

Va bene, come vuoi, non t'incazzare. Vado avanti. Quella notte è stata una cosa assurda, un incubo surreale. È stato Tamoa a scegliere il posto dove farsi ammazzare, proprio lì dove l'hai trovato. Voleva morire in mezzo alla natura, non in una cantina o in un sotterraneo e anche un canneto pieno di immondizia come quello andava bene. Voleva guardare il cielo. Siamo scesi verso il fiume tutti insieme, Tamoa, io Gegè e quattro dei suoi ragazzi, chiacchierando che sembrava una scampagnata. Mio fratello e Gegè si sono raccontati quello che avevano combinato in tutti questi anni, ridendo e scherzando come vecchi amici. Nessun rancore, vecchio mio, anche se adesso ti strappo le palle con una tenaglia. Il problema è stato Daruma. Per una volta, l'unica in vita sua, non ha obbedito a mio fratello.

Tra lui e quel cane c'era un rapporto telepatico, un'intesa incredibile, ma è inutile spiegarlo proprio a te perché Tamoa ha capito, fin da quando eri bambino, che hai lo stesso dono con gli animali. Anzi, diceva che tu sei molto più dotato di lui. Sta di fatto che Daruma ha attaccato. Dovevi vederlo, uno spettacolo, una forza della natura. Per un attimo ho pensato addirittura che sarebbe riuscito a farci scappare ma lo hanno ammazzato a mezz'aria, due botte e via. Denti contro pistole, non vale. Anche il tuo Yussuf ci ha provato ma con meno convinzione. Tamoa lo ha richiamato mentre saltava, la pallottola l'ha preso di striscio al fianco e lui se l'è filata. Secondo me ci soffre ancora, per questo ti sta così appiccato. Ma io non me la intendo con gli animali come te e Jean Marc, pace all'anima sua. Comunque, una volta risolto il problema dei cani, Gegè e i suoi si sono occupati di noi due.

Per prima cosa è toccato a me. Avevano promesso di lasciarmi viva ma non intatta. Per una donna, nel milieu, *lo stupro è la punizione rituale, l'oltraggio che si lava solo col sangue. E ti assicuro che ci hanno dato dentro, tutti e cinque. Sembrava che fossero a secco da anni. Quando proprio non ce l'hanno fatta più hanno preso un salame piccante, di quelli al peperoncino, che si erano portati apposta. Fa male, sai? A Tamoa è toccata l'umiliazione di assistere senza potermi vendicare. Doveva morire con questa vergogna. Ha guardato per tutto il tempo senza battere ciglio. Io mi sono ricordata del coraggio con cui affrontava le cinghiate di papà e mi sono imposta di non strillare. Per le prime due ore ci sono riuscita. Se ti raccontassi quello che mi hanno fatto, caro Lupo, ti meraviglieresti di vedermi ancora in piedi anche se un po' acciaccata. Per parecchi giorni non ho potuto neanche sedermi, non so se rendo l'idea.*

Sei impallidito, Lupo, ma forse solo perché hai paura di quello che stai per sentire. Be', tranquillizzati subito. Tamoa se n'è andato in fretta. Si è lasciato incaprettare docilmente, preparandosi a sopportare il dolore più atroce che si possa immaginare, ma credo che a questo punto Gegè gli abbia concesso l'ultimo favore. Forse, con gli anni, si è rammollito anche lui o magari con Tamoa avevano stipulato un accordo di cui non so un cazzo fatto sta che, attorno al collo, gli ha passato un cappio, non il solito nodo stretto ma che non si può serrare e che serve solo a tenere fermi quando devi bloccare qualcuno. Quel cappio è stata la liberazione di Jean Marc. A mio fratello è bastato uno scatto di reni, un bel colpo secco con le gambe e la corda gli ha spezzato la trachea. Morte istantanea. Gegè ha fatto una gran scena di imprecazioni e bestemmie ma sono sicuro che era una recita a uso e consumo dei suoi sgherri. Poi si sono lavorati il cadavere per benino. Serviva da esempio, capisci? Ma tutto quello che gli hanno fatto lui non l'ha sentito. No, Lupo, non ti prendo per il culo, a questo punto cosa cazzo me ne potrebbe fregare? Ti racconto i fatti, punto e basta. Tanto l'ho capito che hai deciso di farti ammazzare anche tu. Gegè aveva giurato che gli avrebbe strappato le palle e gliele avrebbe infilate in bocca e l'ha fatto. Vivo o morto, non credo che gli importasse granché.

Il resto te lo puoi immaginare. Quando ho finito di cacare sangue, mi sono rivestita come ho potuto e me ne sono andata. No, Lupo, non ho seppellito mio fratello. Ho cercato di seppellire me stessa. Morire di eroi-

na è molto più difficile di quanto sembri, specie quando puoi permetterti solo robaccia da strada. Ho ricominciato a farmi e a battere, una cosa tira l'altra. Quando ho visto la macchia viola sul braccio ho capito che non c'era più neanche bisogno di cercare la pera finale, la pera definitiva, la pera Tai Chi, la Suprema Ultima Pera. Bastava aspettare. E adesso che sai tutto fammi andare via. Non ci vedremo mai più.

Non la lasciai andare. Non subito, almeno. Sapevo benissimo che sarebbe scomparsa nel nulla e mi servivano altre informazioni. Mi dette l'indirizzo del locale e quando le chiesi di descrivermi Gegè scoppiò a ridere. Ma non era più quella sghignazzata triste, da vecchia, era la risata cristallina della Parvati che avevo conosciuto, della donna sconcertante con cui avevo fatto l'amore per la prima volta in vita mia. Quella che avevo amato.

«Allora, com'è fatto 'sto tizio?», chiesi quando smise di ridere.

«Hai presente un gangster francese? Ecco, lui è proprio così».

«Scusa, sai ma ho poca esperienza in merito... Non sono stato nella Legione straniera, non ho mai rapinato una banca e se è per questo non ho mai nemmeno ammazzato qualcuno... In compenso ho scritto una tesina sulla scapigliatura milanese».

«E vuoi ammazzare un bandito corso a colpi di tesina? Lo stendi a forza di citazioni?», mi canzonò.

«Questo lo devo ancora decidere. Intanto dimmi com'è fatto il tipo».

«Alto, grosso, massiccio. Ingombrante. Basettoni,

brillantina. Pieno di gioielli. Camicia nera, cravatta bianca, hai presente? Sembra la caricatura di un gangster. Invece è proprio un gangster».

«Gira sempre con la scorta?»

«No, non credo... Ai nostri tempi non usava. Gli sgherri lo seguono se c'è da fare un lavoro ma per quanto ne so, si protegge da solo. È sempre armato, questo sì».

«Ha una macchina?»

«Cazzo di domanda. Ne avrà una decina... Vuoi sapere anche come ha il cazzo? Proporzionato al resto, te lo dico per esperienza diretta».

«Sei proprio una puttana».

«Grazie. Posso andare?»

«Non ancora. Vive solo?»

«Che palle, Lupo, mica me lo sono sposato. Mi ha solo violentata insieme ad altri quattro e poi ha ucciso mio fratello. I nostri rapporti attuali si fermano qui».

«Potresti essere un po' più collaborativa... In fondo voglio vendicare tuo frat...».

Mi saltò quasi addosso. Occhi come fessure.

«Sentimi bene, giovane idiota, quello che farai è affar tuo e non lo voglio sapere. Non ti ho incaricato della mia vendetta. Lasciami in pace. Forse, se avevo già quella merda nelle vene, l'ho contaminato mentre mi inculava a sangue, forse no... Mi basta questa speranza. Io non ti seguo in questa storia, Lupo. Mio fratello si è fatto uccidere per me, basta così».

«Bene, ricevuto. Non t'incazzare... Ho capito che dovrò fare tutto da solo».

«Lupo, ascoltami, lascia stare... Se non vuoi tornare a casa, continua pure a vivere così, ma cercare di far fuori uno come Gegè è un suicidio... Lui ti schiaccia come un insetto».

«Gli insetti pungono, a volte».

Fece un gesto sprezzante. Non mi offesi.

«Insomma, guardati. Un ragazzino idiota che vive come un mendicante contro un boss della mala...». Le feci cenno di tacere. Mi aveva appena dato un'idea.

«Hai presente Ulisse? Quello dell'Odissea».

«Be'? Che fai mi tieni una lezione... So benissimo che hai fatto il classico».

«Anche lui, Ulisse, è tornato a Itaca come un mendicante... E si è vendicato».

«Peccato che non c'è Omero a raccontarla, stavolta».

«Non prendermi per il culo. Essere invisibile, essere un insetto, un mendicante... Be', può diventare un vantaggio no? La forza che viene dalla debolezza».

«Adesso basta, mi hai proprio rotto il cazzo. Mi sembra di sentire mio fratello negli ultimi tempi».

«Perché aveva scelto quel nome, Tamoa?»

«Scoprilo da solo. Io me ne vado».

«È tardi. Resta a cena, dormi qui. Domani mattina te ne vai. Ti prometto che non ti chiederò più nulla».

Mantenni la promessa. Anche lei. Non la vidi mai più.

Capitolo 7
Elemosina

La mia carriera di mendicante cominciò il giorno dopo.

Era l'unica esperienza di strada che ancora mi mancava, a parte vendere il culo. Scrissi "HO FAME" su un pezzo di cartone, mi munii di un grosso bicchiere di carta e andai a stravaccarmi sul marciapiedi, vicino al locale di Gegè, in una traversa di un vialone pieno di luci, alberghi, turisti e mignotte di lusso. Apriva solo di sera ma pensai che l'elemosina si chiede di giorno e che la gente della zona si doveva abituare alla mia presenza. Non stesi neanche un giornale, mi buttai a terra tra gli sputi, le cicche e le pisciate di cane, col mio cartone bene in vista e cercai di assumere l'espressione più patetica e implorante che mi veniva. Col passare delle ore scoprii il piacere agrodolce dell'umiliazione, il tizio che mi passò vicino sputò di lato e disse: «Ma vai a lavorare», la signora che ringhiò: «Vergogna, così giovane», e, peggio di tutti, il cascherino che, uscendo da un negozio, fece cadere cinquanta lire nel bicchiere. Restai lì fino a mezzanotte, il locale aprì, auto di lusso cominciarono a fermarsi davanti all'entrata, coppie tirare a lucido s'infilarono nell'ingresso, presidiato da un tipo grosso come un armadio a quattro ante. Capii che si trattava di un posto ibrido, buono per tutti: malavita di grosso cabotaggio, turisti in vena di spese e in cerca di avventure, gente con parecchi soldi che stavano stretti nel portafogli. Non vidi nessuno che potesse corrispondere alla descrizione di un gangster corso sulla cinquantina e per un attimo pensai che Parvati mi avesse beffato per salvarmi la vita. No, escluso: sapevo che sarei tornato a cercarla, l'avrei trovata e tutto sarebbe ricominciato da capo.

Tre giorni dopo, un poliziotto mi passò accanto, mi dette un piccolo calcio sulla gamba e con un gesto secco della mano mi fece cenno di sloggiare. Obbedii e tornai mezz'ora dopo. Nessuno mi disturbò più. I commercianti, stranamente, erano i più caritatevoli, qualcuno uscì per darmi qualche moneta, un salumiere mi portò un panino, un altro mi chiese come mi chiamavo.

«Ulisse».

«Stai male?»

«Sto benissimo».

«E perché chiedi l'elemosina?»

«Non ho soldi».

«Lavorare no, eh?»

«Non mi va».

«Contento te... Forse tutto sommato hai ragione tu».

Mi allungò cento lire e, da quel momento lo fece ogni giorno. Capii una cosa: chi ha una casa, un lavoro e una famiglia, una vita organizzata, le rate da pagare, la scuola dei figli e tutto il resto ha paura di chi non ha niente e, al tempo stesso, lo invidia. Qualcuno reagisce con la rabbia, molti cercano di fartisi amico. Il motivo non lo so, è roba da strizzacervelli, ma non c'è altra ragione che spieghi perché, tutte le sere, mi ritrovavo con

V

almeno dieci, quindici carte nel bicchiere. Ed ero ancora giovane e sano. Se fossi stato storpio avrei fatto veramente i soldi...

Presto divenni una figura nota, nella zona. Il pezzente ufficiale del quartiere. Assaporavo l'ozio e la vergogna, ero sempre più sudicio e irsuto, i miei vestiti brulicavano di pidocchi. Badavo a ringraziare cortesemente chiunque si chinasse sul bicchiere anche se, la sera, trovavo, tra le monete, qualche gomma da masticare tutta ciancicata, qualche sasso e qualche bottone. Ma molti sganciavano. Finalmente individuai Gegè, esattamente come l'aveva descritto Parvati: la caricatura di un bandito, massiccio, vistoso, aggressivo, luccicante di gioielli. Guidava una macchina inglese che doveva costare come un appartamento in centro, arrivava da solo, poco prima di mezzanotte e lanciava le chiavi a uno schiavo che si affrettava a portarla in un parcheggio poco distante. Di solito restava nel locale un paio d'ore e se ne andava, spesso traballante sulle gambe, in compagnia di qualche zoccola ticchettante sui tacchi. Ma non accadeva tutte le notti: evidentemente, anche per lui, l'età cominciava a farsi sentire. Una sera mi si avvicinò. Col cuore in gola mi accucciai sul marciapiedi, gelato dal terrore che sapesse chi ero e perché mi trovavo lì. Estrasse un portafogli che sembrava una valigia, fece cadere una banconota nel bicchiere e se ne andò senza una parola. Erano cinquemila lire, una fortuna. Fu come se avessimo stretto un patto segreto. Soffrirai e morirai anche per questo, gli promisi mentalmente.

Non avevo un piano. Mi bastava restar lì, giorno

dopo giorno, notte dopo notte, a sorvegliarlo come un leone che, da lontano, vede avvicinarsi una mandria di gazzelle, di zebù o di qualche altra riserva di carne che Dio gli mette a disposizione. Nessuna idea di come avrei potuto affrontarlo e ucciderlo, a due passi dal suo locale che, sicuramente, era pieno di sgherri armati pronti a farmi secco se solo avessi scureggiato troppo vicino al boss. L'idea della debolezza che vince sulla forza, dello Yin che trionfa sullo Yang cominciava a sembrarmi, tutto sommato, una solenne stronzata.

Un pomeriggio che sonnecchiavo sul mio marciapiede (ormai avevo imparato a dormire moltissimo, sia di giorno che di notte) fui colto da un pensiero che mi gelò il cuore: la malavita è sempre in movimento e se Gegè avesse cambiato aria? Se fosse tornato in Francia, in Corsica o in qualunque altro cazzo di posto? Dovevo affrettare i tempi e cominciare a organizzarmi. Mi serviva un'arma. Il mio coltello di sicuro non bastava... E all'improvviso il ricordo di una notte di tanti secoli prima, di un metronotte a terra che chiede pietà, di una buca in un giardinetto pubblico. La pistola. Avevo una pistola a disposizione e neanche me ne ricordavo, che perfetto idiota. Altro che Lupo, ero un asino. Feci per alzarmi di scatto, ma guardai il cielo che cominciava a scurirsi e decisi di rimandare al giorno dopo. Se mi fossi alzato prima del solito forse qualcuno avrebbe potuto insospettirsi o forse stavo semplicemente diventando paranoico. Ripensai a Tamoa. Non avere fretta. Aspetta. Concentrati.

Scavare una buca in un giardino pubblico non è una cosa facile, specie quando hai barba e capelli da Robinson Crusoe, vestiti che cadono a pezzi e un serraglio di parassiti a spasso tra ascelle e peli pubici. La gente potrebbe farsi venire strane idee, tipo che vuoi dissotterrare il cadavere di tuo cugino che hai fatto secco un anno prima o magari che vuoi riportare alla luce una pistola. Maledissi ogni zoccola di tata con bambino, ogni stronzo col cane, ogni testadicazzo in tuta che corricchiava in cerchio, ogni pezzodimerda con la fidanzata e ogni troiaimpestata col ragazzo che si mettevano a pomiciare su una panchina poco distante dal punto dove, a quanto mi ricordavo, io e Tamoa avevamo seppellito la rivoltella. Nascosi la pala nello zaino e mi rassegnai a riprovare di notte. Nel frattempo, tanto per non perdere l'abitudine, me ne tornai sul mio marciapiede e mi andò meglio del solito: venti carte. La fortuna arride agli audaci.

Notte. Di nuovo al parco, con pala, torcia e zaino. Il buco della recinzione era sempre lì, qualche barbone ronfava sulle panchine, ma di loro non dovevo preoccuparmi. Se qualcuno avesse rotto le palle, un bel colpo di pala in testa e buonanotte. Non ce ne fu bisogno.

Impiegai un bel po' a ricordare il punto preciso, l'erba era ricresciuta e non c'era traccia della buca che avevamo scavato in un'epoca che mi sembrava più o meno distante come il Mesozoico. Mi misi al lavoro. Niente. Tentai un metro più avanti e un metro più dietro, sempre più sudato e incazzato. Alla fine, avevo sventrato mezzo giardinetto ed era un miracolo se non avessi richiamato tutta la polizia, i carabinieri e i metronotte della città. Evidentemente c'è un angelo custode speciale per gli imbecilli. Poi la pala urtò qualcosa di duro. Mi chinai per esaminare, con la torcia, il sacchetto di plastica grigia ben sigillato con un doppio nodo. Pesava. Feci per aprirlo, poi conclusi, saggiamente, che per quella notte avevo già fatto abbastanza casino, lo infilai nello zaino, me lo caricai in spalla, ripresi la pala e mi avviai verso la baracchetta. Ero felice.

Appena dentro, accesi la lampada a gas che era la mia unica fonte di luce serale e scartai il pacchetto. Un tuffo al cuore. Dentro c'era un grosso sasso, quattro banconote da centomila lire e una lettera. Non degnai di uno sguardo quella fortuna che spuntava dalle viscere della terra e mi precipitai a leggere.

Mio caro Lupo,

Se hai scavato e trovato il pacchetto vuol dire che non sono lì con te. E se non ci sono questo significa due cose: io sono arrivato in un posto dove, spero, mi raggiungerai il più tardi possibile e tu stai per infilarti nel più grosso casino della tua vita. Non ti aiuterò. Ho dissotterrato la pistola mentre tu eri alle prese con gli esami e l'ho venduta. Come ti avevo detto, un'arma vale un sacco di soldi. Sono tuoi, Lupo, in fondo sei stato tu ad atterrare quel povero metronotte. Io non ne ho bisogno.

Non so che intenzioni hai, cosa volevi fare di quella pistola. Non so se hai saputo qualcosa della mia vita, di com'ero prima di conoscerti. Non sono in vena di grandi rivelazioni quindi non ti aiuterò neanche in questo. Magari questi soldi e questa lettera marciranno per sempre sottoterra, ci spero proprio. Se qualcun altro li troverà, se li goda alla salute di un tizio che una volta si chiamava Jean Marc Michelosi. Che faccia un brindisi in onore della mia anima lercia. O magari dica una preghiera.

Se invece sei proprio tu che mi leggi, Lupo, sappi che le armi da fuoco portano solo guai, specialmente per un pivello come te. Non voglio che tu ti faccia ammazzare. Ricorda che c'è sempre un'alternativa. Qualunque idea tu abbia in testa, lascia perdere. Non fare stronzate. Vivere è sempre la cosa più importante e te lo dice uno che è riuscito a sopravvivere a se stesso per parecchi anni.

Bene, ti ho detto tutto. Non sono mai stato un gran che a scrivere e ho fatto una gran fatica anche con questa lettera. Qualunque strada tu abbia preso, ricordati che si può cambiare, dipende soltanto da te. Conta sempre sulla tua forza e sulla tua intelligenza, sono le armi migliori.

Addio Lupo, ti abbraccio con l'affetto di un padre,

Tamoa

P.S. Dio ti benedica, anche se non ci credi.

Piansi di nostalgia e di delusione. Tutto mi sembrò assurdo, la mia vita randagia, quella baracchetta che mi soffocava, la storia di Tamoa e di Parvati, i miei propositi di vendetta. Ricordai i giorni con Tamoa, le sue lezioni, il suo ghigno sbilenco, la fuga sull'altopiano, la notte della Mensur, la corsa folle verso i miei esami e mi resi conto che non ci eravamo neanche salutati come si deve. Per la prima volta dopo tanto tempo pensai veramente di tornare a casa, sentii una fitta di rimorso al pensiero di Pa', Ma' e Roversi, che avevo abbandonato senza rimpianti… Passai una notte terribile, agitandomi sul pavimento per ore, poi uscii e andai sul greto del fiume. Poco a poco, recuperai la calma. Mi tastai in tasca ed estrassi il coltello che mi aveva regalato Ivan in cambio della mia molletta. La lama lucida come uno specchio rifletteva la luce della luna. Le sue parole d'addio mi tornarono in mente una per una.

«Tu trova chi fatto quello a tuo amico. Fai stessa cosa a lui. Poi tu sta in pace».

Avevo trovato Gegè. Mancava il resto.

Le guerre non si vincono con il coraggio. Si vincono coi soldi. E adesso avevo un bel gruzzoletto che potevo investire nella mia vendetta. La mattina dopo andai in un negozio di ferramenta e tornai con un pacco piuttosto pesante. Poi fu la volta di una pompa di benzina. Mancava ancora l'arma risolutiva.

Presi la metro, salii su un autobus, camminai lungo una strada sterrata. Yussuf mi seguiva come quel pomeriggio di qualche tempo prima ma, stavolta, non avevo bisogno di un coltello snudato e infilato nella cintura. E nessuno mi sbarrò la strada. Arrivato alla radura, vidi che c'erano molti spazi vuoti tra le tende e le roulotte, l'accampamento sembrava rimpicciolito, un'aria di precarietà aleggiava dappertutto. Pregai che anche lui non fosse partito, ma il suo vocione mi fece subito sobbalzare.

«Volk. Tu tornato, amico mio». Il suo abbraccio da orso mi fece rimpiangere i giorni da schiavo, almeno non rischiavo la spina dorsale.

«Ciao Ivan».

«Ciao, amico, eccoti qui con tuo cane, sempre insieme. Io contento vedere te».

«Anche a me fa piacere vederti, ti trovo bene. Volevo chiederti...».

«Dopo, dopo... Ora tu entra in mia tenda e beve vodka insieme». Decisamente, in quanto a etichetta, ero un disastro. Troppo diretto. Un po' di frequentazioni sociali mi avrebbero giovato.

Tre bicchierini e due ciotole di sottaceti e salatini dopo, decisamente offuscato, ero pronto ad affrontare l'argomento. Ma la presi alla larga.

«Siete rimasti in pochi...».

«Già. Molti avuto permesso. Partiti. Canada, Germania, Stati Uniti. Nuova vita per loro».

«Tu però sei ancora qui...».

«Capitano lascia nave ultimo». Mi guardò con aria interrogativa. Convenevoli esauriti.

«Mi hai detto che potevo tornare, da amico».

Fece un gesto che voleva significare "infatti sei qui".

«Ecco, in realtà mi servirebbe una cosa. Non ti chiedo un favore, posso pagare ma non so a chi altro rivolgermi».

«Tu dice, io vede se fa».

«Ho trovato la persona che ha ucciso il mio amico».

«Bene, bravo Volk. Io sicuro. Tu va una volta, va cento volte e alla fine trova. E adesso cosa tu cerca, pistola? Fucile? Kalashnikov?»

«No Ivan, niente del genere. Le armi da fuoco non vanno bene per me. Sono un pivello. Rischierei solo di farmi accoppare». Stavo citando l'ultima lettera di Tamoa. Ivan annuì.

«Allora cosa tu cerca da me?».

Glielo spiegai. Annuì ancora, con più solennità.

«Tu coraggioso, io già detto a te».

«Si può fare?»

«Torna tra quattro giorni. Tutto si può fare».

Nell'attesa, tornai a occupare il mio marciapiedi. Pessima sorpresa. Posto occupato. Un ciccione che sembrava la reclame di un reparto di dermatologia (versione "prima della cura") se ne stava spaparanzato proprio nel mio rettangolo di marciapiedi. Cafone.

Quanto a fetore e croste poteva darmi lezioni. Bisognava stabilire quant'era duro.

«Ciao. Sono Lupo».

«E sti cazzi...».Vero gentleman.

«Il posto è mio».

Fece finta di non sentire. Guardai la sua ciotola: tre monetine. Evidentemente gli mancava il mio charme.

«Ho detto che il posto è mio».

Mi guardò con la migliore occhiata: chi è 'sto stronzo? Non aprì bocca.

«Sei sordo? Ho detto che qui ci sto io». Ricordai la notte con D'Artagnan. Ruoli invertiti. Karma.

Crosta si ricordò di avere le corde vocali e le usò. La sua voce sembrava carta vetrata.

«Il posto è tuo? Cos'è, sei il padrone del marciapiede? Adesso ci sto io e mi sa tanto che ci resto».

Non avevo alternative. Mi guardai in giro, nessuno in vista. Rapido e deciso. Il coltello alla gola gli fece strabuzzare gli occhi.

«Sei impazz...».

«Ascolta bene, montagna di pus. Se non sloggi entro cinque secondi ti scanno, se ti rivedo ti scanno, se sento la tua puzza in giro ti scanno». Mi frugai in tasca e ne estrassi un biglietto da 10 mila che gli allungai. «Scegli: o questi o la tua vita. Non credo che valga molto di più».

Prese il biglietto. Si rialzò goffamente e si allontanò camminando all'indietro come un gambero. Avevo rischiato ma non avevo scelta.

Ripresi il mio posto con un buco nel cuore. Forse Gegè se n'era andato. Forse avevo aspettato troppo, gingillandomi con i miei piani. Forse avrei dovuto solo attaccarlo all'improvviso, spaccargli il cuore con una pugnalata e addio, accada quel che deve accadere. Forse, forse, forse... La notte confermò i miei peggiori sospetti: non si fece vedere. Troppo demoralizzato per andare alla baracca restai sul marciapiede cercando inutilmente il rifugio del sonno. Riuscii solo a ritrovarmi, all'alba, con la freschezza e l'agilità di un novantenne. Entrai in un bar e cercai di scaldarmi le ossa con un cappuccino doppio e due cornetti, gentilmente offerti dalla ditta (i commercianti ormai mi consideravano una specie di mascotte). Bighellonai in giro per far passare il tempo, poi tornai sul marciapiede. Crosta aveva dato forfait. Il bicchiere si riempì di monetine. Pomeriggio, sera, notte. Un'auto grigia e lucente, il motore come un fruscio. Levai una muta preghiera di ringraziamento agli dei dell'omicidio.

Gegè sembrava in gran forma nel suo completo blu pappone. Fazzoletto in tinta nel taschino. Fermacravatta con la perla. Riporto più unto di un bignè di San Giuseppe perché ormai perdeva i capelli. Zoccola venticinquenne, visibilmente strafatta di coca, appesa al braccio come un accessorio di moda maschile.

Fece per entrare, poi tornò sui suoi passi e puntò dritto verso di me. Strinsi il manico del coltello nella tasca.

«È un po' che non ti si vede, ero quasi preoccupato... Mi sa tanto che porti fortuna».

La mia lingua era in sciopero. Chinai il capo, deferente.

«Di' un po', come ti chiami?»

«Ulisse».

«Bravo Ulisse, continua a portarci fortuna». Mi allungò dieci sacchi. Girò su se stesso così velocemente che rischiò di proiettare la zoccola a due metri di distanza. Entrò nel locale. Quando se ne andò, poco dopo le quattro, la zoccola quasi non si reggeva in piedi. Mi domandai se se la sarebbe scopata o gli serviva solo per darsi arie da grande amatore. Magari l'aveva noleggiata. Si avviò da solo verso il parcheggio a poche decine di metri di distanza dall'ingresso del locale. Lo seguii nascondendomi nell'ombra e vidi che il posteggiatore gli tirava fuori quel transatlantico con le ruote, intascava una mancia e si profondeva in saluti. Mancava poco che gli baciasse la mano. Avevo un altro problema da risolvere.

I tre giorni che restavano passarono in fretta. Quando tornai nella pineta trovai un'accoglienza principesca. Ivan aveva preparato un autentico banchetto e mi impose di restare a pranzo. Fuori dalla tenda c'era perfino una ciotola per Yussuf che, come sempre, mi aveva accompagnato. Lo lasciai a razzolare coi cani russi e, dai ringhi che provenivano dall'esterno, capii che aveva dovuto ribadire la sua supremazia in punta di zanne. Sedetti davanti a Ivan e m'ingozzai di caviale, sottaceti, antipasti, borsh, il tutto annaffiato da ettolitri di vino e vodka e punteggiato da brindisi alla mia vendetta. Parlammo poco, bevemmo moltissimo e solo verso la fine cominciai a sospettare che si trattasse dell'ultimo pasto di un condannato a morte. Dopo avermi ripetuto una quarantina di volte che ammirava il mio coraggio, Ivan tirò finalmente fuori quello che gli avevo chiesto. Pagai trecento sacchi. Gli affari sono affari. Poteva offrirmi da mangiare, ma lavorare gratis era fuori questione. Andammo avanti a trincare fino al tardo pomeriggio, mi stritolò le costole per l'ultima volta con uno dei suoi abbracci assassini e mi diede la mano.

«Prossima settimana io parte. Canada. Addio Volk».

«Addio Ivan».

«È stato bello incontrare te».

Pensai ai giorni passati a sgobbare come uno schiavo, lavargli i pantaloni, cucinargli le sbobbe, ascoltare la colonna sonora delle sue scopate mentre cercavo di dormire fuori dalla tenda. Non risposi. Girai sui tacchi e me ne andai, seguito da Yussuf, cercando di non ondeggiare troppo. Durante il viaggio di ritorno, rischiai di scodellare tutto quello che avevo mangiato e bevuto sul pavimento della metro ma mi trattenni eroicamente, masticando acido e rigurgiti. La mia vendetta era una boccetta di liquido incolore avvolta in uno straccio di lana che portavo in tasca. Ero pronto.

Capitolo 8
Sangue

Non restava che aspettare. Ormai ero diventato un esperto. Mi appostai sul marciapiede. Ormai mi sembrava che avesse preso la forma del mio corpo. Il bicchiere era sempre più pieno di monete e mi venne la tentazione di mollare tutto e dedicarmi anima e corpo alla nobile arte del mendicante. Si guadagnava bene senza fare un cazzo, l'ideale. Ormai ero stato ufficialmente adottato dalla gente del quartiere. Ci pensai su e decisi che, se il mio piano fosse riuscito, sarei dovuto tornare lì, per qualche tempo, anche il giorno dopo... Se fossi sparito assieme a Gegè i suoi sgherri avrebbero potuto sospettare qualcosa. Ma erano solo fantasie visto che dubitavo di uscire vivo da quella storia. Aspettai.

La prima notte, Gegè non venne. La seconda se ne andò con una puttana (stavolta era una mora sulla trentina dall'aria spiritata e dai capelli ricci che sembravano un cespuglio), la terza uscì con due tizi dopo appena un'ora, la quarta non si fece vedere, la quinta il locale era chiuso per riposo (e io, ovviamente, me n'ero dimenticato), la sesta un cazzo di poliziotto mi fece sloggiare, la settima...

È solo, si avvia verso il parcheggio con quell'aria tronfia e sicura di chi è padrone assoluto del suo mondo. Un sussulto di paura mi stringe la gola, forse non è il momento, qualcuno mi può vedere, non sono ancora pronto. Ricaccio tutto dentro come un conato di vomito. Vedo la macchina grigia che si accosta alla sbarra, Gegè che allunga una mano attraverso il finestrino, il garagista che intasca la mancia e quasi s'inchina. Ho le orecchie che mi ronzano, la faccia bollente, mi sembra che tutto, attorno a me, si muova al rallentatore. Mi allontano di trecento metri, mi sdraio in mezzo alla strada, la mano in tasca, i muscoli come corde tese allo spasimo. L'asfalto è duro, mi punge le ginocchia attraverso la stoffa leggera dei pantaloni. L'auto si avvicina, non rallenta, mi schiaccerà come una merda di cane. Frena. Il cuore a martello, forse avrò un infarto proprio adesso. È assurdo ma mi viene da ridere. Sento lo sportello che si apre, suole di cuoio che si avvicinano crocchiando, un paio di pantaloni blu pappone che mi sovrastano. Sono accucciato su un fianco. Ansimo. Aspetto.

Un odore di alcol e di acqua di colonia mista a sudore. Una mano forte come una morsa che mi fa girare sulla schiena, due occhi grigi e freddi che mi scrutano preoccupati. La morsa mi sorregge, tenta di farmi alzare.

«Ulisse, che ti succede? Ti hanno investito?». È il momento. Scatto. Gli premo il tampone di cloroformio sul naso e sulla bocca mentre con l'altra mano gli spingo la nuca da dietro. I suoi occhi sono enormi, un'espressione di sorpresa, una muta protesta. Gonfia i muscoli, tenta di allontanarmi, alza un ginocchio per colpirmi i testicoli, ma io continuo a stringere e a premere, potrebbe farmi a pezzi e non mollerei, sono pronto a crepare

qui e adesso. Sento che ansima sotto il tampone, si affloscia lentamente, si lascia andare. Adesso sono io che lo sorreggo ma pesa due quintali, mi rovina addosso. Cadiamo. Se qualcuno esce dal locale sono morto. La macchina è ferma in mezzo alla strada, fari accesi, sportello aperto. Lo trascino per un braccio, portarlo di peso è fuori questione. I suoi bei calzoni blu strusciano a terra, lasciano scoperto un calzino di seta grigia afflosciato fino alla caviglia. Apro l'altro sportello, lo isso sul sedile, lo blocco con la cintura di sicurezza. Rovescio un'altra dose di cloroformio sul tampone e glielo premo ancora sul viso ma me ne pento subito: e se crepa? Al diavolo, ormai è fatta. Salgo alla guida e affronto la parte più difficile. Sono passati secoli, non ricordo un cazzo, annaspo col piede sinistro alla ricerca del pedale della frizione. Non c'è. Quasi piango di frustrazione, bestemmio alla vista di due fari che sbucano dal buio e si avvicinano. Armeggio col cambio, che non ha niente a che vedere con quello della macchina su cui Tamoa mi ha dato le uniche lezioni di guida della mia vita. C'è una leva corta e una serie di tacche, le inserisco una e l'auto va indietro, quasi sbatte contro quella che sta sopraggiungendo, un clacson prolungato mi lacera i timpani e mi gela il cuore. Provo un'altra tacca, con la lettera "D", spingo sull'acceleratore e, miracolo, l'auto si muove. Sono tutto sbilenco, il sedile è lontano visto che Gegè è molto più alto di me ma non so come cazzo si regola e resto storto, quasi sdraiato, mentre pigio piano sul gas, il volante all'altezza degli occhi. Guido.

La strada, vista da dentro una macchina, è tutta diversa, non riconosco il percorso, sbaglio, torno indietro, imbocco due sensi vietati ma è notte fonda e mi va bene.

Arrivo sul lungofiume. Devo far scendere Gegè ancora incosciente, lo butto a terra come un sacco e lo trascino fuori. Geme, si prende la testa tra le mani. Gli afferro i capelli da dietro, gli appoggio la lama sul collo e faccio sgorgare un po' di sangue. Mi guarda ma non capisce. Solo allora mi ricordo di perquisirlo. Frugo a tentoni nei suoi vestiti ma trovo solo uno stiletto acuminato come un ago. Lo butto via. Spingo Gegè lungo la discesa che porta alla mia baracca, dentro è tutto pronto. Non reagisce, continua a scuotere la testa e a sbattere gli occhi. Lo faccio sedere su una delle due sedie impagliate che ho comprato una settimana fa, pagandole uno sproposito e poi, ancora una volta, gli premo il tampone sul viso. Scuote la testa, come per dire di no, geme, singhiozza poi si affloscia di nuovo. Gli lego i piedi e le mani dietro la spalliera col filo di rame morbido come uno spago ma solido come acciaio che ho preso al ferramenta, poi gli blocco il collo contro la spalliera ma evito di stringere troppo: non voglio che riesca a uccidersi come Tamoa. Controllo, faccio per uscire, torno indietro e controllo ancora. Non può muoversi. Vado alla macchina, la sposto e cerco di posteggiarla ordinatamente sotto un albero ma struscio contro il tronco e ammacco il paraurti, troppo inesperto e troppo sconvolto per fare manovra come si deve. Scendo, chiudo a chiave l'auto e torno alla baracchetta. Adesso…

Era caduto di lato, il viso congestionato dallo sforzo di liberarsi, i polsi sanguinanti, tagliati in profondità dal filo di rame. Quando entrai smise di contrarre spasmodicamente i muscoli e si rilassò. Lo tirai su e mi sedetti di fronte a lui. Mi guardò negli occhi, un misto di rabbia omicida e sorpresa. Non vidi neanche un lampo di paura. Uno sguardo che mi ricordò quello di Simba, il leone, prima che lo liberassi. Ferocia pura.

«Chi cazzo sei? Che vuoi da me?».

Scaricai la tensione nel pugno. Un rivolo di sangue gli colò sul mento. La sedia ondeggiò ma non cadde. Leccò il sangue, come se lo stesse assaporando e tornò a fissarmi, ironico.

«Tutto qui? Mia nipote picchia più duro. Ha otto anni».

Snudai il coltello e glielo appoggiai alla gola. Un altro rivolo di sangue. Guardò la lama affilata come un bisturi con curiosità.

«Un'arma troppo bella per un pezzente come te... Dove l'hai rubata?»

«Le domande le faccio io».

Scosse le spalle, con indifferenza. Se non fosse stato legato in quel modo sarebbe sembrato perfettamente a suo agio.

Stasi. Avevo pregustato quel momento per mesi e adesso non sapevo che fare. Mi sentivo imprigionato come Gegè e cercavo di riattizzare la mia sete di vendetta. Restammo in silenzio per un bel po'. Sentii la pioggia che cominciava a scrosciare sul tetto di lamiera... Gegè alzò gli occhi e fischiettò. Mio malgrado, ammiravo il suo coraggio.

«Allora che facciamo? Mi ammazzi subito o vuoi farmi morire di fame?», chiese alla fine.

Stavolta la sedia cadde di schianto e quando lo rialzai il suo naso non era più dritto come prima. Le nocche della mia mano sanguinavano come se avessi colpito il muro.

Lo rialzai.

«Questo era meglio», ammise in tono neutro, «ma guarda che per accopparmi a forza di botte ti devi impegnare di più. Mica crepo tanto facilmente, io».

«Chi ti dice che voglio ammazzarti?», ero caduto nel suo gioco. Rispondevo.

«Che altro puoi volere da me, straccione? E poi non hai scelta e lo sai. Se mi lasci andare ti troverò ovunque e ti farò a pezzi».

Soppesai il ciondolo che avevo al collo e glielo mostrai.

«Ti dice niente?».

Sembrava che lo vedesse per la prima volta.

«Direi che non vale un cazzo. E comunque non ci capisco di quei ghirigori... Cosa sei, una specie di pazzoide mistico?». Si interruppe, forse cominciava a capire.

«Tamoa», risposi semplicemente. Mi aspettavo di vederlo almeno trasalire. Non mosse un muscolo.

«E chi cazzo è? Dì, sei sicuro di aver rapito la persona giusta? Guarda che se hai sbagliato ti costerà caro... Ti costerà caro comunque». Non mi stava minacciando, era una semplice constatazione. Non risposi. Ero un idiota, Tamoa era un nome inventato in una vita successiva.

«Jean Marc... Jean Marc Michelosi, quello che hai ammazzato».

Se volevo sorprenderlo, finalmente, ci ero riuscito.

«Che cazzo ne sai tu... Aspetta un po'. Non sarai mica suo figlio?».

Tacqui. Sembrava rinfrancato. Forse sperava ancora di cavarsela.

«Ascoltami, Ulisse o come cazzo ti chiami. È una storia che non ti riguarda. Io non ho ammazzato Jean

Marc, è stato un suicidio. Era morto da tanti anni e nessuno ci poteva fare niente». Alzai il pugno per colpirlo ancora ma non si interruppe. Riabbassai la mano anche perché non volevo spezzarmi le nocche contro quella faccia di marmo.

«Ascoltami, ti propongo un accordo», riprese, «ti posso dare dei soldi, più soldi di quanto tu possa immaginare. Se mi togli sto maledetto filo, ti accompagno a prenderli e poi ti lascio andare, giuro che non ti darò la caccia».

Sghignazzai. Era la mossa che mi aspettavo.

«Mi prendi proprio per un coglione...», lo schernii, «sai quanto durerei, fuori, con te vivo?».

Si irrigidì.

«Forse non hai sentito, ho giurato. Un giuramento di George Gegè Colonna è Vangelo».

«Già, avevi giurato di tagliare le palle a Tam... Jean Marc e l'hai fatto».

«Sì».

«E adesso giuri di coprirmi di soldi e lasciarmi libero...».

«Sì».

Mi alzai e andai a prendere quello che avevo comprato al negozio di ferramenta. Deposi tutto ai suoi piedi. Per la prima volta vidi un lampo di smarrimento in quegli occhi di ghiaccio. Gettò solo un'occhiata ma non poté impedirsi di impallidire. Poi guardò di nuovo: le tronchesi, le tenaglie, il punteruolo la piccola sega da ferro, il paletto appuntino. Deposi a terra anche il mio coltello, ancora sporco del suo sangue.

«Cominciamo?».

V

I cinesi chiamavano il carnefice di corte "Il Carezzevole". I più bravi, in quel mestiere di morte, erano quelli che riuscivano a immedesimarsi nella loro vittima, quasi a condividere le sue sofferenze e a prolungarne la vita, guidarla passo passo oltre la soglia del dolore e poi riportarla indietro quando diventava insensibile. Il Carezzevole partecipava, con l'anima, all'oltraggio della carne smembrata, delle ferite aperte e cauterizzate col fuoco, dei denti estirpati, degli occhi strappati, dei genitali tagliati. Spesso piangeva. La lentezza era la sua arte, la compassione il suo segreto più profondo. Una volta decretato il supplizio, solo l'imperatore poteva modificarne il corso. Il Carezzevole e la vittima erano chiusi fino alla fine da un legame di dolore quasi sublime, che andava oltre i limiti dell'immaginazione.

Capii subito di non essere all'altezza. Tutto quello che avevo immaginato, le scene di sangue e di orrore che mi avevano accompagnato tante volte nel sonno, scomparvero quando allungai la mano verso le tronchesi. Uscii dalla baracchetta e alzai il viso al cielo, lasciando che la pioggia si mischiasse alle mie lacrime. Era come se una forza esterna mi bloccasse, mi impedisse di fare quello che avevo deciso tanto tempo prima. Tentai di richiamare le immagini che mi avevano sorretto in tutti quei mesi, mi avevano dato la forza di continuare la caccia: le dita troncate, le orecchie strappate, gli occhi scalzati, l'uccello mozzato, il paletto infilato nell'ano. Sentivo solo nausea. Tornai dentro.

Gegè aveva smesso di sanguinare dal labbro. Mi guardò con aria quasi paterna. Ormai lo ammiravo con tutto me stesso. Non sarei mai stato come lui. Al suo posto avrei singhiozzato, implorato, supplicato. Era di un altro pianeta. Come Tamoa.

Annuì come se mi avesse letto nei pensieri. Come Tamoa.

«Non è facile, vero?».

Annuii in silenzio. Ormai eravamo quasi complici.

«Era tuo padre?»

«Sì».

«Vecchio bastardo...».

«Non puoi uscire vivo da qui, lo capisci?»

«Certo».

«Ma io non sono un macellaio».

«Già. Sei solo un ragazzino. Hai paura».

«Si. Tu no?».

Sbuffò esasperato. «Prima o poi si crepa comunque. Ho campato anche troppo, me la sono goduta. Ti auguro di arrivare alla mia età».

«Che facciamo?».

Lanciò uno sguardo al coltello. Esitai. Inchiodò gli occhi nei miei, in una sfida feroce. Mi alzai di scatto, afferrai le tronchesi e gliele aprii davanti al naso. Poi girai attorno alla sedia e con uno scatto secco feci saltare il filo che gli serrava le braccia. Subito dopo gli liberai il collo. Si mosse come un fulmine. Con le gambe ancora legate alla sedia si chinò, afferrò il pugnale e senza un attimo di esitazione se lo conficcò nel torace. Sputò uno schizzo di sangue e si girò a guardarmi. La sua ultima parola fu un soffio.

«*Merci*».

Mi ritrassi, lordo del suo sangue. Morì quasi all'istante, si afflosciò lentamente di lato e crollò sul pavimento assieme alla sedia. Macchia rossa in espansione sul pavimento. Mi sentivo completamente svuotato, esausto. Rimasi a guardare il corpo fino a quando il sangue smise di allargarsi sul terreno. La pioggia si era trasformata in diluvio. Mi riscossi. Uscii e mi avviai verso il fiume, annaspando nel fango. Un topo mi sgusciò tra i piedi. La melma imprigionò una delle mie scarpe e la risucchiò. Mi tolsi anche l'altra. Sulla riva mi spogliai completamente ed entrai nudo nell'acqua gelata e limacciosa. Grosse scie nerastre si allargarono attorno al mio corpo che rabbrividiva. Mi immersi completamente in quel putridume, lasciai che l'acqua scorresse sopra la mia testa e mi tirai su solo quando i polmoni mi stavano per scoppiare. Non pioveva più. Presi i vestiti, tornai alla baracchetta e li gettai sul cadavere di Gegè. Poi mi rivestii con gli abiti asciutti, presi tutto quello che avevo e, meccanicamente, cominciai a rovesciare la benzina sul corpo, sulle pareti di legno, sulle sedie. Mi muovevo come un automa. Quando ebbi finito, restai sulla soglia per qualche istante, accesi un cerino, lo buttai a terra e mi ritrassi. Le fiamme cominciarono a danzare. Scarpinai verso la strada. Un deserto. Misi una mano in tasca e sentii qualcosa di frusciante. Lo presi. Era il mio passaporto. Una a una strappai le pagine e le gettai nelle pozzanghere che coprivano l'asfalto. 'Fanculo Lapo Sgarati. 'Fanculo tutto.

Epilogo

«...**Figlio del principe** indiano Suganda, che lo fece istruire con la filosofia, la religione e le arti da combattimento dal maestro Praynatra. In quel periodo il buddismo era diviso in due rami, Mahayana e Inayana...».

Non riesco a smettere di leggere anche se gli occhi, ormai, sono vecchi anche loro e le parole mi si confondono, debbo allontanare la faccia dalla pagina e mi vengono le lacrime per lo sforzo. Tore ci ha messo più del previsto. Sull'enciclopedia alla voce Tamoa non c'era un cazzo di niente. Allora ha provato col computer, quell'aggeggio infernale che neanche so come si accende. Niente anche lì. Ma qualcosa, alla fine, è uscito fuori: Ta Mo, nome cinese di Bodhidarma, primo patriarca del buddismo Chan o Zen per i giapponesi, detto anche Daruma. Daruma, come il suo cane. Vecchio bastardo presuntuoso.

Continuo a leggere e mi domando che cosa cazzo mi voleva dire con quel nome. Forse niente: giunto in Cina nel VI secolo dopo Cristo, si reca alla corte imperiale di Nanchino, ma il colloquio con l'imperatore Liang Wu lo delude profondamente. L'imperatore gli chiede: «Ho costruito templi, fatto copiare scritture sacre, ordinato di convertire monache e monaci. Vi è qualche merito in questo?».

V

Lui risponde: «Nulla».

«Qual è dunque la verità santa, il primo principio?»

«Nell'immenso vuoto, di santo vi è nulla».

«Chi sei tu che mi stai dinnanzi?»

«Nulla».

Fine del colloquio.

Attraversa il Fiume Giallo su un fuscello e si rifugia nel monastero di Shaolin. Ancora mortificato per il fallimento con l'imperatore resta per nove anni in meditazione dentro una grotta, davanti a una parete rocciosa. Disgraziatamente un giorno si addormenta durante la meditazione e infuriato decide di tagliarsi le palpebre. Le getta a terra e lì nasce la pianta del tè. Rimane immobile davanti a questa parete al punto da imprimere la sua immagine sulla roccia.

Ce le aveva, le palpebre, me lo ricordo benissimo. E ronfava come un orso. Ma mano a mano che vado avanti capisco il messaggio di Tamoa. Ai monaci aveva insegnato la meditazione, la pazienza e una tecnica di combattimento che si chiamava Shi Pa Lo Han, le diciotto mani dei discepoli del Budda. Insegnava con la parola e col corpo. Con lo spirito. Come quel vecchio testadicazzo. Insegnava. Trasmetteva qualcosa. Nulla. Essere nulla. Sperare in nulla. Esistere.

Esistono alcuni versi del poeta Lu Yu, vissuto nella dinastia meridionale dei Sung (1131-1162) che descrivono la filosofia di Ta Mo:

Gli altri si ribellano, io sono immobile
Udendo le parole dei saggi, io sono immobile
Mi muovo solo a modo mio.

Sono gli occhi affaticati, per questo mi scendono le lacrime. Solo per questi vecchi occhi del cazzo che piango.

Indice